KB020029

로크미디어가
유혹하는
재미있는 세상

다시 사는 재벌가 망나니 9

2021년 8월 18일 초판 1쇄 인쇄
2021년 8월 23일 초판 1쇄 발행

지은이 맹물사탕
발행인 김정수 강준규

기획 이기헌 왕소현 박경무 강민구
책임편집 김홍식
마케팅지원 배진경 임혜솔 송지유 이영선

발행처 (주)로크미디어
출판등록 2003년 3월 24일
주소 서울시 마포구 성암로 330 DMC첨단산업센터 318호
Tel (02)3273-5135 **편집** (070)7860-2726 **Fax** (02)3273-5134
홈페이지 rokmedia.com **E-mail** rokmedia@empas.com

ⓒ 맹물사탕, 2021

값 8,000원

ISBN 979-11-354-6477-5 (9권)
ISBN 979-11-354-9456-7 04810 (세트)

다시 사는 재벌가 망나니

맹물사탕 현대 판타지 장편소설

9

ROK
MEDIA

로크미디어

Contents

1장

익히 알려진바, 통통 프로덕션은 SJ엔터테인먼트와 파트너
십을 맺고 있는 외주제작 업체로, 해외 저작물 유통 판권을
따와 국내로 배급하는 동양비디오를 전신으로 삼고 있었다.

그 동양비디오의 전신이 TBS의 자회사이기도 했다는 건
원래라면 알 사람만 아는 사실이었지만, 지금은 그 속사정이
업계 전반으로 알음알음 퍼져 나가고 있었다.

그도 그럴 것이, KBC의 예능국장이 이렇다 할 사전 약속
없이 불쑥 찾아온 통통 프로덕션의 사장 박일춘을 버선발로
몸소 영접하러 나가시더란 이야기는 이제 괴소문을 넘어 예
정되었던 방송 스케줄 변경이라는 초유의 사태로 이어지며,
이는 방송국 내부에선 기정사실화된 내용이 되었을 정도이

니까.

더군다나 이 한 편짜리 특집 프로그램에 섭외된 패널 중 한 사람은 국민배우라는 타이틀을 거머쥔 원로 배우이자 단 한 번도 예능 프로그램에 모습을 비친 적 없던 안형욱으로— 그조차도 믿기 힘들다며 기겁할 마당에—이 파격적인 캐스 팅조차 통통 프로덕션의 박일춘이 전화 몇 통을 걸어 보더니 그 자리에서 성사되었단 이야기가 오갔다.

「제가 몇 다리 건너 아는 분이 안형욱의 팬이라고 해서 말 이지요.」

당시 그 자리에 동석했던 KBC의 예능 데스크 담당은 박 일춘이 대수롭지 않게 뱉은 말을 떠올리며 몸서리를 쳤다.

거기에 더해 KBC 예능국장은 이 외주 업체에 각종 방송 장비며 인력을 조건 없이 임대해 주었을 뿐만 아니라, 별도 의 스튜디오를 덜컥 내주며 '잘 부탁드립니다' 하고 말할 정 도였다고 하니.

그러면서 업계에 제법 잔뼈가 굵은 이들은 통통 프로덕션 과 SJ엔터테인먼트, 그리고 그 SJ엔터의 모회사인 SJ컴퍼니 와 삼광 그룹의 관계를 떠올리며 이들을 주목하기 시작했다.

이렇듯 예기치 못한 지각변동과 갑을 관계의 역전에 당사 자인 KBC뿐만 아니라 방송가 전체가 그 행보를 예의주시하게 되었는데.

한편 이런 속사정을 아는지 모르는지.

이성진이 시저스 2호점에 방문한 그 시각, 이 바닥의 신생 외주 방송 제작 업체로서 폭풍의눈이 되어 있는 통통 프로덕션은 평온하게 손님을 맞이하고 있었다.

"아, 안녕하세요……. 고, 공가희입니다."

박일춘 사장은 자신에게 꾸벅 고개를 숙이는, 기껏해야 고등학생이나 될까 싶은 소녀의 인사를 미소로 받으며 동석한 전예은을 보았다.

"그러면 여기 이 아가씨께서, 비서님이 말씀하신……."

"예, 소개드리겠습니다. SJ엔터테인먼트에 소속된 작곡가, 공가희 씨입니다."

전예은의 싹싹한 대답에 박일춘은 고개를 끄덕였다.

"말씀은 들었습니다. 도련님께서 아끼시는 인재라고요? 아직 고등학생이라고 들었는데, 작곡을 하신다니 대단하시군요."

공가희는 우물쭈물하며 고개를 푹 숙였다.

"……별로요. 요즘엔 그냥 그래요."

전예은은 공가희의 태도가 예의에 어긋난다고 여겼는지, 박일춘에게 고개를 숙여 대신 사과했다.

"죄송합니다, 공가희 씨가 다소 낯을 가리는 편이어서요."

박일춘은 인자한 미소로 손을 저었다.

"아닙니다. 저도 격식을 차리는 걸 좋아하진 않거든요. 모쪼록 비서님도 편하게 계셔 주시면 감사하겠습니다."

"예, 감사합니다."

"허허, 그나저나."

박일춘이 고개를 돌려 공가희를 보았다.

"공가희 양께서는 도련님께서 몸소 발탁하신 인재라고 하셨죠? 가희 양이 어떤 성과를 보여 주실지, 저로서도 기대가 되는군요."

"……제가 뭘 하면 되는데요?"

우물쭈물, 주눅 들고 낯을 가리는 기색으로도 제 할 말을 하는 공가희였다.

"으응? 어라, 혹시 못 들으셨습니까?"

박일춘의 그윽한 시선에 공가희는 고개를 저었다.

"저는 비서 씨가 간단한 일 하나 하자고 해서 따라온 것뿐이에요."

그러면서 공가희는 곁에 앉은 전예은을 흘겨보았다.

"요즘 비서 씨가 부쩍 귀찮게 하거든요."

그 힐난 아닌 힐난에 전예은은 싫은 내색 없는 미소로 응했다.

"싫으세요, 언니?"

"……싫은 건 아니지만요. 방금 말했듯이 귀찮긴 해요."

누가 보아도 전예은이 공가희에 비해 연하였음에도, 보이

는 양상은 전예은이 공가희의 철없는 응석까지 받아 가며 전
적으로 케어하는 모습이었다.

박일춘이 일전에도 마주했던 바 전예은은 보이는 외향 이
상으로 되바라진 면모를 보였고, 또 상대를 고려해 말을 고
를 줄 아는 인물이었으나.

박일춘은 그조차도 전예은이 가진 본질이 아님을 한눈에
꿰뚫어보고 있었다.

'상대와 분위기에 맞춰 연기를 한다고 할까. 제법 소질도
있어 보이지만, 천성적으로 무대 체질이 아니라는 게 조금
아쉽군.'

동시에.

'습관적으로 사람을 분석하고 재단하려는 모습을 보여. 물
론 거기엔 나도 포함되어 있지.'

전예은이 암만 또래에 비해 영특하다곤 하나, 업계에서 잔
뼈가 굵을 대로 굵은 박일춘 앞에서는 어디까지나 한낱 어린
아이에 불과했다.

'아무튼 재밌는 사람들을 모아 두셨어.'

그런 박일춘의 생각을 읽기라도 한 양, 전예은은 고개를
꾸벅 숙였다.

"잠시 실례했습니다. 그럼 업무와 관련한 이야기를 이어
가도 될까요?"

"그럼요. 공가희 양에겐 업무 공유가 되지 않은 듯하니 그

설명도 겸해 주시지요."

박일춘의 말에 전예은은 움찔하더니 가방에서 묵묵히, 구비해 온 서류를 꺼냈다.

"번거롭게 해 드려 죄송합니다. 공가희 씨는 자사에서 유통 예정인 신작 애니메이션 〈패킷몬스터〉의 공동 작곡을 담당하시게 될 거예요."

전예은의 말에 공가희가 고개를 갸웃했다.

"애니메이션?"

"네, 언니. 만화 좋아하시죠?"

"좋아하긴 하지만, 좋아하는 것만 좋아해요. 애니메이션이랑 만화는 다르기도 하고요. 게다가 패킷몬스터? 처음 듣는 만화인데요."

"네? 사장님께선 가희 언니도 현장에 있었으니 잘 알 거라고 말씀하셨는데요."

"그런가요?"

"네."

전예은은 서류를 뒤적이며 대략적인 개요를 정리해 공가희와 박일춘에게 읊어 주었다.

"94년 연말쯤, 게임 크리크에서 투자 문의를 위해 자사에 방문하여 판권 일부를 양도받는 조건으로 계약이 성사되었다고 해요. 당시엔 가희 언니도 회사에 재직 중인 시절이었고요. 또, 서류에 의하면 동석도 하셨다고……."

그러면서 전예은은—왠지 이성진답지 않게—그가 사장실 소파에 기대어 앉아 조인영과 함께 휴대용 게임기를 가지고 놀던 모습을 떠올렸다.

「아니, 진짜 미사일단 간부 모델로 나를 넣었네요? 나 참, 농담인 줄 알았는데.」

　게임 중이던 이성진은 어처구니없다는 듯 중얼거렸고, 조인영이 히죽 웃으며 이성진을 놀려 댔다.

「왜, 이손진 두목. 마음에 안 들어? 뭐, 지금이라도 갈아엎으려면 할 수 있다만.」
「됐어요. 쩝. 이제 와서 무슨.」

　당시엔 전예은도 '역시 아직 애는 애구나' 하고 살짝 웃고 말았는데, 알고 보니 그조차도 짤막하게 신작 게임을 테스트 중이었단 사실에 조금 질려 했던 기억이 났다.
　그 게임이 바로, 패킷몬스터.
　패킷몬스터는 일본의 게임사인 '게임 크리크'에서 개발한 휴대용 게임이었다.
　1994년 연말 당시, 그들은 몇 년씩 개발이 미뤄지던 상황에 자금이 바닥났다.

애당초 91년 출시를 목표로 하였으니, 그 당시에도 예정된 기한을 넘긴 지 오래인 데다 게임 개발이 진척되지 않는 판국에 더 이상 이렇다 할 투자자가 모이지 않던 상황.

마침 그 시기, SJ컴퍼니는 콘솔 게임 PC 이식이며 로컬라이징으로 일본에서 제법 유명세를 떨치고 있었는데, 이들은 밀져야 본전이란 생각으로 한국까지 넘어와 SJ컴퍼니 측에 투자를 구하러 다짜고짜 찾아왔더랬다.

이렇다 할 대단한 히트작도 없던 외주 전문 회사의, 또 성공 가능성을 보장하기 힘든 이 패킷몬이라는 오리지널 게임의 개요를 들은 이성진은 그 자리에서 계약을 채결했고, 라이센스 일부를 포함한 조건을 들며 막대한 투자금과 인력 지원을 약속했다.

그러면서 제작 방향에 아무런 터치도 가하지 않고, 간간이 도움만 주며 다시 1년 가까운 시간이 흘렀다.

이번만큼은 이성진의 투자가 헛물을 켠 것이 아닌가 하는 이야기가 나올 즈음.

그리고 불과 얼마 전, 96년 올해에 이르러서야 게임 크리크 측은 패킷몬의 완성을 통보했다.

즉, 이성진이 조인영과 함께 사장실에서 가지고 놀던 것은 이 패킷몬이 출하를 앞둔 상황에 유통사로 흘러 들어온 물건이었던 것.

하지만 이 게임에 주목하는 이는 거의 아무도 없었다.

그도 그럴 것이 패킷몬은 장장 6년이라는 개발 기간을 거쳐 완성되었고, 이즈음엔 탑재 기기인 게임보이가 출시된 지도 장장 7년이 흘러 닌텐도가 기기 단종을 고민하던 끝물이었다.

마침 세간의 콘솔 게임 시장은 플레이스테이션과 세가 새턴이라고 하는 양대 산맥이 각축전을 벌이는 중이었고, 대세는 3D라고 일컬어지는 마당에 흑백 도트 그래픽만을 지원하는 게임보이는 시대에 뒤처진 낡고 낡은 물건 취급을 받고 있었다.

전예은의 말을 들은 공가희는 눈을 가늘게 뜨곤 생각에 잠겼다가 아, 하고 손뼉을 쳤다.

"아 맞아요. 몇 년 전 역삼동에 있을 때, 일본인들이 찾아온 적이 있었는데, 그때 그건가 보네요."

"그랬군요. 보세요, 잘 아시잖아요."

미소로 화답하는 전예은을 보며 공가희가 고개를 갸웃했다.

"그치만 잘 아는 건 아니에요. 사실, 저는 그때 왕자님이랑 일본인들이 쏼라쏼라하고 일본어로 이야기를 나누는 걸 조금 봤을 뿐이거든요."

전예은도 이성진이 외국어에 능통하다는 것은 알았지만, 일본인과 프리토킹이 가능한 수준이라는 건 몰랐다.

그러면서 공가희는 가슴을 쭉 내밀며 너스레를 떨었다.

"에헴, 하지만 그때였습니다, 빠밤! 당시 리듬게임이 있으면 좋겠단 제 아이디어를 들은 왕자님께서 뚝딱, 그 자리에서 곧바로 DDR 기획 초안을 만드셨죠. 그러니 DDR이라고 하는 오락기의 공전절후의 히트엔 제 기여도도 상당하단 말씀이에요."

공가희의 이야기를 들은 전예은은 놀란 티를 내색하지 않으려 애썼다.

'아, SJ컴퍼니의 DDR을 그때, 사장님이 기획하신 거구나. 어쩐지.'

그런 것처럼 보이지 않았는데, 이성진은 의외로 게임 기획에도 천재적인 소양이 있구나, 생각하는 찰나.

자랑스레 말한 공가희는 이내 시무룩한 얼굴로 중얼거렸다.

"그 성공의 달콤함도 잠시, 직후의 SBY는 실패하고 말았지만요."

또, 또.

이쯤하면 인내심이 바닥날 법도 하지만, 전예은은 아랑곳하지 않으며 공가희를 달랬다.

"아니에요, 언니. 저는 SBY 1집, 되게 좋아해요."

"말로는 뭘 못 해요. 뭐, 취향은 존중해 드릴게요."

공가희는 입을 삐죽이더니 서류를 힐끗 살폈다.

"그런데, 공동 작곡? 작곡이면 작곡이고, 편곡이나 번안이란 말도 있는데, 왜 공동 작곡이에요?"

"아, 그게 말이죠."

전예은이 미소 띤 얼굴로 말을 받았다.

"이번 패킷몬스터 애니메이션은 한·일 합작 애니메이션
이 될 예정이거든요. 그러니 각각의 현지 상황에 따라 독자
적인 노선을 걷게 될 여지도 있답니다."

비록 누구도 주목하지 않는 축복받지 못한 환경에서 게임
출시를 앞두고 있었다지만, 패킷몬은 이미 기획 당시 미디어
믹스용 판권 계약을 맺은 터여서, '별수 없이' 애니메이션 제
작에 들어가야 하는 상황이었다.

한편 그 기약 없는 기다림 와중 미디어믹스 판권은 돌고
돌아 SJ컴퍼니 측으로 흘러 들어왔고, 이성진은 이 낙동강
오리 알을 '지금이 기회'라는 양 거침없이 사들여 결과적으로
지금의 한·일 합작 애니메이션 제작 기획에 이르렀다.

전예은이 미소 띤 얼굴로 박일춘을 보았다.

"그리고 저희는 그 제작 지원을 위해 통통 프로덕션을 찾
아온 거고요."

또한 통통 프로덕션은 SJ컴퍼니의 투자를 받아 이번 프로
젝트의 중핵으로 움직이게 된 것이 현재.

공가희는 얼떨떨해하는 표정 가운데, 그 아래로 슬며시 미
소를 지었다.

"음, 그건 조금 재밌을 거 같은데요?"

공가희의 사뭇 긍정적인 반응에 전예은은 진심에서 우러나오는 미소를 지었다.

'그래. 이런 식으로 조금씩, 앞으로 나아가면 돼.'

슬럼프라는 건 개인에게 내재된 콤플렉스에 기인하는 것이며, 이는 어디까지나 개인이 극복해 내야 하는 것이다.

이러한 지론으로, 그간 이성진과 천희수는 공가희가 스스로 그녀의 슬럼프를 극복할 수 있게끔 방치하는 입장을 고수해 왔다.

전예은도 이를 이해 못 하는 바는 아니었으나, 이해하는 것과 이를 일반화해 적용하는 것은 별개의 문제였다.

그녀가 보기에 이성진이며 천희수는 마음이 강한 부류에 속했다.

전예은의 생각에―이성진에 관해선 다소 확신이 부족하지만―그들은 어지간한 실패에도 마음이 무너지지 않을 뿐만 아니라, 그 이후에도 금세 자신을 다잡고 실패 원인을 분석, 다음 단계로 나아가는 마음의 힘을 갖추고 있는 사람들이었다.

현실과 이상의 차이를 직시하고 이를 객관적으로 성찰해 낼 수 있는 강함이란 어느 정도 타고나는 것이기도 했다.

실패와 성공의 사이클을 흔히 쇠를 두드리는 대장간의 망치질에 비유하곤 하나, 그런 비유가 모두에게 적용되지는 않는다.

공가희는 내버려 두면 언제고 현실에 안주하며 내면으로 파고들 사람이었다.

이는 공가희의 가정사에도 일부분 책임을 물을 수 있는 이야기였다.

서울 근교에서 조그마한 분식집을 경영하고 있던 공가희의 부모는 그 딸의 재능을 알아보지도 못한 주제에, 공가희가 벌어다 주는 막대한 로열티에 취해 졸부 특유의 천박함을 여실히 드러냈다.

비록 이성진이 어느 정도 공가희의 자산을 관리감독하고 있다곤 하나, 그것을 제외하더라도 공가희는 그들 부부가 그간 벌어들이던 돈 이상을 안겨다 주었고.

부부는 주제 모를 이상에 젖어 씀씀이가 헤퍼지더니, 분수 모를 사치에 물들어 갔다.

'톨스토이는 모든 행복한 가정이 엇비슷하며, 불행한 가정은 제각각의 사정이 있다고 했지만…… 꼭 그렇지만도 않은 것 같아.'

갑작스레 감당하기 힘든 큰 축복이 내려왔을 때, 대부분은 그러한 전철을 밟는 듯했다.

그들은 앞날이 꽃길로 이루어진 것인 양, 그리고 하늘에서 내려온 공가희의 천부적인 재능이 각자에서 비롯했다고 믿으며 엇나가기 시작했다.

심지어, 전예은이 방문해서 만나 본 공가희의 부친은 제

주제도 모른 채 외도를 시도하려 하고 있었다.

'이대로 내버려 뒀다간 가정 붕괴와 더불어 공가희의 슬럼 프는 더 깊어졌을 거야.'

어느 정도 완벽주의자 기질이 있는 이성진은 여간한 일에도 모든 것을 도맡아 하려는 버릇이 있었고, 이는 그로 하여금 과도한 업무를 부담하게 했다.

하물며 그는 스스로 '나는 다른 사람을 믿는다, 수평적인 관계를 지향하고 있다'고 했으면서 조금만 내버려 두면 전예은의 업무인 서류 정리며 스케줄 관리까지 스스로 해내려는 사람이니, 이래서야 말과 행동이 다르다.

그건 전예은 자신을 향해서도 마찬가지로 적용되는 사항이었다.

이성진은 전예은의 능력에 관해 '너그러이' 긍정하는 한편, 거기에 매달리거나 맹신하는 법이 없었다.

이성진은 그 안에서 나름의 확신과 결론을 도출한 상황에 전예은의 의견을 어디까지나 '참고 사항'으로 삼을 뿐이었고.

그나마 전예은에게 일임하는 건 그가 보기에 '실패 시의 리스크를 감수할 만하다' 판단하는 것들이었다.

'사장님도 내게 큰 기대는 하지 않는 것 같지만, 모든 사람이 그렇듯 그분에게도 한계와 모순은 있어.'

제아무리 이성진이—깜빡하면 그 신체적인 나이를 잊을 만큼—특출한 재능을 타고난 초인적인 인물이라곤 하나, 그도 굵직굵직한 업무 모두를 통솔해 가며 큰 그림을 그려 가는 와중 사소한 것 하나하나를 챙길 만한 여력은 없었다.

전예은이 보기에 그 모습은 이성진이 무언가에 쫓기고 있는 듯한 강박증을 느끼는 것처럼도 보였다.

'남들이 보기엔 아무것도 부족할 것 없어 보이는 사람인데도.'

시답잖고 취향이 아닌 농담은 곧잘 시도하는 그이지만, 그러면서 자신에 관한 시시콜콜한 이야기는 감추는 것이 이성진이었다.

'더군다나 어쩌면, 아니 그러지 않길 바라지만, 사장님은 당신이 보기에 아니다 싶으면 가차 없이 내다 버릴 냉정함도 갖추고 있으니까.'

이성진의 주위엔 뛰어난 재능과 능력을 겸비한 인재가 즐비했으나, 이는 달리 말해 '무능한 인재'는 취급하지 않는다는 것이기도 했다.

'그분 안에선 중용할 자와 아닌 자의 구분이 명확할 거야.'

아마, 그가 자신에게 SBY와 관련한 과제를 맡긴 건 그런 판단하에 전예은을 테스트하려는 목적도 겸하고 있으리라.

전예은은 스스로도 '비서로서' 가진 능력이 뒤처지지 않으리라 자신하고 있었으나, 그가 부과한 이번 과제를 수행해내지 못하면 이성진 안에서 전예은을 향한 평가가 결정되리란 것도 분명했다.

'이대로라면…… 나를 내치시진 않겠지만, 그렇다고 중용하지도 않겠지.'

그러니 전예은이 가는 앞에는 공가희라는 변수—혹은 이성진의 계륵—가 중요하게 작용할 것이다.

그래서 전예은은 이성진의 승인하에 공가희를 그 집에서 빼냈다.

처음엔 빌라의 다른 호에 공가희를 거주하게 하려 했으나, 공가희는 '전예은이 알고 있는' 이상으로 생활력이 전무한 인간이었다.

결국 전예은은 공가희를 자신의 집에 들였다.

전예은이 자취하는 넓고 텅 빈 집은 공가희 한 사람이 더 들어온 것만으로도 제법 북적거렸고, 그녀도 지금은 이를 '감내할 만한 리스크'에서 '나쁘지 않은 판단'이라 여길 정도로 격상했다.

애당초 철이 들기 전부터 고아원의 집단생활을 해 왔던 전예은이었다.

그녀는 그녀 스스로도 놀랄 만큼, 텅 빈 집에 홀로 남은 적막을 견디기 힘들어했음을 자각했다.

'이게 바로 사장님이 말한 원원, 이라는 거겠지.'

그리고 동거한 지 며칠이 지나, 공가희는 그런대로 전예은을 친근하게 대하기 시작하며 오늘날에 이르렀다.

'비록 사석에서도 비서 씨, 하고 부르긴 하지만……. 뭐,

사장님껜 대놓고 왕자님, 하며 부르는 사람이니까 이 정도면 양호해.'

공가희가 입을 열었다.

"그러면 언제쯤 방송할 예정인가요?"

전예은은 그 물음에 서류를 들여다보는 일 없이 곧장 대답했다.

"지금 일정으론 내년 2분기를 바라보고 있어요."

"예? 내년요? 에이, 그럼 널널하네요."

모르는 소리.

전예은도 조사 과정에서 알게 된 것이지만 애니메이션 제작이란 건 상상 이상의 시간과 인력을 갈아 넣어 완성되는 물건이었다.

또, 한편으론 사람이 하는 일이다 보니 그 과정은 계획대로만 흘러가지도 않으며 언제나 변수가 존재하는 것이었다.

박일춘은 그런 업계의 사정을 얼추 알고 있는 모양인지, 고개를 주억거렸다.

"아닙니다. 들으니 조금 빠듯하겠군요."

"네? 무슨 말씀이세요, 할아버지?"

할아버지라니.

전예은은 손바닥으로 얼굴을 덮어 가리고 싶었지만, 동시에 박일춘이 그런 것에 얽매일 인물이 아니란 것에 안도했다.

"가희 양께서 생각하시는 이상으로 애니메이션 업계가 돌아가는 방식은 스마트하질 않거든요."

박일춘은 허허 웃으며 종이를 꺼내더니 만년필로 도식을 슥슥 그렸다.

종이 위에 기획, 시나리오, 콘티, 레이아웃, 원화, 동화, 트레스, 채색 등등으로 이어지는 줄이 그이고, 그와 별개로 음향, 음향효과 및 음악, 대본, 더빙이 다른 선을 그으며 이 모든 것을 아우르는 선으로 검토, 편집, 완성에 이르는 과정이 단번에 그려졌다.

"이처럼."

대략적인 제작 과정을 그려 낸 박일춘은 빙긋 웃으며 말을 이었다.

"한 편의 애니메이션에 들어가는 제작 과정은 퍽 복잡하지요. 이것도 어디까지나 간략하게 그려 냈을 뿐이고, 또 이조차도 매번 마감에 쫓기기 일쑤랍니다."

"으음⋯⋯."

공가희는 생각에 잠긴 얼굴로 박일춘이 그려 낸 도표를 물끄러미 쳐다보았다.

전예은은 그런 공가희를 힐끔 살핀 뒤, 그 틈에 업무를 진행시켰다.

"저도 사장님께서 말씀하신 시간이 다소 빠듯하단 사안에 동의하고 있습니다만, 저희 사장님께선 이번에 도입할 '디지털 방식'이라는 제작 방식이 소요 시간을 대폭 단축시킬 수 있으리라고 생각하셨습니다."

"으음, 디지털 방식. 저도 듣기는 했습니다만."

공가희가 끼어들었다.

"비서 씨, 그게 뭔데요? 무슨 차이예요?"

"음, 기존 애니메이션 제작은 셀 방식으로 이루어지는 것에 반해, 이를 디지털로 처리할 경우 업무에 드는 수고로움을 대폭 줄일 수 있다고 들었어요."

"셀? 드래곤볼에 나오는 걔요?"

"……네? 그게 누구…… 아뇨, 그게 아니라, 그러니까……."

관련해선 겉핥기로 익힌 전예은도 자세히 아는 바는 아니어서, 이를 어떻게 설명해야 할지 우물쭈물하고 있는데, 박일춘이 그 여백을 대신 나서 주었다.

"쉽게 말씀드리자면 이런 겁니다. 먼저 가장 아래쪽에 배경을 그리고."

박일춘이 종이 한 장을 아래로 깐 뒤, 그 위에 그림 한 장을 올렸다.

"그 위로 투명한 판 위로 그린 그림을 겹치지요. 그다음."

뒤이어 박일춘이 손가락으로 사진을 찍듯이 찰칵, 소리를 낸 다음 종이를 치우고, 그 위에 다른 종이를 얹었다.

"동작의 움직임에 따라 한 장 한 장씩 사진을 찍어서 프레임 단위로 촬영을 이어 가는 거지요. 이 한 장 한 장이 모여서 영 점 몇 초당 단위의 움직임이 만들어진답니다. 그래서 이 업계에선 해당 과정을 구태여 '촬영'이라 부르고 있지요."

"……엑, 그러면, 엄청나게 손이 많이 가는 거네요?"

아무래도 어쨌건 업계의 첨단을 달리는 SJ컴퍼니에 몸담고 있다 보니, 공가희는 이러한 '아날로그적인 방식'에 기함하는 모습을 보였다.

박일춘은 그런 공가희를 보며 손녀를 대하는 할아버지마냥 자애로운 미소를 머금었다.

"그렇습니다. 옛날부터 그랬지요."

"그나저나 할아버지, 되게 잘 아시네요? 혹시 여기서 애니메이션도 제작해요?"

"아뇨, 딱히 그런 건 아니지만, 이래저래 저도 이 바닥에 몸을 담고 있다 보니 싫어도 들리는 것이 하나둘 있기 마련이거든요, 허허."

잠시 생각하던 공가희가 툭 하고 말을 뱉었다.

"그래도 뭐, 제가 상관할 바는 아니네요. 곡은 그것과 별개로 완성될 테니까요."

말투와는 별개로, 공가희의 말은 제법 핵심을 꿰뚫는 발언이었다.

공가희는 그 뒤, 우물쭈물하며 말을 이었다.

"……그렇긴 하지만 다들 수고가 많네요."

전예은은 그런 공가희를 보며 미소 지었다.

사실, 공가희는 굳이 지금 같은 기획 단계 회의에 참석할 필요는 없다.

하지만 이런 상황에 굳이 공가희를 동석시킨 건, 업이란 것이 누구 한 사람의 재량으로 완성도가 좌지우지되지 않는다는 것을 깨달아 주길 바라서였다.

'그런 일에 사장님을 기준으로 삼으면 안 되지. 우리처럼 평범한 사람들에겐 그 나름의 방식이 있는 거니까.'

박일춘이 전예은을 바라보았다.

"다만 예은 양이 말씀하신 '디지털 방식'이란 걸 쓴다면, 그 번거로움이 조금 줄어든다는 의미겠지요?"

전예은은 고개를 끄덕였다.

"예. 그럼에도 동화의 부담만큼은 그대로라고 알고 있습니다."

"뭐어, 그렇다곤 하나 컴퓨터로 작업을 하게 되면 뭐든 빠르고 좋지 않겠습니까, 허허. 뭐든 어쨌건 시대의 흐름이라는 것은 기존의 구태의연하던 걸 좋게 만드는 법이니까요."

박일춘은 공가희를 지그시 바라보면서 말을 이었다.

"그리고 그런 일은 누구 한 사람의 힘만으론 이뤄지지 않고 말이지요. 저는 이런 방식으로 조금씩 발전해 간다면, 그것도 좋은 것이라고 생각합니다."

그도 전예은이 공가희를 데려온 연유를 눈치챈 것일까.

"……음."

과연, 전예은의 의도대로 공가희는 그 내면의 불안과 자괴감을 일부 떨쳐 내는 모습을 보이기 시작했다.

"……그러면 저는 무엇을 하면 될까요?"

"우선은……."

전예은은 가방을 뒤적여 게임보이 두 개를 꺼내 탁자 위에 놓았다.

"원작에 대한 이해도를 높이는 차원에서, 당분간은 게임을 즐겨 주세요. 물론 저도 동참할 거구요."

공가희는 게임보이를 보더니 눈을 반짝이며 가슴을 쭉 내밀었다.

"에헴, 게임 하면 저죠. 얼마든지 가르쳐 드리죠, 비서 씨."

"……."

아니, 언니 게임 잘 못하잖아요.

전예은은 그런 말이 입 밖에 나오려는 걸 미소로 틀어막았다.

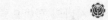

비디오가 끝나고, 화면 조정용 테스트 패턴이 뜨자 이진영은 자연스럽게 VTR 기기의 비디오 되감기 버튼을 눌렀다.

그 특유의 윙– 하며 비디오테이프를 되감는 소음 속에서 박승환 전무는 담담한 얼굴로 입을 열었다.

"이상으로 특집 프로그램인 〈먼 나라 이웃사촌〉의 시청을 마치겠습니다. 최종 완성본은 아니며, 여기에서 몇 가지 후시 녹음 및 음향 보조, 또 몇 가지 자막이며 이펙트를 덧입힐 예정입니다."

한편 허상윤은 머리를 긁적이더니 씩 웃으며 나를 보았다.

"이게 성진이 네가 말한 '국뽕'이란 거냐? 가슴 안쪽이 묘하게 간질간질한걸."

허상윤의 말에 박승환이 어리둥절한 얼굴로 되물었다.

"국뽕…… 말씀이십니까?"

"아, 예. 뭐, 저희끼리 하는 이야기예요. 하하하."

"음."

허상윤이 어색하게 웃으며 국뽕이란 말을 얼버무렸다.

뭐, 내가 던진 말이긴 해도 어른 앞에서 어원을 설명하기에 떳떳한 표현은 아니지.

방송의 주된 내용은 안토니오가 이탈리아 현지 친구들을 초대해 그가 한국에서 지내며 겪은 문화적 차이며 그가 생각하는 '한국적인 것'을 소개하는 것으로 구성되었는데.

그래도 어디까지나 '예능'을 지향하는 방송이다 보니, 내용 자체는 단순했다.

이탈리아인들이 모여 있다 보니, 오디오가 빌 걱정은 하지 않아도 돼서 좋았다.

그들은 서울 시내를 돌아다니며 경복궁을 들르거나 삼겹살, 치킨, 굴 등을 먹거나 했는데, 여기엔 한국인이 생각하는 '전통'에 얽매이지 않는 분방함이 이 시대 기준, 자국민들에게 새로운 관점을 제시하는 요소도 있었다.

그들은 '한국 요리'를 먹을 때면 매번 이탈리아인 특유의 제스처로 '맛있다'를 연발해 가며 관심을 보였고, 해당 부분에서 허상윤은 진지한 얼굴로 종이에 무언가를 휘갈기듯 메모해 갔다.

방송은 예능적 재미를 추구하는 동시에 '설마 이런 것이 외국인들에게 먹히는 거였나' 싶은 객관화를 일으키며, 비교적 현대적인 요소까지도 '전통'의 범주, '한국만의 고유한 것'에 포함할 여지를 던져 주었다.

결론적으로, 특집 프로그램 〈먼 나라 이웃사촌〉은 이 시대에는 없는 실험작으로썬 성공적이었다.

"보시는 바와 같이 저희는 만족스러웠습니다만, 방송국에선 어떻게 생각하고 있습니까?"

박승환 전무는 내 말을 무표정하게 받았다.

"이번 기획은…… 방송국 측에서도 만족스러워하더군요. 당초엔 명절 특선 프로그램으로 기획했습니다만, 모니터링 결과가 좋으니 정규 편성 계약도 무탈하게 따낼 수 있을 것 같습니다."

그 무표정한 얼굴에서 나는 희미한 미소 같은 것이 피어

오르는 것을 보았으나, 일부러 내색하지 않고 고개만 끄덕였다.

이진영이 되감기를 마친 비디오를 꺼내 탁자로 놓으며 입을 뗐다.

"예, 저도 완성본을 보고 나니 기대한 것 이상으로 재미있는걸요. 이만하니 기획 당시 성진이가 말했던 것이 어떤 의미인지 얼추 알 것 같고 말이죠."

그러면서 이진영은 눈을 찡긋하며 나를 보았다.

"어때, 이만하면 성진이 너도 만족하니?"

내 기준으론 아직 다소 엉성한 감이 있지만, 그 엉성함도 차차 시간이 지나며 노하우가 쌓이면 해결될 것으로 보였다.

'편집점을 잡는 기준 등이 좀 더 빨리 끊어 가는 방식으로 진행되었으면 더 좋았겠지만.'

그래도 이 시대 기준으론 제법 센세이셔널 했다.

'거기엔 안형욱이라는 거물을 섭외한 것뿐만 아니라 여러 의미에서 말이지.'

옛날 예능은 근 미래 기준으로 다소 느긋하고 느릿느릿한 감이 있었다.

거기엔 여러 이유가 있지만, 기술적 한계 등을 이유로 좀처럼 자막을 활용하지 않다 보니 장면과 감정선을 구성하는 데 시간을 많이 들였을 뿐만 아니라, 다소 장황한 부분도 없지 않다.

그러니 이번 방송에는 적극적으로 자막을 도입했는데, 이 또한 이 시대 기준으론 파격적인 수준이었다.

그러다 보니 방송의 속도감도 빨랐다.

'옛날, 아니 이 시절의 예능은 딴짓을 하다가 소리만 듣고도 얼추 무슨 내용인지 이해가 갔지. 거기엔 그것대로, 그것 나름의 장점은 있어.'

하지만 그럼에도 불구하고 나 스스로 어느 정도 위화감은 있었다.

애당초 태생부터가 예능 반 다큐 반인 프로그램이어서 그런 것일까.

'뭐, 다소 지루하다고 느끼는 것도 어디까지나 내 기준이지. 이 시대에선 이 정도라도 충분히 먹힐 법하지 않나?'

그래도 이 시대 기준으론 제법 만족스러워서, 나는 미소 띤 얼굴로 고개를 끄덕였다.

"그럼요. 훌륭했어요. 이만하면 박승환 전무님 말씀대로 장기 편성도 무리 없이 진행될 거 같은데요."

이번엔 이탈리아인으로 출발했지만, 세계는 넓으니까.

그러니 방송국 입장에서도 프로그램의 확장 가능성은 문제없이 열어 둘 수 있는 셈이었다.

내 생각에 동의하듯 고개를 끄덕이는 박승환과 달리, 이진영은 그런 나를 가만히 쳐다보다가 머리를 긁적이곤 자세를 바로 고쳐 앉았다.

"정말로?"

이진영의 발언이 왠지 모르게, '이번 결과가 네 안에서 타협의 결과는 아니냐'며 묻는 듯한 뉘앙스로 느껴진 건 내 착각일까.

그 말에 다소 뜨끔했지만, 나는 내색하지 않는 미소를 지을 수 있었다.

"네? 왜요, 형은 조금 별로였어요?"

"⋯⋯아니, 그런 건 아닌데⋯⋯. 물론 다들 동의하듯 나 역시도 정규 편성은 무리 없이 진행될 거 같긴 해. 프로그램의 완성도도 높고. 다만."

이진영은 잠시 생각하더니 손목시계를 확인하곤 고개를 돌려 박승환을 보았다.

"박승환 전무님, 제가 따로 재어 보니, 실제 방송 시간보다 더 여유가 있던데, 그건 1차 완성본이어서 그런 건가요?"

박승환은 이진영이 스스로 시간을 재어 가면서 방송을 검토할 줄은 몰랐다는 양 조금 놀라긴 했으나, 대답 자체는 무난한 어조로 받았다.

"예. 말씀하신 대로 1차 완성본에는 다소 시간적 여유를 두고 편집점을 잡아 두었습니다. 붙이는 것보단 잘라 내는 편이 보기에 깔끔하니까요."

박승환이 서류를 뒤적이며 말을 이었다.

"여기에 콘티며 촬영분에는 존재하지만 일부러 잘라 낸 부분도 있습니다. 그 결과 나오게 된 것은 결과적으로, 보신 바와 같은 한 줌 정도지만 여기서도 더 잘라 낼 것이 있다면 잘라 내자는 것을 전제로 만들었습니다."

박승환은 메모를 준비하며 우리를 둘러보았다.

"그러니 여기서 덜어 낼 것이 있다고 생각하신다면 기탄없이 말씀해 주십시오."

자신이 하는 일에 큰 애착이 없는 박승환이어서일까, 그는 고작해야 청소년에 불과한 우리에게 관련한 권한을 아낌없이 부여했다.

"우선."

허상윤이 손을 들었다.

"개인적으로 시저스 분량은 더할 것도 덜 것도 없다고 봅니다."

이는 그가 비단 시저스 2호점의 경영진이어서 한 말은 아니었다.

방송은 어디까지나 '한국 문화'를 이탈리아인에게 소개하는 굵은 줄기를 중심으로 구성되었다.

그러다 보니 방송 내에서 시저스의 분량은 크지 않았으나, 방송의 구성 덕분에 내용은 노골적이지 않고 자연스럽게 섞여들었다.

그 이탈리아인들은 '소문을 듣고 방문한' 시저스의 피자를 평하며 '완전한 이탈리아 정통 방식은 아니지만 타지에서 이 정도 완성품을 맛볼 줄은 몰랐다'는 평을 내놓았고, 거기에 그들 문화에 관한 자부심을 곁들였다.

특히, 메인으로 나온 안토니오는 대배우 안형욱이며 아나운서가 함께하는 스튜디오에서 별도의 촬영을 덧붙여 그 특유의 장황한 말로 설명을 이어 갔는데, 안형욱은 그 말을 노련하게 적절히 끊으며 방청객의 웃음을 유발했다.

그 뒤, 잔잔한 음악이 깔리며 안토니오가 속내를 털어놓고, 한국에서 지내며 느낀 고충을 담담히 술회하는 감성적인 화면이 이어졌는데……

그런 술회의 순간 덕분에 방송 전체로 따지면 시저스가 나온 분량 자체는 길지 않았으나, 구성상 제법 비중 있게 다루어지면서 시청자들 사이에 '이탈리아인으로 하여금 향수를 느끼게 하는 피자'라는 각인도 가능했다.

'그건 자연스럽게 시저스의 피자가 이탈리아 정통에 가까운 것이란 정보 전달로 이어졌고.'

박승환은 허상윤의 말에 고개를 끄덕였다.

"예. 저도 해당 섹션은 생각 이상으로 훌륭하게 뽑혔다고 생각합니다. 제가 보기에도 더할 것도 덜어 낼 것도 없어 보였고요."

거기서 이진영이 끼어들었다.

"글쎄요, 제 생각은 조금 다릅니다만……"

"예?"

"아, 그러니까 시저스 분량뿐만 아니라 방송 전체를 놓고 드리는 이야기입니다."

"말씀해 주십시오."

박승환은 상대가 어리다고 해서 얕보거나 무시하는 법이 없었는데, 그건 우리가 가진 배경 때문인지 아니면 그의 천성인지 분간하기 어려웠다.

'……아마 후자일 테지만.'

이진영은 짧게 고개를 끄덕이곤 말을 이었다.

"개인적으로…… 제가 관여할 바는 아니지만, 저는 방송을 좀 더 길게 가져갔으면 합니다."

"음, 시저스 분량 말씀이십니까?"

"아뇨, 그게 아니라……."

이진영은 턱을 긁적이더니 재차 말을 이었다.

"왠지 방송 전체가 왠지 '쫓기듯 완성되었다'는 느낌이 있어서요."

"……쫓기듯, 말씀입니까?"

그야, 시간상으론 쫓기듯 부랴부랴 촬영해 완성된 것은 맞지만.

"예. 그러니까, 제 생각엔 방영 시 최소 2주가량의 분량을 숙고하고 제작한 것을 무리해서 1화 안에 완결을 짓고 만 느낌이 듭니다."

제법 예리한 지적이었다.

나는 동시에, 이진영이 스스로의 이득에 앞서 방송 자체의 완성도를 고려하고 있다는 것에 흥미가 갔다.

'완성품을 보고 나니, 저도 모르게 욕심이 나는 건가? 아니면…….'

박승환은 담담한 얼굴로 이진영의 말을 받았다.

"이진영 님의 말씀대로입니다. 보통 이런 프로그램의 경우 촬영 일정을 고려해 몇 회 분량을 미리 구성해 두곤 합니다."

박승환이 말을 이었다.

"다만, 아시다시피 이번에는 당초, 기획 당시부터 편성 시간에 맞춰 방송 일정을 고려해 두고 진행했습니다. 그리고 특집 프로그램의 특성상 구조적으로 기승전결의 형태로 이탈리아 편을 완결 짓는 형태를 띠게 되었죠."

"완결이라……."

이진영은 혼잣말을 중얼거리더니 나를 힐끗 쳐다보곤 박승환을 바라보았다.

"박승환 전무님, KBC 측에서는 이번 〈먼 나라 이웃사촌〉을 정규 방송으로 추진할 계획이 있습니까?"

"구체적인 계획까진 아닙니다만, 그래도 어느 정도는 낙관적인 전망이 가능한 수준입니다."

"그러면, 만일 정규 프로그램으로 편성된다는 가정하에 언제쯤이면 정규 방송이 가능할까요?"

이진영의 말을 들으며 박승환은 눈을 가늘게 뜨더니 입을 뗐다.

"혹, 이진영 님께선 이번 방송을 2회 분량으로 구성했으면 하시는 겁니까?"

이진영이 고개를 끄덕였다.

"예. 혹시 해당 편을 더 길게 잡고 추후의 정규 편성에 넣을 2회 분량까지 염두에 둔다면 어떻게, 가능할까요?"

그 말을 들으며 나는 멈칫했다.

'아, 위화감의 정체를 알았어.'

박승환의 말마따나.

보통 이런 예능 프로그램의 경우, 미리 몇 주 분량(짧으면 2주 가량)을 촬영해 두고 방송을 끊어 가는데, 이번 〈먼 나라 이웃사촌〉의 경우는 설날 특집 프로그램으로 편성된 것이기에 한 화 50분 안에 꾸역꾸역 욱여넣은 감이 없지 않았다.

아무리 재미있는 예능이라도 끊어 가지 않고 긴 시간을 연속해서 방송하면 시청자 입장에선 피로감이 들기 마련이다.

그런 의미에선 이번 〈먼 나라 이웃사촌〉은 구성상 특집 다큐멘터리에 가까운 구성이었으나……

'완결형 구성 자체의 문제였군.'

50분을 꽉 채워 방송한다는 시간이 문제가 아니었다.

'그렇기에 예능으로써 완결성을 내포한 자체가 내 안에서 걸리적거렸던 거야.'

그랬다.

여기엔 '꾸쥬욤마걸'이 필요했다.

'……여기에 우리 카페의 브랜드가 박히면 딱 맞겠군.'

시답잖은 생각을 떠올리며 나는 입을 열었다.

"저도 궁금한데요."

나는 그렇게 운을 떼며 재차 말을 이었다.

"박승환 전무님, 혹시 KBC 측에 이번 특집 프로그램의 향후 정규 편성 일자를 확정받을 수 있을까요?"

이는 이진영도 물은 바이나, 정규 스폰서인 내 입에서 나온 것과 '단순한 의견 개진차' 물어본 이진영의 입에서 나온 건 무게감이 남다르다.

박승환은 그 말에 이제 와서 무슨 이야기를 꺼내려는 거냐고 묻는 듯한 시선을 던졌고.

나는 그런 박승환을 향해 미소를 지었다.

"저도 전해 듣기로 사실상 정규 편성이 확정되었다는 퍽 고무적인 이야기를 들은 것 같아서요."

"……사장님의 말씀대로이긴 합니다."

그는 애써 무덤덤한 표정을 지으며 내 말을 받았다.

"다만 제 입장에서 사장님이 바라시는 구체적인 일자까지 확정받기는 어렵습니다. 해당 사항은 저 혼자 협의 없이 결정할 수 있는 것이 아닙니다. 방송 편성이란 KBC 측의 분기 개편 회의를 통해 일정이 정해진 뒤 결정되는 요소이며, 자사 측은 방송국이 통보한 일정에 맞춰 향후 스케줄을 진행하고 있으니까요."

하긴, 암만 SJ컴퍼니가 통통 프로덕션에겐 갑에 위치하는
스폰서라도, 이제 와서 일정을 다시 조율하라거나 촬영분을
뒤엎고 다시 찍자는 식의 요구는 무리가 있는 이야기였다.

'가뜩이나 시간도 촉박한 마당에 재촬영을 할 수는 없지.'

나도 1차 편집본까지 나온 마당에 답 없는 땡깡이며 강짜
를 부릴 생각은 없다.

'또, 나서는 모습을 보니 편집에는 박승환 전무가 관여한
것 같군.'

앞서 전예은이 내게 전하길, 비록 그가 자신의 일에 애착
이 없다곤 하나, 그래도 일에 임하는 책임감 하나는 뚜렷한
인물이랬다.

'한편으론 그렇기에 이런 결과가 나오게 된 걸 거야.'

지금껏 박승환 전무가 해 온 바에서 벗어나지 않는, 외주
제작 특유의 무난하고 정석적인 방송.

그렇다고 재미가 없진 않으나, 거기까지.

하지만 거기엔 방송이 가지는 근본적인 재미가 결여되어
있었고, 파격성이 부재했다.

그건 전예은이 내게 SBY를 통해 지적한, 완벽주의를 지향
한 요소가 내포하는 필연적인 문제점이기도 했다.

만일 〈먼 나라 이웃사촌〉이 이번 한 번만 하고 말 특집 방
송이라면, 이 정도로도 충분하다.

그러나 파일럿 프로그램이라고 하는 '정규 프로그램'의 예고편으로 놓고 본다면, 60점 정도밖에 줄 수 없다.

아마, 박승환도 이런 것을 제작해 본 적은 없을 것이다.

'기획안 검토부터 촬영과 편집까지 모두 관여한 박승환이지만, 그는 이 이상 멀리 내다보지는 않아. 뭐, 맡은 바 현재에 충실하다는 것도 나름 장점이긴 하지만, 업에 열정이 없다는 건 예능에는 마이너스지.'

나는 미소 띤 얼굴로 박승환의 말을 받았다.

"이해합니다. 다만, 앞서 이야기가 나온 대로, 저 역시 이번 '파일럿 프로그램'이 추후 정규 시간대에 편성될 것이란 확답을 얻을 수 있다면 수정 및 보완을 가할 수 있을 거 같아서요."

"……."

박승환의 무표정한 얼굴 근육이 꿈틀했다.

'그로선 선을 넘는단 생각일까. 거기엔 자신의 일에 관한 자부심과 그 영역을 침범한 것에 분노한 것이 아닌, 공연히 쓸데없는 일을 벌인단 생각이 앞서겠지만.'

나는 재차 말을 이었다.

"저도 어디까지나 가능한 한 만전을 기하면 좋겠다는 의미에서 드리는 제안이에요. 추가 편집 관련해서도 통통 프로덕션 측에 부담이 가지 않게끔, 제 개인 선에서 처리하겠습니다. 오늘 본 1차 완성본도 훌륭하니, 혹여 사정이 여의치 않게 된다면 이 비디오를 토대로 방송하는 것으로 진행해도 되고요."

에둘러 말하긴 했으나 사실상 질타나 다름없는 발언.

내 말을 잠자코 들은 박승환은 그 아래 억누른 불만을 무표정한 얼굴로 덮어 가렸다.

"KBC의 분기 개편 회의가 조만간이긴 합니다."

박승환이 이렇게까지 해야 하나, 싶은 얼굴로 나를 보았다.

"확답을 들을 수는 없지만, 바라신다면 어떤 식의 이야기가 오갈지 알아볼 수는 있습니다."

"그래요? 그럼 부탁드릴게요."

내 말에서 '가능하다면 지금 당장'이라는 뉘앙스를 읽은 것일까.

박승환은 잠시 가만히 앉아 나를 바라보다가 천천히 몸을 일으켰다.

"잠시 실례하겠습니다. 통화 좀 하고 와도 되겠습니까?"

"네. 물론이죠."

박승환이 무표정한 얼굴로 방을 나서자 잠자코 있던 허상윤이 툭 하고 뱉었다.

"대체 뭐가 문제야?"

그 또한 내가 이제 와서 이러는 까닭을 모르겠단 얼굴이었다.

아무리 이 바닥의 문외한인 허상윤이라도 대강 분위기를 읽고서 상황이 여의치 않다는 정도는 파악해 낸 모양으로 입을 뗐다.

"나도 방송에는 별 흥미가 없어서 잘 모르지만…… 어쨌건 이만하면 훌륭하다고 생각하는데? 기승전결도 훌륭하고, 대놓고 말하긴 뭣하지만 얼추 재미랑 감동도 있잖아. 시저스 홍보라는 목적도 달성했고."

이진영이 허상윤의 말을 담담하게 받았다.

"맞아. 시저스 홍보용 영상이라는 취지상으로는 제법 훌륭하지."

"오히려 과분할 정도 아니냐?"

"응, 하지만 그게 전부이기도 해."

"……엥? 대체 무슨 소리야?"

어리둥절해하는 허상윤을 앞에 두고, 이진영은 빙긋 웃으며 나를 보았다.

"그건 나보다 성진이가 더 잘 알 거 같은데?"

자연스레 바통을 내게 넘기는군.

'이번 일에 끼어든 이진영의 의도는 알기 어렵지만…… 지금은 내게도 도움이 되니 어울려 주자. 그가 노리는 바도 표면적인 부분은 얼추 예상은 가고.'

그렇게 둘의 시선이 나를 향하자, 나는 가만히 고개를 끄덕였다.

"말씀대로입니다. 아, 그렇다고 제가 진영이 형보다 더 잘 안다거나 하는 건 아니고요."

나는 괜한 너스레를 떨었다.

"제가 보기에, 이번 특집 프로그램은 그 자체로 완성된 모습이었거든요."

허상윤이 눈썹을 씰룩였다.

"응, 그랬지. 그게 왜?"

"음, 그러니까…… '완성'되어 있다는 것이 문제예요."

"……."

그건 달리 말해서 '다음으로 이어지는 기대감이 없다'는 의미이기도 했다.

나는 천천히 말을 이었다.

"파일럿 프로그램과 특집 프로그램은 구분해서 생각해야 합니다."

"뭐래, 이번 방송은 특집 프로그램이자 파일럿 프로그램이잖아?"

"맞아요. 하지만 파일럿 프로그램이자 특집 프로그램이기도 하죠."

"……뭔 소리야? 말장난은 관두고."

나는 의자에 등을 붙였다.

"즉, 이번 〈먼 나라 이웃사촌〉은 형편상 특집 프로그램의 형태를 빌려 왔지만, 본질적으론…… '정규 편성 예정인 예능 프로그램'의 파일럿 방송용 프로그램이란 의미죠."

"……다른 건가?"

"비슷한 것 같아도 달라요. 이건 어느 방향으로 접근하느냐의 문제거든요."

나나 이진영이 이번 방송에서 일말의 지루함을 느꼈다면, 그건 이 특집 프로그램이 그 완성도와는 별개로 기획 다큐멘터리처럼 한 편으로 완성되는 종결성을 띠고 있기 때문이었다.

거기에는 파격이 없고, 정석만이 있을 뿐이다.

박승환이 가져온 편집본은 예능임에도 정석적이었다.

그는 남이 깔아 놓은 길밖에 가질 못한다.

사실, 그 이상을 해내야 한단 생각도 하지 않을 것이다.

내가 하는 말의 핵심을 얼추 알아들은 모양인지, 허상윤이 고개를 끄덕였다.

"대강 알겠어. 즉, 장기적으로 보면 연출이며 편집의 개선이 프로그램에 도움이 될 거란 거지?"

"네. 게다가 파일럿 프로그램이다 보니, 방송도 형이 본 것처럼 안정적인 것보단 파격적인 방식을 추구하는 편이 시청자들의 뇌리에도 보다 쉽게 각인되겠죠. 거기에 더해 프로그램만의 개성과 예능적 재미까지요."

허상윤은 잠시 생각하다가 고개를 들었다.

"그런데 이렇게까지 할 필요가 있어?"

그렇게 말하며 허상윤은 나와 이진영을 번갈아 보았다.

"아닌 말로, 솔직히 나나 진영이 네가 관여할 문제는 아닐 거 같은데. 사실이 그렇잖아. 성진이야 뭐, 통통 프로덕션 쪽에도 사업상 발을 걸치고 있으니 신경 쓰이는 게 당연하겠지만."

허상윤은 다소 냉정하게 우리 관계를 재단하면서, 그 스스로 내 앞에서 다소 말이 지나쳤다고 생각했는지 개인적인 견해를 덧붙였다.

"또, 들으니까 방송 일정도 제법 촉박한 거 같고, 거기에 맞춰 재편집을 하자면 괜한 사족을 달지도 모르지. 그러니 나로서는 괜한 리스크를 감수하느니 이대로 무난한 방송을 지향하는 편이 훨씬 나을 거 같은데?"

말 그대로, 허상윤 입장에서는 구태여 다 된 밥상을 뒤엎어 가며 긁어 부스럼 만들 필요가 없는 일이었다.

허상윤은 동의를 구하듯 이진영을 보았다.

"뭐, 이것도 따지고 보면 네 입에서 나온 이야기지만, 나로서는 네가 굳이 거기까지 관여할 필요는 없다고 봐. 따지고 보면 월권이나 마찬가지고. 이 문제는 성진이나 박승환 전무님에게 일임해도 될 이야기지. 굳이 여기서 나눌 이야기는 아니라고 본다만……."

허상윤은 이 회의에서 한발 뒤로 빼려는 모습을 보였다.

그 의견은 일견 타당했고, 또 제 분수를 잘 아는 대처였다.

하지만…….

이진영은—왠지 내게는 냉소처럼 보이는—겉으로는 아무런 문제도 없어 마냥 사람 좋아 보이는 웃음으로 허상윤의 말에 답했다.

"맞아. 언뜻 보면 상윤이 너나 내가 관여할 필요가 없는 것처럼 보일 거야."

"언뜻 어쩌고 할 게 아니라, 아무래도 그렇지. 이 이상 아마추어가 끼어들 영역은 아니잖아?"

"나도 동의해. 다만, 그것도 어디까지나 네가 시저스 2호점만 성공시키고 만족할 거라면 그렇다는 이야기지만."

허상윤은 본인 스스로도 야망이 큰 인물이다.

그래서 허상윤은 이진영의 티 나지 않는 도발에 나름대로 반응을 보였다.

"……나도 당장 눈앞의 목표만 보자면 그렇단 거거든. 단기 집중도 사업에 놓칠 수 없는 중요한 요소잖아?"

"맞아, 맞아. 네 말이 맞지. 그러니 내가 생각하는 건, 어찌 보면 걷기도 전에 뛸 생각부터 하는 거라고 생각할 수도 있어. 하지만……."

이진영이 싱긋 웃는 얼굴로 허상윤을 보았다.

"모처럼의 기회잖아."

"기회?"

"응. 상윤이 너만 하더라도 방송을 보면서 열심히 무언가 메모했지?"

이진영이 미소를 유지한 채 허상윤 앞에 놓인 메모지를 힐끗 쳐다보았다.

"그러면서 너한테 이런저런 아이디어가 많이 떠올랐을 거 같은데. 안 그래?"

그의 다 알고 있다는 양 넘겨짚은 말에 허상윤은 머쓱한 얼굴로 슬쩍 메모지를 가렸다.

"아니, 뭐 별거 아닌데……."

"흐음, 너도 아이디어가 여럿 떠올랐단 거 자체는 부정하지 않을걸."

"뭐어……."

허상윤이 머리를 긁적였다.

"여기다가 끼적인 건 단순한 착상에 불과한 거야. 뭐라고 할까, 외국인들이 의외로 원초적이고 직관적인, 단순한 것에 매료되는 모습이 조금 흥미로워서."

그 이상은 얼버무리며 말을 아낀 허상윤이었지만, 아마 식사업의 해외 진출을 고려한 아이디어가 잔뜩 적혀 있을 것이다.

이진영은 고개를 끄덕였다.

"내 말이 그거야. 그런 식으로, 이번 일도 단발성 기획에 그치지 않고 꾸준히 접하다 보면 차기 사업 아이템을 발굴할 수도 있겠지."

"흐음."

"그뿐만 아니라 우리로서도 성진이의 S&S가 적극적으로 스폰서를 해 준다면 그 성장에 따른 콩고물도 떨어질 거고, 그러니 방송이 흥할수록 우리에게도 이익이지 않겠어?"

그러면서 이진영이 나를 향해 장난기 가득한 눈웃음을 지었다.

"더군다나, 어차피 고생은 성진이가 할 테니까."

그러나 그건 동업자로서 허상윤을 설득하기 위해 내놓은 그럴듯한 구실에 불과했다.

'그 본의는 달리 있겠지. 내게 장난 섞인 어조로 말을 던진 것조차 연기의 일환일 테고.'

그러면서 이진영은 내가 놓치고 넘어가려던 부분을 미리 나서 언급하며, 내게 생각할 거리를 던져 주었다.

그리고 이는 내게 유무형의 심리적 부채를 지우기 위함일 것이다.

'단순하게 생각하면 이번 일을 이진영의 호의로 받아들이면 되겠지만, 문제는 이진영의 의도 모를 꿍꿍이지.'

전생에도 겪어 본 바, 그는 충분히 경계해야 할, 교활하고 음흉한 자다.

'뭐, 그로서는 나랑 친해져서 손해 볼 건 없으니, 단순하게 받아들여도 무방하긴 하지만.'

나는 이진영의 시선을 피하지 않고 어깨를 으쓱였다.

"뭐, 그렇죠. 사실 통통 프로덕션 입장에서도 손해 볼 건 없는 이야기고요."

허상윤은 그제야 고개를 끄덕였다.

"뭐, 니들이 정 그렇다면야……."

그때 문이 열렸다.

"실례했습니다."

그사이, 통화를 마친 박승환이 돌아왔다.

그는 문 앞에 선 채로 무뚝뚝하게 통보를 이어 갔다.

"문의 결과, 정확한 시일이 확정된 것은 아닙니다만 이르면 3월 초, 늦어도 3월 중순 화요일 혹은 목요일 저녁 9시에 편성 가능할지 모른단 이야기를 들었습니다."

이 정도 기한이라면, 파일럿 프로그램이 대중의 뇌리 속에서 잊히기 전이라고 할 수 있는 수준이다.

"좋아요. 그럼 저희도 슬슬 파일럿 이후 녹화를 고려해야겠군요. 정규 편성 시의 기획은 어떻게, 이쪽이 전담하게 되나요, 아니면……."

"자사 측이 전담하는 방향으로 이야기가 진행 중입니다."

그 콧대 높은 KBC가 많이도 양보했군. 박일춘의 영향력이려나.

"다만 시일상 추가 촬영은 힘들 수 있습니다. 또, 저로서는 이성진 사장님께서 바라시는 완성본을 짐작하기 어렵군요.

혹여 편집에는 사장님께서 직접 관여하실 생각이십니까?"

그럴 리가.

아무리 그래도 내가 방송 편집이란 전문 작업에 직접 나설 수는 없다, 가능할 리도 없고.

'뭐, 하지만 이야기가 나올 때부터 점찍어 둔 사람은 있지.'

나는 박승환의 덤덤한 얼굴을 살피며 말을 이었다.

"아뇨. 외부에서 따로 한 사람을 임시 고용하려 합니다. 아, 시설 대여는 가능할까요?"

스폰서의 제안인 데다 그 시설도 SJ컴퍼니 측이 장만해 주었으니, 박승환 전무가 마다할 까닭은 없다.

그것도 이쪽이 자금과 인력을 충당해 주겠단 것이라면, 더할 나위 없고.

"문제는 없습니다만……."

업계에 몸담은 시일이 적잖은 박승환도 어지간한 편집 전문가 인선은 꿰고 있겠지만.

괜한 사람을 들였다간 장비를 망가트릴 수도 있으니 사전에 구두로나마 전해 들으려는 생각으로 내게 물었다.

"누구인지 여쭤봐도 되겠습니까?"

뭐, 내가 초등학교 방송부 사람이라도 데려올까 봐?

"아, 네. 영화감독 하던 사람인데요."

"영화감독……요?"

영화감독이란 말에는 그 무표정한 가면이 의아함에 물들 지경이었다.

"네. 이제 막 입봉을 마친 분이긴 하지만요. 그럼 추후 귀사 측에 정식 서류를 전달드리겠습니다."

나는 미소 띤 얼굴로 대화를 마무리 지었다.

'어차피 방준호 감독은 내 제안을 거절할 처지도 아닐 테니까.'

게다가 편집의 신이라 불리는 방 감독이니, 그라면 여기서 뭐라도 해내겠지.

올해 초, 방준호 감독은 삼광문화재단을 통해 제작한 영화 〈우리들 이야기〉를 통해 성공적인 입봉을 마쳤다.

비록 흥행은 눈여겨볼 수준이 아니긴 했으나, 평단과 대중에 좋은 작품이라는 평가를 받으며 방준호 감독은 신진 감독으로서 주목받기 시작하고 있었다.

그 실력과 자질을 인정받은 방준호는 휴식을 취하며 올해 상반기 CBS 방송국에서 제작하는 TV 단막극 연출에 임할 예정이었는데, 언젠가 윤아름으로부터 '방송국 사정으로 제작 일정이 미뤄져 조금 한가한 모양'이란 이야기를 전해 들은 기억이 났던 차였다.

-예능 프로그램의 편집?

"네. 이미 촬영은 마쳤고, 1차 편집본만 나온 시점이에요.

-으음.

수화기 너머 방준호는 해 본 적 없던 일이라는 생각에 이를 고사하려는 모양으로 잠시 망설였으나.

-뭐, 다른 사람도 아니고 네 부탁이니 해 볼게.

이내 시원시원하게 승낙했다.

"감사합니다."

-아니야, 나도 예능 편집 시스템이 궁금했거든. 모처럼 겪기 힘든 기회가 왔으니, 여러 경험을 해 봐야지.

뭐, 그 입장에 나라는 인물은 윤아름의 영화 출연을 용인해 주었을 뿐만 아니라, 제작 지원을 통해 입봉을 시켜 준 은인이나 다름없기도 할 테고.

-그 대신이라고 말하긴 뭣하지만, 혹시 나중에 제작비 부족해지면 지원도 해 줄 거지?

"TV 단막극요? 그건 CBS 측에서 어떻게 나오느냐에 따라서 달라질 이야기입니다만…….."

-하하하, 농담이야. 그보단…….

그 뒤, 이런저런 이야기를 마치고 나는 방으로 돌아왔다.

"이야기는 어떻게, 잘됐어?"

방으로 돌아온 내게 이진영은 시원한 레모네이드를 권하며 빙긋 웃었다.

"성진이 네 표정을 보니 잘된 모양이긴 한데."

"네. 흔쾌히 편집에 참여해 주기로 했어요."

자리에서 아포카토를 먹고 있던 허상윤은 은 숟가락을 까딱이며 픽 웃었다.

"방준호 감독이라고 하면, 얼마 전에 영화 만든 그 사람이지?"

"영화 보셨어요?"

"아니. 그건 아니지만, 홀에 있는 은수 누나가 윤아름 팬이잖아. 귀가 닳도록 이야기를 들어서."

허상윤은 신은수를 언급하며 진저리를 쳤다.

"뭐, 본 사람들 말로는 다들 좋았다고 하더라고. 은수 누나 말로는 '새로운 거물의 등장'이라느니, '역사의 현장에 함께했다'나, 뭐라던가. 어쨌건 이번 일은 이렇게 일단락된 건가?"

"네, 일단은요. 물론, 완성본이 나올 때까진 끝난 게 아니지만요."

"흥, 그것도 순전히 니들 고집 때문이지."

당사자인 박승환이 떠나간 자리여서 그런 것일까, 허상윤은 제법 노골적으로 이야기를 꺼냈다.

"지금도 나는 너희가 긁어 부스럼을 만든 거라는 생각이고, 그건 변함이 없어. 이걸 음식에 비유하면 이미 원재료가 다 갖춰진 상황에 여기서 뭐가 어떻게 더 바뀔지도 모르겠다. 음식은 재료가 7할이라고들 하잖아."

게다가, 하며 허상윤이 재차 말을 이었다.

"암만 비즈니스라곤 해도 박승환 전무에게 했던 건 이른바 퍼블리셔 측의 갑질이었단 것도 부정할 수 없고."

이진영이 미소 띤 얼굴로 끼어들었다.

"하지만 나는 말 그대로 비즈니스니까 할 수 있었던 이야기라고 생각해. 서로 간에 편의만 봐주다간 죽도 밥도 되지 않는 거 아니겠어?"

허상윤이 어깨를 으쓱였다.

"그러는 나도 너희가 무슨 비전을 갖고 있는지 모르니 할 수 있는 말이긴 하지. 어쨌건 이미 지나간 일이고 현재 진행 중인 시제의 이야기니까 나도 더 이상 왈가왈부하진 않겠지만."

허상윤은 그렇게 말하곤 에스프레소를 얹은 아이스크림을 한 입 떠먹더니 고개를 저었다.

"하긴, 각자의 영역에서 타협 불가능한 어느 지점이 하나쯤은 있기 마련이겠지. 여기 오기 전에 내가 성진이랑 했던 이야기도 비슷한 맥락일 테고."

"무슨 이야기를 했는데?"

이진영의 말에 허상윤은 픽 웃었다.

"별거 아니야. 너도 알다시피 우리 가게 피자는 팔수록 손해를 보는 구조잖아. 그러니까 차라리 한정 판매를 해 보는 건 어떻겠냔 이야기가 나와서."

"흐음."

"물론 너나 성진이는 한정 판매 전략에 동의하겠지만, 내 입장에선 가게 지분을 양도할지언정 양보할 수 없는 요소야. 그야 합리적으로 들리진 않겠지. 그래도 뭐, 나로선 그렇단 이야기고."

즉, 허상윤이 이번 일에 적극적으로 의사를 타진하지 않은 건 앞서 창고에서 나눈 짧은 이야기가 생각났기 때문일 것이다.

'묘한 부분에서 이야기가 맞아떨어지는군.'

허상윤이 담담한 어조로 말을 이었다.

"니들 눈엔 내가 대충 타협하고 넘어가려는 것처럼 보인 걸지도 모르지만⋯⋯. 일반 대중을 대표하는 입장에선 그대로도 나쁘지 않았어. 덕분에 사업 아이디어도 여럿 떠올렸고. 음, 이건 일반적인 시점은 아닌가?"

허상윤은 잠시 생각하다가 쓴웃음을 지으며 고개를 저었다.

"아니, 어쩌면 내 입장에선 맺음이 덕분에 이대로도 가게 운영상 문제가 없단 입장이어서 나 스스로 그렇게 납득하고만 걸지도 모르지."

뭐, 알 게 뭐람.

허상윤은 그렇게 덧붙이면서 나를 보았다.

"그나저나 성진이 너, 혹시 S&S에서 취급하는 품목에 닭은 예정에 없냐? 이왕이면 신선 육가공 쪽으로."

설마, 치킨을 생각하고 있는 건가.

"아직은 없어요. 관련해선 이미 선점 업체가 꽉 붙잡고 있기도 하고……."

"계림 말이지?"

"네."

"그래도 이야기가 착착 나오는 걸 보니 너도 계획이 있나 보네."

"아직 확정된 사항은 아니지만요."

"이래저래 바쁘단 건 알겠지만 아무튼 생각은 해 줘. 개인적으론 해 볼 만한 사업이라고 생각하거든."

이후 아포카토를 밑바닥까지 싹싹 긁어 먹은 허상윤은 '휴식 끝!' 하고 말하더니 자리에서 일어섰다.

"그럼 나는 하던 일이나 마저 할 테니까, 성진이 너는 이참에 좀 쉬다 가. 아닌 말로 국민학생이 그렇게 바빠서야 이 나라의 미래가 걱정이다."

혹시, 허상윤은 세간에서 말하던 츤데레인 건 아닐까.

나는 미소 띤 얼굴로 허상윤의 말을 받았다.

"제 사례는 특수하잖아요? 그리고 올해부턴 초등학생이에요."

"체, 그거나 저거나. 어쨌든 왔으니까 밥이나 먹고 가. 조금 있으면 브레이크 타임이거든."

이어서 허상윤이 이진영을 보았다.

"진영이 너는 성진이 도망 못 가게 붙잡아 두고."

"맡겨만 줘."

이진영은 방긋방긋 웃는 얼굴로 허상윤을 배웅했고, 방에는 이진영과 나 두 사람만 남게 되었다.

이진영은 내 맞은편에 앉으며 아메리카노가 담긴 머그컵을 쥐었다.

"수고했어."

"아뇨, 형이야말로 고생하셨어요."

"뭘, 내가 한 건 별거 아니지. 말뿐이라면 누구라도 할 수 있지 않겠니?"

이진영은 미소를 유지한 채 커피를 한 모금 마시더니 잔을 내려놓았다.

"사업에 임하는 너를 보는 게 제법 재미있기도 했고."

대수롭지 않은 양 뱉은 말이었지만, 퍽 의미심장한 이야기였다.

이진영은 내 시선을 받아 흘려 넘기며 말을 이었다.

"성진이 너도 발이 꽤 넓구나, 하는 생각이 들었거든. 설마하니 그 자리에서 주목받는 신인 감독인 방준호 씨가 턱하고 나올 줄은 몰랐지 뭐야."

이진영이 나를 보았다.

"아마 그 사람이라면 네가 바라는 그림을 그려 줄 수 있겠지. 나도 봤거든. 〈우리들 이야기〉 잘 만들었더라."

뒤이어 이진영은 쓴웃음을 지었다.

"뭐……. 은수 누나한테는 비밀이지만."

천하의 이진영도 껄끄러운 부류가 있는 모양이다.

하긴, 신은수에게 윤아름 주연의 〈우리들 이야기〉를 봤다는 이야기를 꺼냈다간 한참을 붙잡혀 '어느 장면 어느 파트에서 윤아름이 참 좋았다'는 간증의 시간을 거쳐야 할 테니.

……이건 내 경험담이다.

이진영이 커피를 한 모금 마셨다가 말을 이었다.

"그러잖아도 백부님께서 네게 '사람을 모으는 힘'이 있다고 말씀하시던 게 생각났어."

여기서 이태준이 언급될 줄이야.

"뭐, 그분이 하시는 말씀 대부분은 옳지."

이진영의 화법이다.

그가 말한 '대부분 옳다'고 하는 건 오히려 '그렇지 않은 부분'에 힘주어 말하는 것으로, 만일 그가 타인의 사정을 개의치 않고 떠들어 대는 부류라면 '그 사람이 하는 말은 대개 흘려들어도 좋다'는 말을 했으리라.

나는 이진영이 꺼낸 말에서 그가 나를 어떤 특정 화제로 인도하려는 기색을 읽었다.

이는 나 또한 바라던 일이었기에 그 은근한 유도에 응해 주었다.

"사람을 모은다니요, 그저 어쩌다 보니 그렇게 흘러갔을 뿐이죠. 사업을 하다가 보면 이래저래 많은 사람과 만나기 마련이고요."

그 수 싸움이 고등학생을 상대로 하더라도, 이진영은 방심해선 안 될 상대였다.

"아, 그렇지. 오히려 발이 넓기로 따지면 진영이 형도 대단하지 않아요? 저는 사업상 비즈니스 관계로 엮여 있을 뿐이지만, 형은 여러 사람들과 '개인적인 친분'이 있으니까요"

"내가?"

"네. 가게에 들어올 때 보니까 이런저런 축하 화환이 되게 많이 있더라고요."

나는 거기서 본 '조광'을 언급할까 하다가 관두며 미소 띤 얼굴로 말을 이었다.

"보니까 그중에 '주한 이탈리아 대사관' 화환도 있던데요?"

"아, 그거."

이진영이 웃었다.

"굳이 그럴 필요는 없었는데, 이래저래 우리를 좋게 본 모양이야."

'우리'라. 허 참.

연기나 가식이라곤 느껴지지 않는 미소로, 이진영이 말을 이었다.

"아닌 말로, 상윤이나 나는 어디까지나 해 볼 만한 사업이라고 생각해서 추진했을 뿐인데?"

나는 그런 이진영을 보며 미소를 유지했다.

"시저스 입장에서야 사업이라곤 하지만, 그분들에겐 자부심을 가져도 좋은 일이잖아요? 또, 결과론이긴 하지만 특집방송을 통해 우리나라와 이탈리아 간의 수교를 알릴 수 있게 되기도 했고요."

"나도 그렇게 생각해 주니 고마운 일이지만. 하하, 금칠이 과해."

그럼, 슬슬.

"또, 생각해 보면 제가 시저스의 경영자가 된 것도 형이 제니퍼 누나를 소개해 준 덕분이고요. 저도 형한테는 감사해야죠."

그래. 생각해 보면.

이진영은 나를 제니퍼에게 소개함으로써 시저스, 삼풍백화점, 그리고 나아가 S&S까지 이어지는 흐름과 계기, 그 길을 열어 준 인물이기도 했다.

만일 그가 어떤 방식으로든 개입하지 않았다면 지금 이 순간도 어떤 식으로 변해 있을지, 나로선 모를 일이었다.

S&S의 공동 설립에 제니퍼의 본가인 해림식품이 배제되었거나, 아니 S&S 자체가 없던 이야기가 되었을 수도 있다.

극단적으로 말해, 내가 삼풍백화점 붕괴에 관여하지 않는 방향을 고려했을지도 모를 일.

'그가 어디까지 고려하고 있는지, 앞일을 어느 수준까지 짐작하고 있는지는 모르지만.'

전예은은 내게 이진영을 '경계할 필요가 있다'고 말했지만, 그 정도는 굳이 듣지 않아도 될 이야기였다.

다만.

'감정을 도려낸 것 같다고도 했지.'

「……좀 더 정확히는 감정의 기준점이 남들과 다르다고 볼 수 있겠네요.」

전예은의 그 말은 평범한 사람에게 들이밀 수 있는 잣대는 아니었다.

그 평가는 '단순히' 이진영을 소시오패스적인 부분이 있다는 정도로 해석해도 되겠지만, 왠지 그것과는 무언가 다르단 생각이다.

전예은의 능력에 전적으로 의존하는 것도 삼가야 할 것이고.

'……지금으로서는 해가 되지 않는다는 판단하에 안전거리를 확보하는 것이 최선이겠지.'

어쩌면 전생에 이성진의 죽음과 관련이 있을지도 모를 인물이라는 전제로.

이진영은 내 말에 아주 짧은 순간 멈칫했다가, 다시 웃었다.

"하하, 그런가? 왠지 성진이 너한테는 공연한 부담을 지운 것 같아서 미안하게 생각하고 있었는데."

나는 일부러 어색해 보이는 미소를 지으며 고개를 저었다.

"그럴 리가요. 저로서도 좋은 인연이었고, 그로 인해 사업을 확장할 계기가 생겼는걸요."

직후, 나는 이진영을 살피면서 말을 이었다.

"또, 사업은 혼자서 할 수 있는 게 아니잖아요? 형은 저에게 공치사를 돌리려 하시지만 시저스가 이렇게까지 성장한 건 모두의 노력이 있었던 덕분이라고 생각해요."

그 뻔하고 유치한, 무구한 말을 이진영은 어떻게 받아들이고 있을까.

이진영은 잔잔한 미소로 내 말을 들으며 커피를 한 모금 마신 뒤, 그윽한 시선으로 나를 보았다.

"혼자서는 할 수 없다…… 좋은 이야기야."

그는 담담하게 운을 뗀 뒤,

"네가 하는 것을 보니, 일이라는 건 생각지도 못한 곳에서 발굴되기도 하는 것 같고. 어쩌면 제니퍼 누나의 경우처럼……."

깍지 낀 양손을 탁자에 올렸다.

"……찾아보면 너에게나 다른 사람에게 서로 도움이 될 만한 이야기가 또 있을지도 모르겠어."

일련의 흐름은 이진영으로 하여금 나를 '모임'에 끌어들이 게끔, 얼추 계기와 구실을 마련해 주었다.

"마침 내 친구들 중에 성진이 너를 만나 보고 싶다는 사람 들이 제법 많이 있거든."

"그래요?"

"응. 그동안은 네가 워낙 바쁜 것 같아서 미처 말을 꺼내 지 못했지만, 성진이 네가 바란다면……."

이진영이 빙그레, 그 잘생긴 얼굴 위로 미소를 지었다.

"……어디 한번, 근 시일 내에 자리를 마련해 볼 생각인 데, 친목 도모 겸 부담 없이 만나 보지 않겠니?"

왠지 모르게 불현듯, 지옥으로 가는 길은 선의로 포장되어 있다는 말이 떠올랐다.

그리고 나는 마찬가지로, 얼굴만큼은 천사 같은 이 몸의 원주인, 이성진의 얼굴 위로 미소를 지었다.

"네! 물론이에요."

2장

　시저스에서 용무를 마치고 회사로 돌아왔더니 전예은이 나보다 한발 앞서 복귀해 있었다.

　"다녀오셨어요, 사장님."

　"외근이 일찍 끝난 모양이군요."

　"네, 오늘은 기획 검토만 재확인한 것뿐이어서요. 시간을 내 주신다면 협의 사항을 공유해 드리겠습니다."

　"천천히 하죠. 고생하셨습니다."

　"네, 알겠습니다."

　"예. 그런데……."

　전예은의 인사를 받으며 사장실로 직행하려던 나는 대기실 소파에 앉아 있는 불청객을 물끄러미 쳐다보았다.

"오셨어요, 왕자님."

'한동안 공가희와 업무상 동행'할 예정이라더니, 전예은은 그 혹을 여기까지 달고 온 모양.

"네. 가희 누나. 그런데 여기는 어쩐 일로 오셨어요?"

공가희는 부루퉁한 얼굴로 나를 쳐다보더니 입을 삐죽였다.

"왜요, 저는 오면 안 돼요?"

"……그건 아닌데, 게임을 하려면 휴게실로 가 주시죠."

공가희는 게임보이에서 시선을 떼더니, 지지 않고 내 말을 받아쳤다.

"단순히 노는 게 아닌, 업무의 일환인데요?"

누가 뭐랬냐? 스스로 찔리니까 노는 게 아니라고 했으면서.

하나, 애를 상대로 화를 내는 건 어른스럽지 못한 대처다.

신체적 나이는 내가 연하지만.

"그렇다면 본인의 사무실로 자리를 옮겨 주시겠습니까?"

"……."

이번에는 반박할 거리를 떠올리지 못한 모양인지, 공가희는 툴툴거리며 게임보이로 시선을 던졌다.

"지금 풀 타입 몬스터를 잡는 중이니까, 바빠요. 나중에 이야기해요."

"……."

저걸 자를 수도 없고.

전예은을 힐끗 쳐다보니, 그녀는 내게 죄송하다는 양 꾸벅꾸벅 허리를 굽혀 댔다.

'애 엄마냐.'

비록 그녀가 스스로 나서서 '공가희 씨의 케어를 맡겠습니다'라고 했고, 나는 거기에 전적으로 협조하겠단 말을 하긴 했지만.

'차라리 오늘은 별다른 외부 미팅 예정이 없어서 다행이라고 해 두자.'

나는 고개를 저어 공가희의 존재를 시야 바깥으로 떨쳐 낸 뒤, 전예은을 보았다.

"저는 이만 사장실로 들어가 보겠습니다."

"네……. 아, 차라도 한 잔 타 드릴까요?"

사양할까, 하다가 시저스에서 시식이란 구실로 뭔가 잔뜩 얻어먹고 왔더니 속이 더부룩하단 걸 자각했다.

"네, 부탁드릴게요."

내가 발걸음을 사장실로 향하고, 전예은이 탕비실로 자리를 옮기는 와중에도 공가희는 소파에 반쯤 드러눕듯 앉아 게임만 할 뿐이었다.

아니.

"비서 씨, 저는 오렌지 주스로 주세요."

염치도 없이 뻔뻔한 요구를 해 왔다.

나는 공연히 내 눈치를 살피는 전예은에게 알아서 하라는 신호로 고개를 끄덕여 준 뒤, 자리를 옮겼다.

'뭐, 괜히 슬럼프랍시고 틀어박혀서 꿍해 있는 것보단 낫지.'

내 생각에 슬럼프 운운하는 건 배부른 소리란 감상만 있을 뿐이지만, 소위 예술가란 부류, 특히 자신의 업무를 감에 의존하는 공가희는 심리적 요인이 업무의 능률을 결정하고 있었으므로 관련해선 전예은에게 전적으로 맡겨 두기로 했다.

전예은은 앞서 몇 차례, 집에서 두문불출하던 공가희를 직접 찾아가 설득을 시도하더니 얼마 전부터는 아예.

「사장님, 제가 사는 빌라에서 공가희 씨랑 동거를 해도 될까요?」

별도의 허락을 구했다.

그 정도야 못 할 것 없는 요구였고, 어차피 건물 전체가 텅텅 비다시피 했다.

다만.

홀로 있는 것을 편안해하는 전예은이 그렇게까지 했다는 건, 그녀가 보기에 공가희의 슬럼프는 시간이 해결해 주는 성질이 아닌 듯했다.

'계약 당시 만났던 공가희의 가족은 속물 기질이 다분했으

니. 그녀도 어떻게든 공가희를 그 가족에게서 떼어 놓으려는 걸 테고.'

나는 전예은의 제안에 차라리 건물의 빈 호실을 따로 쓰라는 말도 해 보았으나, 그녀는 구태여 '빈방이 많아서 괜찮다'며 사양했다.

'가까이 붙어서 케어를 해 줘야 할 수준인가 보군. 여러모로 손이 많이 가는 모양이야.'

하긴, 나도 이제는 그런 '섬세한' 배려를 신경 쓸 겨를이 아니었기에 차라리 잘된 일이라 여겼다.

'이젠 공가희의 대체재 정도야 찾지 못할 것도 없지만, 모처럼 발굴한 인재이니 기회를 주는 건 나쁘지 않아.'

나름 창립 멤버에 가까운 공가희를 이대로 마냥 내치는 것도 찝찝하고, 행동거지야 어쨌건 재능은 충분한 인물이니까.

나는 사장실 책상에 앉자마자 컴퓨터를 켜서 메일을 검토했다.

스팸메일이랄 것이 없는 시대이건만 그럼에도 내 메일함엔 읽어 보지 않은 메일이 무수했고, 그중 조금 눈여겨볼 것은 세 통.

하나는 아직 미국에 있는 이모, 서명화로부터 온 메일.

앞서 자사의 폴더폰을 본 이휘철은 내게 '문자에 특화된' 신규 핸드폰 디자인을 의뢰했는데, 나는 내가 생각하고 있던 블랙베리를 떠올려 서명화에게 의뢰를 넣었다.

서명화는 내 요구 사항에 맞춘 디자인 도안을 여러 장 보냈고, 나는 서명화가 보낸 도안을 살피며 검토를 마쳤다.

과연 이번 생에서 '공식적으로 세계 최초의 폴더 폰을 디자인한' 사람답게, 그녀는 내가 기대하는 것 이상의 도안을 그려 주었다.

'외견은 훌륭하지만 제품 특성상 이른바 키 입력 감도라는 것이 중요하니, 실사용기를 평가하려면 목업을 만져 봐야 알겠지.'

나는 인트라넷으로 해당 메일을 남경민에게 공유한 뒤, 빠른 시일 내에 디자인 특허 출원과 목업을 부탁한다는 내용으로 문서 작성을 마쳤다.

'그다음은 일본으로 출장 간 김민혁이 보낸 메일인가.'

메일 내용 자체는 크게 눈 뜨고 볼 내용은 없었다.

예정대로 업무가 진행되었으며 조만간 출장을 마치고 귀국하겠다고 하는, 이미 국제전화를 통해 구두로 전달받은 내용을 양식에 맞춰 써 내려갔을 뿐.

아무래도 최근 일본과 패킷몬 애니메이션 제작이며 플레이스테이션의 취급 등 이런저런 업무상 용건이 많다 보니, 회사 내에서도 중요한 권한을 쥔 김민혁을 일본으로 보냈던 터였는데, 그는 내가 기대한 만큼 일을 잘 마쳐 주었다.

'나머진 김민혁이 귀국한 뒤 서류에 도장만 쾅 찍으면 끝날 일이겠군.'

내가 그다음 메일을 열어 보려는 찰나, 사장실 문을 두드리는 노크 소리가 들렸다.

"사장님, 차를 준비했습니다."

"들어오세요."

전예은이 차를 끓여 오기 전까지 벌써 업무 두 가지를 마쳤으니, 내가 생각해도 제법 대단했다.

'그러고 보니, 슬슬 업무가 효율적으로 변해 가고 있는걸.'

아직 갈 길이 멀었다고 생각했지만, 나도 모르는 사이 다들 차차 디지털화된 업무 시스템에 적응해 가는 중이었다.

'예전에 유상훈 변호사를 내 매니저쯤으로 생각하던 시절에 비하면, 나도 사정이 많이 나아진 건가.'

그에 비해 지금은 내가 관여하지 않고 척척 일을 해내는 부하 직원이 대폭 늘어나 있었다.

'유상훈은 물론이고 김민혁, 마동철, 그리고…….'

잘만 하면 전예은까지도.

나는 전예은이 책상에 찻잔을 내려놓길 기다렸다가 입을 뗐다.

"마침 잘 오셨어요. 이쪽으로 와 보시겠어요?"

"네."

나는 슬쩍 자리를 비켜 모니터를 공유했고, 전예은은 머리카락을 귓바퀴 뒤로 넘기며 내 곁으로 와서 화면을 보았다.

"최소정 씨가 보내 준 SBY의 팬 카페 UI 초안입니다."

전예은은 몸을 굽힌 채 모니터를 물끄러미 바라보다가 고개를 끄덕였다.

"제가 생각한 이상으로 잘 뽑혔네요. 역시 전문가는 다르군요."

"아무래도 전공자이니까요."

"저, 괜찮다면 좀 더 자세히 살펴봐도 될까요?"

나는 '업무 메일로 공유해 주겠다'고 말하려다가, 굳이 불필요한 절차를 밟을 필요는 없단 생각에 자리를 비켜 주었다.

"천천히 살피세요."

"감사합니다."

나는 자리에서 일어나 차를 홀짝이며, 전예은이 내 의자 앉아 모니터를 뚫어져라 보며 마우스 휠을 쭉쭉 내리는 걸 물끄러미 지켜보았다.

'새삼 생각하는 거지만, 유능한걸.'

생각해 보면 전예은은 바람직한 비서였다.

'머리도 좋고, 배우는 것도 빨라. 전예은의 의견도 참고 사항쯤으로 취급하면 이 정도도 나쁘지 않고. 그녀를 전적으로 신뢰할 수 있을지의 여부는 아직 두고 봐야겠지만.'

동시에 문득, 나는 그녀에게만 유독 가혹한 잣대를 들이밀고 있던 건 아닐까, 생각했다.

「사장님께서는 저한테만.」

그녀가 내 앞에서 울음을 터뜨린 이후부턴 그 경계가 과했다는 걸 자각한 나였지만, 직후 이어진 그녀의 고백을 들으며 나는 또 다른 경계를 이어 가고 있었다.

'그도 그럴 게, 전예은이 타고난 사람을 볼 줄 안다는 능력이라는 건 상식의 궤 바깥에 놓여 있으니 말이야.'

전생을 기억하는 나와 마찬가지로.

'……남을 의심하고 보는 건 내 나쁜 버릇이긴 한데…… 전생에는 그 덕에 목숨을 건진 적도 있으니, 나 원.'

한편으론 그녀로서도 내게 그 사실을 털어놓은 건 나름의 도박수였으리라.

무엇을 위해서?

물론 그녀 자신을 위해서일 것이다.

'그리고 그건 그녀의 생각에 나라는 변수를 통해야 찾아올 구원이겠지. 다만, 전생의 전예은이 무엇을 했을지, 도통 알 수가 없으니 나로선 그게 마음에 걸려.'

그 능력이 실재하며, 또 그녀가 생각하는 수준이라는 전제를 가정하면 그 능력을 살릴 방법이야 무수하다.

만일 내가 그녀의 입장이라면.

그 능력을 가지고 개인의 부귀영화를 마음먹고자 했다면, 무슨 일이든 가능했을 것이다.

하지만 그녀는 역사에 이름을 남기지 않았고, 어떤 방식으로든 눈에 띄지 않는 생을 살았다.

'다른 한편, 내게 그녀와 같은 능력이 있었다면 제정신을 유지하며 살아갈 수 있을까?'

그러니 역설적이게도, 그녀가 '관측되지 않는 나'를 유독 편안하게 여기는 것도.

공감은 할 수 없을지언정 이해는 갔다.

'그리고 그 관념은 이따금 의존의 형태를 띠고 내게 다가오지.'

전예은이 내게 보이는 몸짓, 언어, 행동.

여기서 그러한 의존의 대상이 신체적으로 초등학생에 불과한 연하라는 사실은 고려 대상이 아니다.

스스로는 티 내지 않는다는 생각을 하고 있겠지만, 그녀도 결국엔—원래대로라면—이제 고등학생이나 될까 싶은 소녀에 불과했다.

"사장님, 다 살폈어요."

전예은이 고개를 돌려 나를 올려다보았고, 나는 담담히 그 시선을 받았다.

"어떻습니까?"

"제 눈에는 달리 수정할 만한 사항이 없어 보여요."

그녀는 미소 띤 얼굴로 그렇게 말했고, 나는 그새 텅 비어버린 찻잔을 내려놓았다.

"그렇다면 조인영 씨에게 곧장 업무를 공유하고 일을 추진하면 되겠군요. 해당 메일은 예은 씨에게도 공유하겠습니다."

"네!"

전예은은 기운차게 대답하며 자리에서 일어나 내가 내려놓은 찻잔을 챙겼다.

"그럼 이만 실례하겠습니다. 혹시 더 분부하실 것이 있으신가요?"

보통은 여기서 '괜찮다'고 했겠지만.

"예. 개인적인 용무이긴 합니다만."

개인적, 이라곤 했으나 딱히 크게 바란 건 아니었고 더욱이 나로선 업무상 필요한 품목이긴 하지만…….

'아니, 됐어. 여기서 뭘 아끼겠냐.'

새삼스러운 이야기지만 명색이 재벌 3세이기도 하고.

'……아무래도 이건 내 사비로 지출해야겠지.'

나는 지갑에서 개인 신용카드를 꺼내 전예은에게 건넸다.

"시간 날 때 골프용품 좀 구해 주시겠어요?"

"골프……용품요?"

전예은은 어리둥절해하는 얼굴로, 그러면서도 가타부타 묻는 일 없이 카드를 받아 챙겼다.

그간 나도 이해 못 할 요소 중 하나였는데, 여느 기업 사장실에 들어가면 십중팔구는 골프 연습용 도구를 구비해 두고 있었다.

'결국엔 나도 그런 부류 중 하나가 되고 말았지만.'

나는 내 목소리가 떨떠름하게 들리지 않게끔 노력하며 말을 이었다.

"예. 일단 우드, 아이언, 퍼터……."

"아, 넵! 잠시만 기다려 주세요."

전예은은 허둥지둥 메모지를 꺼냈다.

"죄송합니다, 저 골프는 전혀 몰라서……. 어어, 음, 우드, 아이언, 퍼터 말씀이신가요?"

아니지. 이런 자리에선 꾸미는 것도 필요하니.

"아니, 그냥 제 신장에 맞춰 주문 제작을 해 주세요. 뉴월드백화점의 제 전담 컨시어지 매니저에게 용도를 전하면 될 겁니다."

"예. 그러니까, 으음……."

"필드에서도 쓸 수 있게. 아직은 초보라는 걸 고려해서."

"네, 필드…… 초보."

나는 전예은이 메모하는 걸 지켜보며 말을 이었다.

"그리고 사장실 구석에 퍼팅 매트랑 연습용품도 조금 갖다 둬야겠군요. 그것도 감안해서 구해다 주세요."

"어…… 음, 네, 알겠습니다. 오늘 중에 문의하겠습니다."

나는 전예은이 꾸벅 고개를 숙인 뒤 사장실을 나서는 걸 보고 나서야 자리에 앉았다.

'나 원, 살다 살다 골프도 다 쳐 보겠군그래.'

이건 '모임'의 일환이었다.

그리고 아마, 나는 거기서 조광의 관계자를 만나게 될 것이다.

'그 자리에는 후계자인 조세광이 나오게 될까, 아니면……'

모처럼 추위도 한풀 꺾인, 맑고 쾌청한 주말이었다.

하늘은 눈이 시리도록 푸르렀고, 그 위로 새하얀 적란운이 몇 조각 조그맣게 떠다닐 뿐.

따악!

드라이버 끝에 맞은 새하얀 골프공은 경쾌한 소리와 함께 저 멀리, 호수 같은 하늘로 빨려들 듯 쭉쭉 뻗어 날아가다 포물선을 그리며 잘 관리된 잔디 위로 떨어져 관성으로 굴러갔다.

"사장님, 나이스 샷!"

이진영은 장난기 섞인 목소리로 박수를 쳤고, 나는 골프공이 저 멀리 나아가는 모습에서 묘한 해방감을 맛보았다.

'생각보다 할 만한걸.'

그야, 프로에 비할 수준은 아니겠지만 전·현생을 통틀어 처음으로 올라선 필드 위의 성적치곤 나쁘지 않아 보였다.

'이래서 다들 골프, 골프 하는 건가.'

전생에는 한쪽 다리에 장애가 있어서, 몸 쓰는 일은 체질이 아니었다.

'그렇다고 해서 이런 컨트리하우스에 발을 들인 적이 없었던 건 아니었지만.'

그래도 직접 골프채를 쥐고 필드에 나서는 건 이번이 처음이었다.

'특히나 이런 호경기에는 더더욱.'

대한민국이 황금기이던 시기.

전국 방방곡곡 각 기업의 컨트리하우스가 우후죽순으로 생겨났고, 골프장 회원권이 상품이며 선물용으로 곧잘 쓰이던 시절이었다.

그럼에도 불구하고 필드는 마치 우리가 전세를 놓기라도 한 양 텅텅 비어 있었다.

'정말로 전세를 놓은 건 아니고, 여긴 VVIP 전용 홀이니.'

그런 걸 구비하고 이용하는 것도 대단하긴 했지만, 이들에겐 어렵진 않을 것이다.

'왜냐면 여긴 조광 그룹이 소유한 골프장이니까.'

나는 경기도 외곽에 자리한 조광 그룹 소유의 골프장 필드에 서서 '소소한 친목 도모'를 행하는 중이었다.

이진영은 시저스에서 '모임'의 뉘앙스를 꺼낸 후, 곧장 조세광과의 만남을 주선해 주었다.

"제법인데. 약식이긴 하지만 필드는 이번이 처음이라면서?"

나는 내게 자연스레 말을 붙이는 조세광을 향해 미소를 지었다.

"운이 좋았어요."

"아니야, 이런 건 운만으로는 안 되지. 힘이 조금 부족하긴 한데, 그거야 뭐 아직 어리니까 그런 거고."

조세광은 내가 친 티 석을 힐끔 쳐다보더니 나를 향해 씩웃었다.

"잔디가 파이지 않은 것만 해도 대단할 지경인걸."

조세광.

명실상부 조광의 3대 후계자에 내정된 인물로, 연배는 이진영과 같았지만 그럼에도 전생의 이성진은 눈앞의 이 조세광과 나이 차를 고려치 않고 제법 잘 어울려 다니곤 했다.

'재벌 3세 망나니들 특유의 공감대라도 있는 걸까, 아니면 이성진 정도면 구워삶을 수 있다는 판단이었을까.'

어릴 적부터 오냐오냐하며 자라서 그런지 조세광은 매사에 자신만만한 모습을 보였고, 그래서인지 나와 처음 만난 이 자리에서조차 특유의 능청을 떨었더랬다.

「이거 참, 이런 거물을 다 만나게 될 줄이야. 편하게 형이라고 불러.」

첫 대면부터 하대를 놓은 조세광은 이후 자연스럽게, 나와 몇 번쯤 면식이 있는 양 거리감을 좁혀 나를 대했다.

"이거 참, 이성진 사장님 앞에선 나도 조금 긴장해야겠는데?"

조세광은 악동 같은 미소를 지으며 내 앞으로 나서더니, 뒤돌아보지도 않고 캐디에게 손을 뻗었다.

"3번."

그 짧은 명령조에 캐디로 따라온 구봉팔 전무는 조세광에게 얼른 3번 우드를 건넸다.

위계가 명확해 보이는 모습이었다.

'……설마하니 구봉팔 전무를 수행원으로 데려올 줄이야.'

그렇다는 건, 그도 정화물산과 SJ컴퍼니 사이에 끼어든 문제를 명확히 인지하고 있단 의미였다.

'의도가 노골적이긴 하나, 잴 것 없이 효과적인 방법이기도 하지.'

내가 기억하는 것보다 훨씬 앳된 모습이었지만, 그럼에도 조세광은 조세광이었다.

내가 아는 조세광은 매사 안하무인인 성격이지만 머리 회전이 빠르고, 자신의 의사를 관철하기 위해선 수단이며 방법을 가리지 않는 인물이었다.

'아마 오늘 새마음아동복지재단 이야기를 꺼내겠지.'

구봉팔은 나를 쳐다보는 일도 없이 골프 가방에서 채를 꺼내 양손으로 조세광에게 우드를 건넸다.

"어디 보자, 저쯤인가?"

조세광은 구봉팔을 투명인간처럼 취급하며 골프채를 받은 뒤, 내가 공을 날린 방향을 바라보더니 자세를 잡았다.

이윽고.

딱!

경쾌한 타음과 함께, 조세광이 친 골프공은 막힘없이 쭉쭉 뻗어 나가며 내가 날려 보낸 방향으로 정확히 날아갔다.

"휘유."

한두 번 쳐 본 솜씨가 아니다.

그라면 내가 날려 보낸 거리보다 더 멀리까지 공을 보낼 수 있었겠지만 이 자리는 승부를 목적으로 하는 자리가 아닌, 어디까지나 친목 도모의 형식을 갖추고 있다는 걸 의식한 모습이었다.

'마냥 생각 없이 사는 망나니는 아니란 거지.'

조세광은 손을 차양처럼 들어 공이 날아간 방향을 확인하더니 골프채를 반쯤 던지듯 구봉팔에게 건네며 나를 보았다.

"어때?"

나는 구봉팔의 존재를 의식하지 않으려 애쓰며 형식적인 손뼉을 쳤다.

"자세가 깨끗한걸요."

"하하핫, 재능이지, 재능."

조세광은 웃음을 터뜨리며 자리를 비키곤 고개를 돌렸다.

"야, 네 차례야."

"말 안 해도 알아."

조세광이 데려온 내 또래의 여자애는 당당히 자리에 서더니 자세를 잡았다.

조세화.

조세광의 동생으로, 나이는 나보다 한 살 많았다.

'뭐, 조세광 말로는 조세화가 멋대로 끼어든 거라고 했지만.'

조세광의 말마따나 그녀는 이 '모임'에 다짜고짜 난입해 왔는데, 골프장이 이미 조광 소유이니 나나 이진영이 나서서 무어라 할 입장은 아니었다.

그렇다곤 하나, 조세광은 이번 기회에 은근슬쩍 나랑 조세화를 엮어 볼 생각도 하고 있는 듯했다.

'후일을 생각하면 삼광과 인척 관계를 맺어 두는 것도 도움이 되리란 생각이겠지.'

다만 전생에는 조세광도 그러질 않았는데, 이는 이성진의 평판이 전생과 180도 달라져서 그럴 것이다.

'썩어도 오빠는 오빠인 건가.'

뭐, 정작 나는 그런 '전략적 제휴'가 달갑지 않았지만.

그걸 내색할 입장은 아니었다.

"그럼."

그녀는 자연스럽게 티 석에 선 뒤.

딱!

나와 엇비슷한 비거리로 공을 날려 보냈다.

"흐음, 뭐."

조세화는 나쁘지 않다는 양 어깨를 으쓱이곤 캐디에게 우드를 건넨 뒤 나를 보았다.

"어때?"

"잘하시네요."

"원래는 더 멀리 날릴 수도 있는데, 넌 아직 초보자니까. 배려한 거야."

"그러시군요."

"……치, 싱겁긴."

안 봐도 안다만, 그걸 굳이 곧이곧대로 솔직하게 말하는 건 애다웠다.

'내 주변 또래는 이래저래 애어른 같은 인물이 많아서 그런지, 이런 반응은 좀 신선하긴 하네.'

조세화가 카트로 향하며 말을 이었다.

"성진이 너는 내 옆에 타. 운전은 내가 할게."

뒤이어 조세화가 조세광에게 뒤늦은 동의를 구했다.

"그래도 되지?"

"가다가 사고만 내지 마라. 저번에도 카트 엎어 놨잖아."

"언제 적 이야길 하는 거야?"

그것도 어디까지나 동행 여부를 물은 것으로, '운전을 하면 안 된다'는 건 선택지에 없는 모양이었다.

조세광이 픽 웃으며 이진영을 이끌었다.

"그러면 이성진 사장님은 네가 알아서 모셔라."

"네, 네. 그렇게 합죠."

조세광이 운전하는 선발대가 출발하고, 조세화는 4인승 카트 운전석에 앉으며 옆자리 조수석—이걸 조수석이라고 할 수 있나—을 툭툭 두드렸다.

"야, 타."

"네."

내가 얌전히 카트에 올라타자 조세화가 픽 웃었다.

"뭐야, 너 왜 이렇게 고분고분해? 원래 그런 성격이니? 아니면 새삼 내외하는 거야?"

그 짓궂은 얼굴을 나는 대수롭지 않게 받았다.

"그렇다고 하기보단 딱히 마다할 이유가 없으니까요."

"흐흥, 그런 성격이구나?"

언제 봤다고 벌써 나를 재단하려는 건지.

'애는 애구만.'

조세화는 내 말에 씩 웃더니 운전대를 쥐고 부드럽게 카트를 몰았다.

"아, 그리고 말 놔도 돼. 고작 한 살 차이인데."

"그럴까?"

"어머, 그렇다고 바로 놓는 것 좀 봐. 얼굴값 못하게 하는 건 영 귀엽질 않네."

"놓으라며?"

아니면 뭐, 내가 '그럴까요? 아니, 그럴……까?' 하는 시추
에이션이라도 보여야 했나.

"농담이야. 뭐, 나도 그쪽이 편하고. 너나 나나 신분이며
나이도 비슷하니까."

'신분'이라.

그 짧은 말에 조세화의 지난 생애와 됨됨이가 축약되어 있
었다.

'전생에는 어땠더라.'

조세화의 전생을 떠올리는 사이, 나는 그녀가 어떤 방식
으로든 내 말을 기다리고 있단 걸 깨닫고 무해한 화제를 던
졌다.

"골프는 자주 치나 봐?"

내 화두에 조세화는 담담히 대꾸했다.

"으응? 그렇게 자주는 아니야. 특히 겨울에는 아무래도 추
우니까 좀 덜 하고. 오늘은 오랜만에 날씨도 좋으니까, 나도
몇 달 만에 치는 거지."

"그렇구나."

"골프가 제법 재밌긴 하지만, 그렇다고 어른들처럼 굳이
해외까지 나가서 칠 정도는 아니야. 달리 놀 것도 많은데 굳
이 거기까지 가서 골프를 친담, 하는 느낌?"

조세화는 그렇게 덧붙이곤 눈을 힐끗 돌려 나를 보았다.

"성진이 너, 골프 친 지는 얼마나 됐어?"

어디 보자.

나는 머릿속으로 골프 클럽을 처음 쥐었던 그날을 떠올려 대답했다.

"일주일?"

카트가 휘청했다.

내가 운전대를 쥐기 전, 조세화가 카트를 바로 잡으며 나를 쳐다보았다.

"……뭐?"

"왜?"

"나야말로 묻고 싶은데? 너, 이제 골프 친 지 일주일째라고?"

"……이상한가?"

"……초보자라고는 들었지만…… 어휴, 말을 말자."

조세화는 고개를 저으며 다시 운전대를 붙잡았다.

"……일주일? 나 참."

순수한 연습 시간으로만 따지면 6시간이 채 되지 않지만, 거기까지 언급하면 안 될 것 같다.

조세화는 아직도 믿기지 않는 양 말을 이었다.

"그러면 정말로 이번이 처음이니?"

"필드 이야기라면 처음 맞아. 그사이 이래저래 연습장을 쓰긴 했지만."

"……흐응, 진영이 오빠가 너더러 의외로 서민적이라고 했는데, 정말 그런가 보구나."

조세화는 오늘 처음 필드에 서 봤다는 나를 무슨 천연기념 물처럼 대했다.

'사실, 몇 번인가 이태석으로부터 뉘앙스는 있었지만, 그도 굳이 애써 권하진 않는 모습이었고.'

그러잖아도 전생의 이성진도 이즈음인가, 박세리가 대한 민국에 골프 열풍을 일으켰을 즈음 골프채를 쥐었다.

그러다 보니 한국만큼은 의외로 골프가 제법 대중화된 스포츠인 것이다.

'스크린골프도 쏠쏠한 캐시 카우가 될 법은 한데……. 그렇다고 굳이 우리가 나서서 개척할 필요까진 없나. 뭐, 이 이상 일거리를 늘릴 필요는 없겠지.'

하긴, 그랬다간 얼마 전 귀국한 김민혁으로부터 또 잔소리를 들을지도 모른다.

내가 생각하는 사이를 비집고 조세화가 말을 이었다.

"그래도 덕분에 성진이 머리 올리는 거 봤네."

"머리를 올려?"

골퍼가 필드에 처음 서는 걸 두고 소위 '머리를 올린다'고 한다.

다만 여기엔 성적인 뉘앙스와 암시가 다분했고, 또래 여자

애 입에서 나오긴 뭣한 비유여서 조금 당황했을 뿐인데, 조세화는 한 수 가르쳐 준다는 양 말을 받았다.

"응, 필드에 처음 서면 '머리를 올린다'고 해. 몰랐니?"

"……그거 무슨 의미인지는 알아?"

"응?"

조세화는 고개를 갸웃하더니 한 손으로 정수리를 툭툭 두드렸다.

"올림머리를 한단 거 아니야?"

순진하네.

어쨌건 애는 애구먼.

"그러게, 생각해 보니까 왜 그렇게 말하는 거지? 남자들은 머리가 짧은데."

나는 관련해 조선 시대의 첫날밤 풍습이며 댕기에서 쪽진 머리로의 변화를 말하려다가 관뒀다.

"……그러게 말이다."

"뭐, 그렇다곤 하지만……."

조세화가 카트 바깥 골프장을 휘 둘러보았다.

"너도 알다시피 여기도 정식 코스는 아니야. 아빠가 우리 전용으로 만들어 준 거거든."

조세화의 말은 '아빠가 화단에 텃밭을 가꿔 주었다' 정도의 뉘앙스였다.

"삼광도 골프장이 있지 않니? 내가 알기로는 그런데."

"그렇긴 하지만, 그건 그거. 이건 이거지."

나는 그렇게 말하며 고개를 돌렸다.

'그렇게 따지면, 삼광은 재벌가치곤 참 소박하지.'

아니지.

초등학교 4학년짜리에게 사업체를 맡길 정도니까 스케일 면에선 꿀리지 않는 건가?

'……돈을 쓰는 방향성의 차이려나.'

사풍의 차이도 있을 것이다.

조광은 삼광과 달리 주주의 권한도 크지 않고, 말 그대로 '가족 사업'이라는 느낌하의 권력 집중도가 짙었으니까.

조세화가 재잘재잘 말을 이었다.

"오빠는 이왕이면 18홀짜리가 좋댔지만, 그렇게까지 하면 좀 귀찮잖아? 시간도 오래 걸리고."

"그런가?"

"그럼. 다 돌리면 못해도 셋, 아니면 네 시간은 걸리니까. 뭐, 그러니 너 같은 입문자한테는 여기가 딱이지."

한 개짜리라지만 나 같은 입문자가 전용 홀을 도는 것도 조금 이상하긴 한데.

재벌가의 사고방식이란 아직도 도통 적응이 되질 않는다.

"그래도 이왕 만들어 둔 거니까, 너도 어디 다른 데 연습 장 가지 말고 여기로 놀러 와. 어차피 우리 전용이라 자주 비기도 하고, 네가 쓰겠다면 매니저한테 미리 이야기해 둘 테니까. 안 그래도 오빠 친구들은 자주 오거든."

거기서 나는 이곳이 종종 '모임' 용도로 쓰인다는 걸 눈치 채고 은근슬쩍 물었다.

"다른 사람들도 쓰곤 해?"

"뭐…… 가끔 그러는 모양이긴 해. 오빠 친구들이 오는 자리라서 나는 잘 안 가지만."

존재는 알지만 그 면면까진 잘 모른단 의미군.

"그래도 오늘은 나와 줬네."

"모처럼 날씨가 좋으니 바람도 쐴 겸해서."

조세화는 힐끗 고개를 돌려 나를 보았다.

"게다가 우리들 사이에서도 이성진이 대체 누군가, 하는 말이 많았거든. 겸사겸사 네 얼굴도 한번 볼까 했지."

"……내가?"

"몰랐니? 너 제법 유명해."

조세화가 웃었다.

"요즘 떠들썩한 SJ컴퍼니가 다 네 거라면서?"

"음……."

아직 채권이 조금 물려 있는 데다 경영고문인 이휘철이 주식 일부를 쥐고 있긴 하지만, 경영권은 고스란히 내가 쥐고 있단 의미에서 틀린 말은 아니었다.

"뭐, 그런 셈이지."

"정말인가 보네. 그러면……."

조세화는 살짝 목소리를 낮춰 무언가 말하려다가, 마침 앞서 멈춰 선 카트를 따라 차를 세우며 입을 꾹 다물었다.

"……나중에."

그녀가 덧붙인 조그만 중얼거림을 들으며, 나는 조세화란 인물이 전생에 어떠했는지를 자연스럽게 떠올렸다.

'……생각해 보면, 조세화도 결코 호락호락하지만은 않았단 말이지.'

아직 어린애에 불과하단 입장은 차치하고서라도.

결과적으로 나는 간신히 보기(Bogey : 정해진 타수에서 +1을 치는 것)에 그쳤는데, 처음 하는 것치고 대단한 거라고들 했다.

'그래 봐야 한 개짜리 약식 홀이긴 하지만.'

여담으로 이진영은 이글(Eagle : –2), 조세광은 버디(Birdie : –1)였으며, 조세화는 홀컵 인근에서 헤매는 바람에 트리플 보기(Triple bogey : +3)에서 마쳤다.

"야, 넌 초보자한테도 지냐?"

보통은 9홀쯤 자리하기 마련인 그늘집(골프 도중 막간의 휴식을 취하며 간단한 식사가 가능한 장소)에서 조세광은 조세화를 놀려댔다.

"뭐래, 오랜만에 쳐서 그런 거거든?"

조세화는 눈을 흘기며 받아치곤 의자에 기대 앉아 주스를 홀짝였다.

"제대로 치면 당연히 이겨."

언뜻 보면 평범한 남매, 혹은 그보다 조금 더 사이가 좋은 이들의 대화로 볼 수 있었지만.

나는 그 대화를 마냥 애들끼리 주고받는 이야기로 해석할 수 없었다.

'필요 이상의 묘한 경쟁 심리가 있어.'

실내는 수행원들이 미리 데워 둔 훈기로 아늑했고, 구봉팔을 비롯한 캐디도 없이 우리들뿐이었다.

고작 한 개짜리 홀에 그늘집이 있다는 건, 이곳이 사실상 VVIP를 위한 프라이빗 공간이나 다름없다는 의미였다.

실제로 이 그늘집은 조설훈이 조세광의 몇 번째인가 생일을 기념해 전용 홀과 함께 선물한 것으로, 조세광은 종종 친구들을 불러와 이 자리에서 간단한 파티를 열곤 했다.

"그래서, 어때?"

조세광은 히죽 웃으면서 나를 보았다.

"이성진 사장님의 첫 필드 소감은?"

나는 마시던 홍차를 내려놓으며 빙긋 웃어 보였다.

"생각 이상으로 재밌는데요."

"그렇지? 괜히 귀족 스포츠가 아니란 말씀이야."

조세광은 우쭐하며 말을 이었다.

"재미를 붙였다니 이제부터 시작이네. 부담 갖지 말고 종종 찾아와. 내가 없어도 출입할 수 있도록 말해 둘 테니까."

그는 동생이 내게 했던 것과 동일한 제안을 던지더니 히죽 의미심장하게 웃었다.

"게다가 여기선 뭘 하건 비밀 보장이 되거든."

말마따나 교외에 자리 잡은 골프장에 일반인의 출입이 제한된 장소라면, 여기서 무슨 일이 벌어져도 상관없을 것이다.

'막말로 작심하면 시체도 묻을 수 있겠지.'

설마 그런 일이 벌어지진 않겠지만, 아니 조세광이니 마냥 장담할 수만도 없나.

조세광이 소유한 프라이빗 공간, 그리고 그 속내를 알기 힘든 적인지 아군인지 명확하지 않은 이진영.

적진 한복판에 깊숙이 들어온 것을 실감했다. 사방이 적이었다.

하지만 그런 생각을 내색하지 않으며 나는 조세광에게 미소 띤 얼굴로 대답했다.

"감사합니다. 시간 날 때 종종 찾아올게요."

"좋아, 좋아. 나는 사람의 호의를 되도 않는 겸양으로 내빼는 사람을 좋아하지 않거든."

조세광은 다소 두서가 없는 개똥철학을 늘어놓았다.

"좋은 게 좋은 거잖아? 솔직히 싫으면 싫다고 말하는 편이 서로 오해도 없고."

그건 그가 아직 대화 도중 본심과 그 주제를 돌려 말하는 것에 익숙지 않은 까닭이다.

"그 속을 알기 힘든 사람보단 흉금을 터놓고 지내는 사람이 여러모로 호감을 산다, 이 말씀이야. 정직에 관한 벤자민 프랭클린의 일화처럼."

본디 지론이라는 건 당사자가 가장 께름칙한 것을 표면에 내세운 가면 같은 것이다.

막상 조세광이란 인물도 언행일치가 되지 않는 인물이었고, 속내가 음흉하기론 둘째가라면 서러울 수준이다.

'보이는 것만큼, 그리고 스스로 말하는 것만큼 단순한 인간이 아니야.'

그도 은연중 그런 자신을 깨닫고 있기에 방어기제이자 동족혐오의 의미에서 그런 말을 서슴없이 내뱉었을 뿐.

'하지만 그가 솔직하지 않은 사람을 싫어한다는 것 자체는 사실이지.'

이 즈음해서 조세광은 '본론'에 들어가려 하다가 동석해 있는 조세화를 탐탁지 않게 살피며 화제를 돌렸다.

"그러고 보니 너, 손만 대면 성공하는 미다스의 손으로 유명하더라?"

"과찬입니다."

나는 그것이 '그가 혐오하는 되도 않는 겸양'으로 비치지 않게끔 자연스레 말을 이었다.

"실제론 꼭 그렇지만도 않아요. SBY처럼 기대만큼의 성과를 내지 못한 사업도 얼마든지 있거든요."

"SBY……? 아, 그렇지, 그게 네 거였구나."

조세화가 나를 쳐다보았다.

"응? SBY 정도면 괜찮지 않아? 내 친구들 중에도 제법 팬이 있는데."

매번 느끼는 거지만 의외로 SBY의 팬이 제법 있었다.

나는 조세화를 향해 담담히 대답했다.

"나쁘진 않지만 좋다고도 말하기 힘들지. 기획부터 선발, 연습과 준비 기간 등등의 기회비용을 합치면 간신히 본전치기나 한 정도야."

"흐응……."

그때 잠자코 있던 이진영이 미소 띤 얼굴로 끼어들었다.

"하지만 그걸로 끝은 아니지? 내 생각에 SBY 1집 앨범 정도면 반석 역할은 충분히 해냈다고 보는데."

이진영은 여느 때고 예리한 구석이 있다.

"게다가 SBY의 데뷔 앨범은 꾸준히 롱런하고 있잖아. 다음 행보도 이렇게만 한다면 분명 성과가 나오게 될 거라고 봐."

이진영이 하는 말은 전예은의 의견과 어느 정도 맞아떨어졌다.

'전예은도 당초 예정했던 2집 일정을 캔슬하면서까지 1집의 정체성을 이어 가려는 중이니까.'

이진영은 강이찬을 통해 그런 세세한 것까지 보고 받고 있는 걸까.

아니, 그런 시시콜콜한 것까지 알아내려 하지는 않을 것이다.

'그가 짧게나마 통찰한 것을 스스로 분석해 내고 있을 뿐이겠지.'

그러잖아도 최근 들어 사업이 커질수록 경영자로서의 미숙함과 밑천을 드러낼 여지가 커진다는 걸 자각하는 중이었다.

'디테일을 모르는 한 단순히 미래를 아는 것만으론 한계가 있기 마련이고.'

나는 씁쓸한 입안을 홍차로 씻어 내며 미소를 지었다.

"말씀대로입니다. 다음번부터는 더 잘되게 만들어야죠."

조세광이 끼어들었다.

"마침 SBY 이야기가 나와서 하는 이야긴데, 혹시 걸 그룹 같은 건 생각 없냐?"

없을 리가.

아직 다소 시기상조라 판단했을 뿐이다.

"지금은 계획에 없어요. 한동안은 SBY에 집중해야죠."

"그래? 그럼 내가 만들어 봐도 돼?"

그렇게 갑자기 훅 치고 들어오니 진심인지, 농담인지 분간이 되질 않는다.

"쭉 빠진 애들로 모아서 이른바 섹시 컨셉으로 밀어붙이는 거지. 남자애들은 환장할걸."

"……."

글쎄, 내 기억에 걸 그룹이 노골적인 섹시 컨셉으로 시작해서 성공한 사례는 거의 없었다.

내가 무어라 말하기 전에 조세화가 그런 조세광을 어처구니없어하며 쳐다보았다.

"오빠, 변태야?"

"뭔 소리냐? 이건 상품이야, 상품. 비즈니스라고. 그게 팔릴 만하다 싶으면 하는 거지."

"뭐래, 이 변태가."

"사실이 그렇잖아? 입장을 바꿔서 생각해 보자고. 잘생긴 남자들이 복근과 이두를 드러낸 채 파워풀한 댄스를 추면 어떨 거 같은데?"

그렇다고 여동생 앞에서 그런 말을 서슴없이 해 대는 건 좀 그렇지 않나 싶다.

"······괜찮네?"

괜찮은 거냐?

조세광이 손가락을 딱 하고 튀겼다.

"고럼, 내 말이 그거지. 그러니까 이건 나오기만 하면 무조건 먹힌다, 이거야."

조세광이 씩 웃으며 내게 동의를 구했다.

"네가 아직 계획이 없다니까 하는 말이야. 어때, 노하우만 좀 공유해 주면 내가 알아서 할게. 너도 솔깃하지? 나랑 손 잡고 한번 해 보지 않을래?"

전생에서도 느낀 바지만 조세광은 추진력 하난 대단한 인물이다.

'……어떤 명분을 대야 하나.'

내가 머릿속으로 이 가망 없는 사업 제안을 거절할 명분을 찾고 있는데 이진영이 다시 끼어들었다.

"그만 놀려. 아직 애잖아."

"하하하, 들켰나?"

조세광은 킬킬 웃으며 고개를 저었다.

'아주 농담은 아닐걸. 거기엔 일부 진심이 섞여 있었을 거야.'

조세광이 어깨를 으쓱였다.

"뭐, 농담은 이쯤하고. 이렇게 만나 우정을 꽃피웠는데……."

그는 껍데기뿐인 얇은 금박을 이어 붙였다.

"겸사겸사 업계의 떠오르는 신성인 이성진 사장님께 상담할 게 있어서. 아버지가 나한테 골프 회원권을 몇 장 뿌렸거든."

조세광은 웃는 얼굴로 눈을 예리하게 빛냈다.

"한 장만 있어도 될 걸 괜히 몇 장씩 들고 있어 봐야 별 의미도 없고, 그렇다고 마냥 주변에 뿌리자니 프리미엄을 추구하는 우리 골프장의 신념에 어긋난단 말이야."

조세광이 잠시 뜸을 들이더니 말을 이었다.

"그러니 이걸 팔아서 용돈이나 벌고 싶은데 뭔가 팔아 치울 방법이 없을까?"

조세광이 의미심장한 웃음을 머금으며 덧붙였다.

"너, 잘하잖아? 사업."

"……."

단순하게 생각하면 지금 당장 그가 말한 골프 회원권을 내가 '대신 팔아 주겠다'며 사들여 호감을 사는 방법이 있을 것이다.

'실제로도 그런 의도를 담아 말하는 것이고.'

그렇다고 해서 조세광이 단순히 삥이나 뜯자고 이 자리에 나를 초대한 것은 아니다.

조세광은 이 자리를 협상의 자리쯤으로 생각하고 있으며, 그 협상이란 다름 아닌 정화물산과 새마음아동복지재단, 그리고 SJ의 삼각 구도의 중재에 쓸 발판을 목적으로 하고 있었다.

'구태여 구봉팔 전무를 데리고 온 건 그런 의중을 드러내는 동시에 나를 떠보려는 거지.'

그리고 내가 그의 '사업'에 도움을 주게 되면, 그는 구봉팔과 나 사이의 트러블에 개입할 명분이 생기게 된다.

'더군다나 조세광으로선 이득밖에 없는 상황이지. 중재 비용으로 골프 회원권을 팔아 치우면 용돈벌이로 제법 쏠쏠할 테니까.'

나이치곤 제법 고단수였다.

'그리고 내가 여기서 별다른 실속 없는 말뿐인 조언을 던진다면 나에 대해서 거기까지라 생각하겠지.'

동시에 내 역량을 가늠하여 내 사업의 성공이 삼광이 마련한 꼭두각시놀음에 불과한지, 그리고 벗겨 먹기 좋은 호구인지 알아보려는 것이다.

'그렇다고 내가 이런 어린애한테 호락호락 호구 잡힐 인물은 아니거든.'

나는 빙긋 웃으며 조세광을 보았다.

"골프 회원권 판매라…… 당장 팔아 치우는 것보단 더 좋은 방법이 있죠."

내 말을 들은 조세광의 눈웃음이 사라졌다.

"더 좋은 방법?"

"네, 회원권이 가진 시장 가치 자체를 높이는 방법이에요."

다들 간과하기 쉽지만 일종의 한정 재화인 골프 회원권은 주식이나 부동산처럼 개인 및 기관의 재테크로 쓰이는 금융 상품 역할도 겸하고 있었다.

'하지만 그렇다는 건 다시 말해서 리턴에 따른 리스크도 수반한다는 이야기지.'

아닌 말로 내가 사 들인 뒤 시장 가격을 형성하는 것도 방안 중 하나겠지만.

IMF가 머지않았고, 이 시기 숱한 골프장이 사라지며 골프 회원권의 시세는 급락하게 된다.

그렇다 해서 골프 회원권이 마냥 거품 경제를 상징하는 끝 모를 하락 상품이라는 의미는 아니다.

"저는 아직 골프라는 스포츠의 성장 잠재성이 충분하다고 보거든요."

"성장 잠재성?"

조세광이 픽 하고 웃었다.

"이래 봬도 골프는 진입 장벽이 높은 스포츠야."

그는 은근한 냉소로 말을 이었다.

"뭐, 하기야 대한민국 경제가 이 이상 성장한다면 '나도 어디 골프나 해 볼까' 싶은 사람이 늘어날지도 모르지."

모르는 소리.

더욱이 아직 대한민국에 골프 붐은 오지 않았다.

'조만간 골프는 IMF의 여파에도 불구하고 제법 대중화되지.'

그것도 역사의 흐름을 따라 걸출한 인재의 등장으로, 조세광도 예상하지 못한 방식으로 이루어지지만.

거기까지 말하는 건 하책 중의 하책이다.

'여기선 나도 협상용 카드 한 장을 내밀어야겠군.'

어차피 삼광이 가진 선택과 집중의 유전자를 이어받아야 할 처지인 내겐 계륵이나 마찬가지인 아이디어였다.

'나로서는 별로 아까울 것도 없지. 잘만 하면 내게도 도움이 되겠고.'

나는 조세광의 물음에 고개를 끄덕였다.

"네, 그러니까 우리가 할 일은 그 진입 장벽을 낮추는 거예요."

"……흐음?"

그 순간 조세광은 자신의 입장도 잊고서 저도 모르게 내 이야기에 귀를 기울이고 있었다.

골프가 다른 스포츠에 비해 진입 장벽이 높아 보이는 까닭은 소위 '귀족 스포츠'라 불리는 선입견의 영향도 컸다.

흔히들 골프라고 하면 기업의 중역을 비롯한 '높으신 분'들이나 고수익을 거두는 전문직 종사자들이 할 법한 스포츠란 인식이 팽배하던 시절.

물론 이 시대에도 도처에 자리 잡은 실내·외 골프 연습장을 어렵지 않게 찾아볼 수 있긴 했지만, 이는 현시점 대한민국의 호경기에 비롯한 요소였다.

'그렇다면 그 전제를 파훼하는 것에서 출발하면 되는 거지.'

나는 천천히 입을 뗐다.

"형, 혹시 골프 시뮬레이터라고 아세요?"

아직은 '스크린 골프'라는 말이 정착하기 전이었다.

내 말에 조세광은 눈을 가늘게 뜨더니 픽 하고 웃었다.

"나 참, 무슨 이야길 하나 했더니……. 설마하니 내가 그걸 모를까 봐?"

조세광은 웃는 얼굴로 말을 이었다.

"우리 클럽하우스에도 한 대, 미국에서 들여온 놈이 있어."

그 말에 나는 놀란 척, 감탄하는 척을 했다.

"와, 굉장한데요?"

"뭐, 그렇지."

그는 거들먹거리며 말했는데, 이는 그만한 자부심을 가질 만한 일이긴 했다.

'대당 몇 억을 호가하는 기기니까.'

스크린 골프의 시초라고 할 수 있는 골프 시뮬레이터는 90년대 초반, 미국이나 일본 등지의 클럽 제조사에서 비거리 및 탄도를 분석하기 위해 개발되었다.

그러던 것이 이 시기 90년대 중반, 해외의 몇몇 업체에서 그 효용성에 주목하며 스크린 골프의 시발점이랄 수 있는 기기를 개발, 출시하기에 이른다.

조광의 골프 클럽하우스에 설치된 것도 그런 절차를 밟아 나온 신제품을 비싼 돈 써 가며 들여온 것이리라.

조세광이 말을 이었다.

"그래서, 진입 장벽을 낮추기 위한 방안이 그 골프 시뮬레이터다, 이거지? 뭐, 도심 한가운데 이런 골프 시뮬레이터를 활용한 연습장이 생긴다고 하면 나름 수요는 있겠지만."

웃는 얼굴이긴 했으나, 그 눈빛에 언뜻 실망의 빛이 스치고 지나갔다는 걸 나는 놓치지 않았다.

조세광은 내가 '진입 장벽을 낮추는 방안'이 도심에 골프 시뮬레이터를 활용한 연습장을 설립하는 것임을 진즉에 꿰뚫어 본 눈치였다.

"하나, 기계는 어디까지나 기계야. 직접 필드에 나서서 골프를 치는 것에 비할 바는 아니고."

조세광의 말마따나 그 비싼 물건조차도 지금은 '비싸고 신기한 장난감' 정도의 인식에 그쳤다.

그러니 관련 사업은 현시점에서 설치 비용 투자 대비 수익성이 현저히 떨어지는 것으로, 조세광도 관련해 조금 알아보긴 한 모양이지만.

'어디까지나 겉핥기에 그치고 말았겠지.'

내가 가진 미래 지식을 차치하더라도, 애당초 물산 및 유통업계의 (아직 직접 경영을 하지 않는)재벌 3세인 조세광과 그 바닥에 발을 걸친 업계를 경영 중인 내가 접할 수 있는 정보는 질이 다르다.

'업의 특성이라고 할까.'

조세광의 선에서 알아낼 수 있는 건 어디까지나 국내로 유통 가능한 물건의 가격을 어느 정도 선에서 들여올 수 있는가의 여부였고.

나는 원천 기술을 연구하고 개발하는 이들이 누구인지, 더욱이 마음만 먹으면 투자자의 재량으로 어느 선까지 개발이 완료되었는지 여부도 검토 가능했다.

나는 표면상 조세광의 말에 동의하며 고개를 끄덕였다.

"맞아요. 저도 필드에 서 보니, 실제론 다르단 걸 느꼈거든요. 아직은 갈 길이 멀어 보였죠."

내가 은근슬쩍 가시를 박아 전한 말에 조세광은 호기심을 감추지 않으며 몸을 앞으로 기울였다.

"응? 너도 해 본 거냐?"

나는 미소 띤 얼굴로 홍차를 홀짝였다.

"그럼요. 나이스트에서 연구 과제로 개발 중인 물건이 하나 있더라고요."

내 입에서 국내 최고의 공과대학인 나이스트가 언급되자 조세광의 얼굴에 어려 있던 비릿한 미소가 자취를 감추기 시작했다.

"호오, 나이스트에서?"

"형도 아시겠지만, 저희 SJ컴퍼니는 각종 컴퓨터 기기며 소프트웨어를 취급 · 제작하고 있잖아요? 그러다 보니 제게 이런저런 투자 문의도 들어오곤 해요."

"흠."

"개중엔 이 골프 시뮬레이터를 연구 중인 사람들도 있죠."

조금 부풀린 감은 있지만, 아주 없는 말을 한 건 아니었다.

조세광을 만나기 전, 나는 '모임 장소'의 특성상 화제의 중심에 '골프'가 위치할 것임을 짐작하고 짬을 내서 나이스트를 방문했다.

그리고 전생의 기억대로, 나이스트에서는 스크린 골프의 연구 개발이 한창이었다.

'거기서 장래 중견기업으로 성장하는 회사, 골프락의 발판이 마련되지.'

골프락(Golf樂).

근미래 국내 스크린 골프 시장의 1인자로 군림하는 회사로, 그들은 '골프락' 브랜드를 딴 여러 스크린 골프장을 운영하며 적잖은 돈을 벌어들이며 중견회사로 성장하기에 이른다.

하지만 이때만 하더라도 아직 대중 인식 전반에 골프가 제대로 자리 잡기 전이었고, 그들은 국내에도 몇 되지 않는 골프용품 회사의 소소한 투자를 받아 가며 근근이 연구를 이어가고 있었다.

그러다 보니 앞서 조세광에게 말했듯 그들은 각종 게임 라이센스를 총괄 중인 SJ컴퍼니에도 투자 관련 문의를 해 왔는데—어쨌건 스크린 골프도 게임이긴 하니까—그들도 딱히 투자를 기대하고 넣은 뉘앙스는 아니었다.

'그래서 내가 찾아갔을 때 연구소 측도 정말 찾아올 줄 몰랐다는 양 어리둥절해하는 얼굴을 보였지.'

여담이지만, 내 골프 총 연습량은 나이스트 연구소에 방문했던 시간도 포함된다.

'일단은 여지만 던져 준 상황에서 돌아왔지만, 투자 대비 전망은 밝아.'

나는 일부러 어색한 미소를 머금은 채 말을 이었다.

"그래서 저도 가 본 김에 거기서 몇 번 쳐 보긴 했지만, 말씀드렸다시피 아직 갈 길은 멀어 보였어요. 게다가 어떻게 해서든 이 시뮬레이터가 실물을 넘어설 날은 몇십 년간 찾아오지 않겠죠. 하지만."

나는 담담한 어조로 말을 이었다.

"그럼에도 불구하고 그들이 제시하는 비전상, 어느 정도는 대리 만족이 가능해 보이더군요."

"……비전이라. 어떤 건데?"

조세광은 이제 내 말에 이죽거리며 반박하는 대신 다시금 귀를 기울이기 시작했다.

"네, 그들의 비전에 의하면 현재 시장에 나온 기기의 몇십 분의 일에 불과한 가격으로 유통 가능할 뿐만 아니라 정확도 면에서도 압도할 수 있으리라 확신하더군요."

내 말에 그는 속내를 감출 생각도 없이 말을 받았다.

"그렇게만 된다면 전국에 골프 시뮬레이터를 이용한 연습장이 늘어날 거고, 대중들의 골프 진입 장벽을 낮추는 한편 어느 정도 '대리 만족'도 가능할 거란 이야기지?"

"네. 게다가 실내라는 여건상 접근성이 높고, 날씨의 영향도 받지 않아요. 이건 필드가 가질 수 없는 큰 장점이죠?"

골프는 그 특성상 교외에 자리 잡기 마련이었고, 그 이동에 적잖은 심적 부담이 끼치기 마련이다.

게다가 비가 오거나 눈이 내리거나 심지어 바람이 세차게 부는 날씨엔 성수기 시즌 주말에도 별수 없이 손가락만 빨게 되는 것이 클럽하우스 경영의 난제이자 단점.

조세광은 내 말에 고개를 끄덕였다.

"맞아, 그 자체는 확실히 장점이랄 수 있지. 하지만 네가 말했다시피, 아직 갈 길이 멀다면서?"

"네, 멀어요. 아마 개발이 완료되기 전까지 몇 년간은 수익 없는 투자를 이어 가야겠죠."

나는 자연스럽게 덧붙였다.

"그러니까 '투자'인 거예요. 몇 년 뒤, 연구 개발이 완료되면 그때부턴 투자한 것 이상을 챙길 수 있게 되겠지요."

어쩌면, 제대로 된 투자와 지원이 이어질 경우 내가 기억하는 전생보다 그 결실을 앞당길 수도 있으리라.

'게다가 머지않아 국내에 찾아올 골프 붐에 편승하게 된다면, 그 시너지는 어마어마하겠지.'

아직껏 미완성 제품에 투자해 그 결실의 수확을 거둬 본

적 없었던 조세광은 내 말에 한발 뒤로 물러서는 모습을 보였다.

"그것도 어디까지나 성공을 전제로 한 이야기잖아?"

역사상 무조건 성공할 사업이지만, 아직도 속내를 감추고 있는 조세광 앞에서 그렇게까지 자신할 필요는 없다.

"투자엔 리스크가 따르기 마련이지 않아요?"

"네가 그렇게 뻔한 이야기를 입에 담을 줄은 몰랐는데."

"뻔한 이야기라는 건 달리 말해 오랫동안 검증된 내용이라는 의미이기도 하니까요."

나는 잠시 조세광의 안색을 살폈다.

비록 잠깐 무어라 딴죽을 걸긴 했으나 그건 어디까지나 밀고 당기기의 일환이었을 뿐, 그도 이 사업에 이미 제법 마음이 혹해 보였다.

조세광 역시도 조광의 후계자로 내정된 이상, '돈벌이가 되는 사업'에는 자연스러운 관심을 기울이기 마련이니까.

또, 이는 그 개인에게도 기회이자 경영자로서 한 꺼풀 벗어날 패러다임 전환의 계기인 것이다.

"게다가 이건 무에서 유를 창조하는 것도 아니잖아요? 이미 있는 기술을 개량하고 발전시키는 건 어렵지 않죠. 더군다나."

나는 미소 띤 얼굴로 말을 이었다.

"최근 몇 년 새 기술은 급속히 발전하고 있어요. 그 가속도가 사뭇 빠르죠. 몇 년 전만 하더라도 컴퓨터를 가진 가정은 극소수였지만, 지금은 학교 과제에 컴퓨터를 쓸 정도가 되었잖아요?"

자찬하자면 그것도 내가 이번 생 들어 이래저래 국내 PC 보급률을 앞당긴 기여도가 없진 않고.

"또, 워크맨에 이어 휴대용 CD 플레이어가 나온 지 얼마 되지도 않아서 MP3 플레이어가 출시되었고요."

'업계에 이름난 마이더스의 손'인 내 말이니, 그는 내가 전하는 IT 업계 이야기에 귀를 기울였다.

"응, MP3 플레이어. 나도 몇 개 가지고 있지."

그걸 몇 개씩이나?

재벌 3세의 재력이니 몇 개를 가지고 있든 내 알 바는 아니지만.

'아니, 오히려 내 입장에선 훌륭한 고객님인걸.'

내 안에서 조세광을 향한 호감도가 조금 올라갔다.

그건 차치하고.

조세광은 턱을 매만지더니 툭 하고 입을 뗐다.

"뭐, 좋아. 성진이 네가 하고자 하는 이야긴 잘 알았어. 그러면 이렇게 생각해 보자고."

"네."

"자, 머지않은 미래에 네가 투자 중인 골프 시뮬레이터가 개발에 성공했다 치자. 그렇게 된다면 오히려, 우리 클럽은 그만큼 완성도 높은 골프 시뮬레이터에 고객을 빼앗기는 거 아니야?"

일견, 대화의 맥락을 짚지 못한 멍청이의 대답으로 보이겠지만.

나는 그 말 속에 담긴 조세광의 음흉한 속내를 눈치챘다.

골프란 결국, 언젠가는 '필드 위로 나서는 것'을 전제로 한다.

각종 연습장의 존재 이유는 필드로 나서기 전까지 만반의 준비를 갖추기 위함이고, 이는 달리 말해 필드에 서는 것 자체가 적지 않은 부담을 수반하는 일이란 이야기이기도 했다.

이는 스크린 골프도 예외는 아니었다.

'조세광이 그러한 것을 모르지는 않을 터.'

그러니 여기서 그는 대화의 흐름과 주도권을 쥐기 위해 슬쩍 밑밥을 던진 것이다.

'우선은 한발 양보한 뒤, 이 먹음직스러운 사업에 한 다리 걸쳐 보려는 거지.'

여기서 만일, 내가 '골프 시뮬레이터는 결국 현장에 미치지 못하며, 그 늘어난 골프 인구와 수요는 클럽과 회원권의 가치 상승으로 이어진다'는 대답을 내놓는다면, 대화는 그가 의도한 대로 흘러가게 된다.

'아무렴 내가 조세광 너를 모를까.'

거기서 조세광은 다시금 그가 얻을 것이라곤 어디까지나

'미래의 간접 수익'에 불과하며, 이 상황에 '스크린 골프'란 어디까지나 내가 발굴한 사업이란 걸 언급할 작정.

'조세광으로선 그런 대화의 평퐁을 예상하고 있겠지.'

즉 이조차도 그에게는 직접적인 이익이 아니란 걸 언급하면서, 그는 내 사업에 끼어들 밑밥을 깔아 두려는 심산이다.

'애써 발톱을 감추곤 있으나, 이미 말하는 내용에서 특유의 천박함이 사라져 있어. 이는 조세광도 이번 일을 제법 진지하게 여기고 있단 증거야.'

나는 그 구차한 과정에서 주도권을 빼앗기는 대신, 먼저 앞서가기로 했다.

"음, 그럴 일은 없을 거 같은데요?"

"응? 무슨 이야기야?"

거기서 잠자코 있던 조세화가 입을 뗐다.

"오빠 그것도 몰라? 그야 당연히……."

"넌 가만히 있어. 쥐뿔도 모르는 게."

"……."

거 보라지.

나는 조세광이 동생의 개입으로 계획이 틀어질까 표정이 변하는 걸 보며 속으로 미소를 지었다.

조세광은 일견-좋게 포장해 말하자면-화끈한 성격으로 보일 녀석이나, 실상은 겉으로 보이는 것과 달리 속이 검고 깊었다.

'조세광은 누군가가 자신의 영역 깊숙이 불쑥 발을 들이는 걸 좋아하지 않는 인물이지.'

그러면서도 조금만 계획이 틀어져도 조바심을 내고 흥분하는 건, 예나 지금이나 다름없는 모습.

'그렇다고 조세화가 눈치 없이 끼어든 건 아니야. 잔망스레 모른 척, 조세광을 견제하려는 것도 있겠지.'

만일 전생에 이 둘을 겪어 보지 않았더라면, 나도 꼼짝없이 '평범한 남매 싸움' 정도로 생각했을지 모른다.

하지만 내 생각에.

이 시점의 조세광은 조세화의 그런 속내를 모른 채 '사업 이야기'에 끼어드는 철부지 정도로 여기고 있겠지만.

전생의 조세화를 기억하는 내겐 그녀의 이런 행동거지 하나하나가 달리 보였다.

'……재벌가의 후계 다툼이란.'

나중엔 이희진도 이렇게 될까, 생각하니 속이 쓰렸다.

'뭐, 그때는 그때고.'

나는 그런 속내를 감추며 허둥지둥, 당황하는 척 조세광과 조세화 남매 둘 사이에 끼어들었다.

"싸우지 마세요. 사실, 투자는 아직 검토 중이거든요."

"……왜?"

입을 꾹 다문 조세화를 뒤로하고, 조세광이 나를 물끄러미 쳐다보았다.

나는 그런 조세광을 향해 어깨를 으쓱였다.

"그러잖아도 회사 경영상 이래저래 돈 나갈 일이 많거든 요. 아무리 저라도 몇 년간 밑 빠진 독에 물 붓는 건 부담 되는 일이니까요."

"흐음, 그래서?"

나는 조세광의 눈이 언뜻 예리하게 반짝이는 걸 보면서, 슬쩍 본론을 찔러 넣었다.

"그러니 형만 괜찮다면…… 제가 일부를 부담하는 방식으로, 해당 업체에 투자 문의를 넣어 드릴 수도 있는데요."

"……."

그도 내가 이렇게까지 맥락을 건너뛰고 노골적인 제안을 던져 올 줄은 몰랐다는 양.

"지금 나한테 공동 투자를 권하는 거냐?"

의아한 얼굴로 말을 이었다.

"네 말에 의하면, 골프 시뮬레이터란 투자할 만한 가치가 충분한 상품이지 않아? 천하의 이성진이 그걸 마다하고 계실 줄은 몰랐는걸."

"말씀드렸잖아요? 이건 투자라고요."

그러면서 나는 하나둘, 미리 깔아 둔 밑밥을 회수했다.

"저 한 사람의 이야기일 뿐이라면 얼마든지 그 몇 년을 감내할 수 있겠지만, 회사를 경영하는 입장에선 매번 매출원가를 상회하는 성장률을 보여 줘야 하는 의무가 있거든요."

SJ컴퍼니의 경영 형태는 공개주가 아니니 내 마음대로 처리해도 무방하지만, 조세광이 그런 걸 알 리는 없다.

그도 아직은 미숙해서, 일반론에 근거한 원칙으로 그 사고를 가둬 두고 있었다.

"그리고 투자자가 늘어난다는 건, 저로서도 리스크를 줄이는 방편이기도 해서요."

"……."

그 말에는 일견 납득하는 조세광이지만, 그럼에도 마냥 내 '호의'를 받아들이기 의심스럽다는 양 다시 한발을 뺐다.

"정 그렇다면 삼광에서 나서도 되지 않아?"

조심스럽기가 마치 야생 짐승 같다고 생각하면서, 나는 일부러 무표정하게 그 말을 받았다.

"삼광은 어디까지나 삼광이죠. SJ컴퍼니가 비록 삼광전자의 자회사 격인 위치라곤 하나, 경영상의 방침은 독립채산을 목적으로 하고 있거든요."

"……흐음."

그는 내 말에서 삼광을 대표하는 이태석과 나 사이의 관계를 머릿속으로 궁리하는 모양이었다.

'이태석과 내 관계를 그와 조설훈의 관계에 빗대어 보는 중일 거야.'

사람은 자신의 관점으로 세상을 바라보기 마련이다.

장님이 코끼리를 만진다는 이야기처럼, 그 시야각 바깥에 놓인 세계는 상상력으로 채워 나가게 되는데, 그 상상조차도 이전에 보고 들으며 느낀 오감의 선입견에 영향 받기 일쑤다.

표면상 조설훈과 조세광의 관계는 나쁘지 않다.

'생일 선물로 골프장에 전용 홀을 떡하고 선물해 줄 정도이니까. 그것만 놓고 본다면 마냥 응석받이로 자란 것으로 비치겠지.'

하지만 아들이란 언제고 아버지의 품에서 벗어나길 갈망하기 마련이라 하지 않던가.

금수저에게는 금수저 나름의 고충이 있었다.

내가 바이올리니스트가 될 수 없는 것처럼 조세광 역시 조광이라는 울타리 밖을 벗어날 수는 없다.

그건 일종의 체념적 운명론에 가까운 것인데, 이를 두고 배부른 고민이라고 생각하는 것조차 내가 전생부터 가지고 온 일종의 '서민적'인 선입견일 것이다.

'그러니 그도 내가 가능한 한 이태석에게 구애되지 않고 경영상으로나 개인적으로나 독립하길 바란단 생각일 테고.'

어쩌면, 조세광이 전생에 이성진과 유독 친하게 지내던 것은 일부나마 동질감에서 비롯한 진심이 섞여 있었을지도 모르겠다.

조세광이 희미하게 고개를 주억거리는 모습을 보며 나는 다시 슬쩍 표정을 풀었다.

"게다가 여기에 삼광이 끼어들면 모양새가 나쁘죠. 그러잖아도 문어발 소릴 듣고 있는데, 저희 아버지도 '이런 일엔 굳이 우리가 나설 필요는 없다'고 생각하실 게 분명하고요. 아마 그분은 '조그만 이득'을 취하느니 차라리 기업 이미지를 유지하겠단 생각이실 거예요."

물론 거기엔 삼광 그룹이 아닌, '삼광전자'가 가진 피치 못할 입장도 함의되어 있었지만, 그 속사정을 모를 조세광이 아니었다.

회사 자금을 개인이 유용해 대는 조광과 달리, 상대적으로나마 삼광 그룹의 사풍은 퍽 민주적이었으니까.

'당장 눈앞의 이진영조차 이태석과 행보를 달리하고 있는 삼광물산의 관계자고.'

나는 미소 띤 얼굴로 조세광을 보았다.

"어때요, 저랑 함께 세상에 없던 시장 하나를 만들어 보시지 않을래요? 또, 그러면 골프 회원권 가격도 겸사겸사 오를 테고요."

조세광은 안면 근육을 꿈틀하더니, 이쯤해서 이진영을 쳐다보았다.

"이거, 스케일이 남다른데?"

이진영이 빙긋 웃으며 조세광의 말을 받았다.

"그럼. 성진이는 시저스를 홍보하기 위해 별도의 특집 프로그램까지 제작할 정도니까."

"그래?"

"뭐, 비단 그 이유뿐만은 아니고, 우리는 성진이가 겸사겸사 계획 중이던 일에 얹어 걸린 거지만."

"……."

"아, 혹시 네가 생각이 없다면 내가 투자해도 되겠네. 어때, 양보할래?"

이진영까지 나서서 지원사격을 해 주자 조세광은 급기야 웃음을 터뜨렸다.

"하하하, 좋아, 항복! 이런 식이면 내가 빠져나갈 구멍이 없지. 외통수야."

조세광은 양손을 들어 올리더니 큭큭 웃으며 커피를 마저 비웠다.

"그러면, 이쪽에서 한 다리 걸쳐도 되는 거겠지?"

"물론이에요."

조세광은 뒤이어 내게 '18홀짜리 코스를 돌아 보지 않겠냐'는 제안을 던졌고, 나는 거기에 응했다.

'본격적인 사업 이야기가 이어지겠군.'

조세광과 이진영이 앞섰고, 그늘집을 나서며 조세화가 내게 말을 붙였다.

"클럽 하우스까진 태워 줄게. 아니면, 네가 운전해 볼래?"

카트 정도야 능숙하게 운전할 자신이 있지만, 미숙한 척 연기하는 것도 피곤한 일이라 사양하기로 했다.

"아니, 운전은 됐어. 태워 주는 걸로만. 왜, 너는 필드 안 돌 거야?"

"내가 낄 자리가 아닌걸. 이대로 집에 갈 거야."

말하는 건 오빠와 그 친구들에게 삐친 어린애처럼 귀엽게 비쳤지만, 과연 그럴까.

"아쉽게 됐네. 너랑 치는 거 재밌었는데."

조세화는 아직도 조금 심통이 난 얼굴로 입을 삐죽이더니 나를 쳐다보았다.

"네가 이길 만한 상대여서가 아니고?"

"너도 말했잖아, 제대로 치면 날 이길 수 있다며?"

"괜히 마음에도 없는 도발하지 마. 어차피 골프가 목적인 것도 아니었으면서."

그 불문율을 입에 담다니, 아직 애는 앤가.

조세화가 나를 흘겨보았다.

"그리고 잠시 깜빡한 모양인데, 엄밀히 말해서 내가 한 살 위거든?"

"그러면 다시금 존칭을 붙여 드릴까요?"

"됐거든요."

흥, 하고 고개를 돌린 조세화는 잠시 뜸을 들였다가 말을 이었다.

"넌 오빠가 마음에 들어?"

퍽 노골적인 화두였다.

'그것도 선두와 거리가 멀어진 것을 확인한 뒤 꺼낸 말이지.'

나는 조세화의 떠보는 말에 일단 무난하고 형식적인 답을 내놓았다.

"왜, 괜찮은데? 형은 내가 초등학생이란 걸 딱히 신경 쓰지도 않고."

"흐응."

그녀는 마치 내 말이 속 빈 강정마냥 속이 텅 비어 있는 허울뿐이라는 걸 짐작한다는 양 말을 이었다.

"그건 너니까 그런 거고."

"무슨 의미야?"

"말 그대로지 뭘."

조세화가 어깨를 으쓱했다.

"삼광 그룹의 후계자란 출신, 능력 면에서는 SJ컴퍼니를 성공적으로 경영 중인 검증된 인재. 이만하면 신분상으로나 조건상으로나 충분하지 않아?"

그러면서 조세화는 저 멀리 앞서가는 조세광과 이진영을 힐끗 쳐다보았다.

"뭐, 네 생각이야 어쨌건, 오빠는 네가 마음에 든 모양이

네. 축하해."

"축하랄 것까지야. 왜 그렇게 생각해?"

"모르는 것도 아니면서 굳이 묻지 마. 아니, 네 성격이 어떤지 알 거 같네."

조세화가 말을 이었다.

"넌 그런 식으로 다른 사람의 의중을 캐면서 스스론 직접적인 대답을 피하는 거지?"

물론, 너처럼 속에 든 말을 곧이곧대로 내뱉지 않는 어른의 수완이지.

미소 띤 나를 조세화가 흘겨보았다.

"됐어. 아무튼, 너, 그늘집에서 오빠한테 그럴싸한 사업 아이템을 양보해 줬잖아? 그런 선물을 안겨다 주면 오빠 마음에 쏙 들 법도 하지."

"양보라는 말은 조금 뭣한데. 그 내용이 나한테도 이익이 될 이야기라는 것도 사실이고, 동업자로서 세광이 형은 나쁘지 않아."

"동업자로 오빠가 나쁘지 않다고? 뭐, 그래. 그런 걸로 치자."

조세화가 코웃음을 쳤다.

"하지만 처음에는 마냥 너를 호구 잡아서 골프 회원권이나 팔아 치울 생각이었을걸?"

이는 어차피, '모임'이 가진 상부상조의 통과의례였다.

원래는 내가 조세광의 골프 회원권을 사 주는 것으로 대충 통했겠지만, 나는 손 안 대고 코 푸는 격으로 조세광에게 그 이상의 제안을 던진 것이었다.

그리고 나는 그 통과의례를 무사히 마쳤다.

굳이 해설해 주지 않아도 알 법한 이야기지만, 그녀가 굳이 조세광의 뒷담을 해 가며 내 편을 드는 것처럼 보였다는 것엔 흥미가 갔다.

'역시 조광의 후계자 경쟁인가.'

전생에는 나도 일이 터지고 나서야 알게 됐지만, 살펴보면 그들이 성인이 되기 한참 전부터 전조는 있었던 셈이었다.

"아까 필드에서 말하려던 게 그거였어?"

"아까?"

조세화는 내 말에 고개를 갸웃하더니 아아, 하고 필드를 도는 사이 내게 무어라 말하려다 말았던 걸 떠올리곤 고개를 끄덕였다.

"그때?"

"응."

"아니."

"응?"

조세화가 카트에 올라타며 말을 이었다.

"너 여자 친구 있냐고 물어보려 그랬는데?"

"……여자 친구?"

"응. 너 얼굴은 잘생겼잖아. 그러니까 내 남친으로 삼으면 괜찮을 거 같아서."

"……."

조세화는 표정 변화 없이, 운전대를 쥐고 카트를 몰았다.

"하지만 관둘래. 네가 내 남친이 되면 나도 모르게 휘둘릴 거 같고, 그런 건 딱 질색이야."

떡 줄 사람은 생각도 않는데 김칫국부터 들이켜고 있네.

'아니, 본의는 그게 아니야.'

나는 힐끗, 조세화를 살폈다.

'사실 나를 호구 잡아 보겠단 생각은 조세광이나 조세화나 다를 바 없지.'

그리고 지금은 그늘집에서 나를 관찰한 뒤, 조세화는 나를 한편에 끌어들여 보겠단 그 판단을 신중하게 재고하고 있는 것이리라.

'사실상 회원권을 사들였어도 무방했던 일을 굳이 크게 벌이는 것을 보며, 내가 호락호락하지 않단 걸 알았을 거야.'

그건 조세광도 마찬가지였을 것이고.

'그런 걸 보면, 사이야 어쨌건 남매는 남매네.'

조세화가 내 시선을 눈치채곤 키득거리며 나를 보았다.

"왜, 아쉽니?"

"아쉽긴. 10년 뒤에도 그 생각이 변함없으면 한 번쯤 생각은 해 볼게."

"어쭈? 이런 건 또 지려 하질 않네."

10년 뒤, 라는 것도 전생의 흐름을 꿰고 있는 나니까 할 수 있는 말이지만 그녀가 그걸 알 리는 없다.

현재로선 조세광이 명분이며 실리 면에서 앞서고 있지만, 나중에 후계자 다툼이 격화되었을 때 둘 중 하나는 내게 악수를 권해 올 것이다.

나라는 패가 어느 한쪽 편에 서 있다면, 조커로서 제법 쓸 만한 카드가 될 테니까.

뭐, 가장 좋은 건 조광과 엮이는 일 없이 무탈하게 지나가는 것이긴 한데.

'어떻게든 엮여야 한다면, 누가 내게 이득이 될지 한번쯤 재고해 봐야겠지.'

3장

통과의례 이후 일이 이렇게 흘러갈 줄 알았던 모양인지, 조세광은 이미 코스 예약을 마쳐 두었다.

그러면서 초보자인 나를 배려해 우리가 다른 멤버들과 섞이지 않게끔 넉넉히 코스 앞뒤를 비워 두기까지.

'일처리가 섬세하다고 하기보단, 귀찮은 일을 피하려는 것에 가깝지만.'

조세화는 앞서 말했던 대로 클럽하우스에 도착하자마자 우리와 곧장 헤어졌는데, 관련해서 조세광은.

「쟤는 말 그대로 흉내만 내는 수준이거든. 정식 코스는 안 좋아하더라고.」

말하며 조세화의 이탈을 대수롭지 않아 했다.

그 와중 캐디가 모두 교체되었고, 선글라스를 낀 덩치 크고 험상궂은 사내 한 사람이 내 골프백을 대신 둘러멨다.

'조세광의 직속 부하인가? 하긴, 이렇게 나오니 이제야 좀 조광 같군.'

거기에 맞춰 내가 강이찬을 부른다면 내게도 나름 모양새가 갖춰지겠으나.

'여기서 굳이 그를 경계하고 있다는 인상을 심어 줄 필요는 없지.'

하지만 바뀌지 않은 것도 있었는데, 그건 앞서 조씨 일가 전용 홀에서부터 묵묵히 우리를 따라 다니던 구봉팔이었다.

조세광은 여전히 구봉팔을 캐디로 데리고 다니며 동행시킬 뿐, 그가 우리와 함께 나란히 골프를 칠 '신분'은 되지 않는다는 양 행동했다.

사업가들이 골프를 즐겨 하는 까닭은 도중에 이야기를 나누기 좋고 주위에 듣는 귀가 없다는 것에 있었다.

'이제 새마음아동복지재단과 정화물산의 구봉팔 상무 이야기가 도마 위로 오르겠어.'

이런 여건이 갖춰졌음에도 불구하고 조세광은 한동안 골프 시뮬레이터 이야기만을 늘어놓았을 뿐, 당장 해당 화제를 입 밖에 꺼내지는 않았다.

"생각해 보면 이거, 괜히 남들 배 불려 주는 꼴이 될 것 같기도 하단 말이야."

"그래도 당장 골프 클럽이 더 늘어나진 않겠죠."

"뭐, 그린벨트도 있고, 하나 지을라치면 환경 단체니 뭐니 하는 놈들이 들고 일어선단 말이야. 여차하면 다른 회사 회원권을 사들여도 되겠지만 굳이 그렇게까지 할 필요는 없을 듯하네."

그렇게 홀 한 개를 돌고, 다음 코스로 이동한 뒤.

두 번째 코스의 페어웨이(Fairway : 티에서 그린까지 이어지는 길).

딱, 소리를 내며 새하얀 골프공이 날아갔다.

"오, 나이스 샷!"

짝짝, 보단 턱턱, 소리에 가깝다. 조세광은 장갑 낀 손으로 손뼉을 치며 웃었다.

"초보자라 그런가, 실력이 쑥쑥 느는데?"

나는 그에게 형식적인 미소로 답했다.

"감사합니다."

"아니, 빈말이 아니라 진심이야. 지금은 힘이 좀 딸리지만 나중에 키가 크고 근육이 좀 붙으면, 70 언더로 치게 될지도 모르겠어."

이진영의 차례를 기다리면서 조세광이 말을 이었다.

"더욱이 무조건 멀리 날린다고 능사는 아니고, 이것도 감각이거든."

이진영은 우리가 무슨 이야기를 하건 간에 신경 쓰지 않는 양 타석에 섰다.

조세광도 마찬가지였다.

"그런 건 타고나는 법이지. 게다가 너, 우리 골프장이 처음인 것은커녕, 필드에 서는 것도 오늘이 처음이잖아?"

"네."

"어차피 멀리 날릴 수 있느냐 없느냐는 과정에 불과해."

조세광은 담담히 말을 이었다.

"제대로 된 승부는 그린 위에서 일어나기 마련이고. 그때부턴 기술과 안목, 경험의 싸움이 시작되는 거지."

뒤이어 그는 히죽 웃으며 손가락을 둥글게 말더니, 검지를 그 속에 넣었다.

"결국엔 구멍에 넣느냐 마느냐의 문제 아니겠어? 게다가 초보자는 보통 구멍 앞에서 허둥대기 마련인데 성진이 너는 의외로 대담하더구만."

그러면서 조세광은 킬킬 웃었다.

초등학생 앞에서 무슨 소릴 하는 거야?

'아니, 말만 놓고 보면 틀린 구석은 없긴 한데.'

나는 나이를 방패 삼아 그 음담패설의 뉘앙스를 못 알아들은 척 미소 띤 얼굴로 받았다.

"네, 여건상 샷은 잘 못했지만, 퍼팅 연습은 틈틈이 했거든요."

"……아, 그래."

쳇, 하고 조세광은 시시하다는 양 고개를 돌렸다.

'일부러 경박한 척 말을 돌리는군. 그렇다고 그 본질이 괴팍하지 않단 건 아니지만.'

때마침 청량한 소리와 함께 이진영이 공을 멀리 날려 보냈다.

위치와 방향은 내가 공을 날린 곳에서 조금 더 멀리 떨어진 장소.

'적당히 자리를 비켜 줄 생각인가.'

내가 생각하는 사이.

"나이스 샷."

조세광은 웃는 낯으로 이진영에게 다가갔다.

"여기 초보자도 있는데, 너무 안 봐주고 치는 거 아니냐?"

그 말을 이진영은 태연하게 받았다.

"어차피 그린 위에서 만날 텐데 뭘."

"하하, 그렇지."

조세광이 타석에 서며 말을 이었다.

"이 녀석은 성진이 너랑 달리 구멍 앞에 서면 쑥맥이 되니까."

이진영도 딱히 그런 음담패설에 어울릴 생각은 없는지 대답 대신 미소만 지었다.

'글쎄, 그게 본 실력일지, 아니면 지금껏 너한테 맞춰 준 것일지.'

조세광은 그런 이진영에게서 고개를 돌리며 입을 삐죽이더니 손을 뻗었다.

"4번."

구봉팔은 잽싸게 다가가 골프채를 건넸다.

조세광은 그립을 감싸듯 쥐며 타석에 섰다.

"그러고 보니, 얼마 전에 말이야."

조세광은 공과 드라이버 끝을 가늠하며 말을 이었다.

"SJ컴퍼니랑 시저스 쪽에서 꽤 좋은 일을 했었지? 기억하기론 작년 연말 시즌이었는데."

본론으로 향하는 화제 전환이 다소 급작스러웠지만, 한편으론 조세광다웠다.

"그런데 이거 참 공교롭게도."

조세광이 몸을 비틀자, 드라이버 끝이 그 정수리 위로 올랐다.

그가 드라이버를 휘두르고, 골프공은 딱 소리를 내며 멀리 날아갔다.

그리고 공은 내가 공을 날린 장소와 이진영이 공을 날려 보낸 사이에 안착했다.

우리가 '나이스 샷'이라고 말하기도 전, 그는 발걸음을 옮기며 구봉팔에게 채를 내밀었다.

"마침 여기 있는 구봉팔 상무가……."

초면의 소개 이후, 투명인간처럼 취급받던 구봉팔이 조세광의 입에 오른 건 이번이 두 번째였다.

"그쪽…… 뭔 고아원이랬는데, 뭐였지?"

구봉팔이 처음으로 입을 뗐다.

"요한의 집입니다, 도련님."

도련님……이라.

엄밀히 말해 구봉팔은 조광의 관계사인 정화물산의 상임이사이니 타인이나 다름없었지만, 하대와 존칭이 자연스러웠다.

"아, 그래, 그거. 거기 후원을 하고 있더라고. 뭐, 나도 갑자기 전국 각지에서 후원금이 쏟아진다기에 알게 된 거지만."

조세광이 주머니에 손을 찔러 넣으며 나를 보았다.

"우연치곤 참 공교롭단 말이야."

방금 전까지 드러내던 친애의 감정에서 벗어난, 묘하게 날이 선 뉘앙스.

'그도 그럴 것이 그 바람에 표면상의 하청업체, 실질적으론 조광의 계열사나 다름없는 정화물산의 자금 유통이 꼬이고 말았으니.'

게다가 정화물산은 조세광의 아버지, 조설훈이 사장으로 있는 진승의 조세 포털로 쓰이는 회사였다.

'그 일감 몰아주기의 이득은 고스란히 조세광의 손에 들어올 몫이었을 테고.'

그러니 조설훈, 아니 조세광의 입장에서는 이번 일이 썩

유쾌하지 않은 해프닝으로 다가왔으리라.

'큰돈이 모이는 곳은 주목을 받기 마련이고, 이번 일은 그로 하여금 남들에게 알려져서 좋을 것 없는 이야기니까.'

뒤이어, 조세광은 구봉팔과 내 사이에 섰다.

"서로 인사는 했지?"

조세광의 눈짓을 받은 구봉팔은 다시금 내게 허리 굽혀 인사했다.

"정화물산의 구봉팔 상무입니다."

"예, 다시 한번 인사드립니다. SJ컴퍼니 사장 이성진입니다."

나는 인사를 받으며 슬쩍 구봉팔을 살폈다.

비록 비싸고 좋은 옷을 입고 있긴 했으나, 어딘지 모르게 거칠게 살아온 티를 감추지 못하는 인상의 사내였다.

'조세광은 어디까지 알고 있을까.'

구봉팔이 예전 요한의 집 출신이라는 건 알고 있을까.

그리고 내가 미리 관련해 조사를 마쳐 두었다는 건 꿰고 있을까.

지금으로선 그 속내를 알기 힘들었다.

'어쨌건 당사자인 구봉팔을 데려온 것으로 보아, 어느 정도는 알고 있는 모양이지만.'

조세광이 몸을 돌리며 입을 뗐다.

"별로 멀지도 않은데 굳이 카트까지 타긴 그렇고, 가볍게 좀 걸을까?"

"그러시죠."

자연스럽게, 구봉팔과 조세광, 내가 삼각 구도로 뭉쳐 파3 구역으로 발걸음을 옮겼다.

"아무튼 간에 그렇게 좋은 일을 하고 있으면서, 어째 내색 하나 하질 않더라고."

조세광이 웃으며 말을 이었다.

"미리 알고 있었다면 나도 뭔가 도움을 줄 수 있었을 텐데."

꼴에 이제 와서 빈말은.

나는 미소로 그 말을 받았다.

"그러게 말이에요. 하지만 그게, 공교롭게도 우연의 일치 였거든요."

"우연의 일치였다?"

"네. '우연히'도 저희 회사의 인재 중 한 사람이 요한의 집 출신이어서요."

그랬다. 우연.

내가 우연히 발굴해 낸 조인영과 그 출신인 요한의 집을 향한 후원.

뒤이어 드러난 배후의 정화물산.

그리고 정화물산과 조광의 관계.

여간하면 이번 생엔 조광과 엮이지 않으려 했던 나였지만

일은 우연인지 필연인지 모를 흐름을 타고 여기까지 흘러 들어와, 조세광과 내가 이 시기, 서로 얼굴을 마주하고 함께 골프를 치는 상황에 이르렀다.

그나마 뒤에서 이 상황을 조율해 낸 필연적 요소라고 하면, 우리 뒤에서 의뭉스레 미소만 짓고 있는 이진영의 의사였다.

'정확히는 그가 관련 정보를 손에 쥐고 있었다는 정황에서 비롯한 이야기지.'

아직까진 나로서도 어림만 할 뿐, 확언할 요소가 아니지만.

그는 마침 이 시기, 나를 조세광에게 이끌었다. 그것이야말로 조세광이 말한 '우연치고는 공교로운 일'이었다.

'그가 어느 시점에서 조광과 정화물산, 그리고 요한의 집까지 이어지는 관계를 알아냈는지까진 나도 모르겠어.'

시저스가 요한의 집 후원 및 봉사 활동에 참여한 건 제니퍼의 의사였고, 이 또한 유상훈과 내가 시저스에서 식사 중 제니퍼가 우연히 끼어든 결과였다.

그러니 이진영이 이번 일에 나름의 생각을 하고 판을 짜기 시작한 건, 시저스가 참가하기로 한 이후일 것이다.

'어쩌면 그즈음엔 이진영도 이미 조광과 요한의 집까지 이어지는 일련의 관계망을 꿰고 있었을지 몰라.'

그가 '모임'을 언급한 시기는 마침, 공교롭게도 요한의 집에서 내게 차를 선물할 때였으니까.

내 억측일지도 모른다.

그때 일도 우연의 일치였을 수 있고, 때맞춰 시저스가 궤도에 오를 즈음에 '이제 슬슬 말해 볼까' 싶어 꺼낸 이야기일 수 있다.

하필이면 조세광과 만남을 주선한 것도, 또래 간의 친분이 있어서일지 모른다.

극단적으로 말해, 이 모든 우연한 일이 확증편향에 사로잡힌 내 사고가 끼워 맞춘 일에 불과할지도 모를 일이었다.

'그럼에도 왠지…… 이진영의 손바닥 위에서 놀아나고 있다는 생각을 떨치기 힘들군.'

지금으로선 아직 '적'이 아니란 생각으로 이진영을 대할 수밖에.

'어쨌건 현재로선 피차 공생 관계이니까.'

비록 흥하건 말건 별 상관없는, 반쯤은 취미 삼아 하는 사업의 미약한 연결 고리뿐이지만.

갈수록 어째, 이진영과 깊숙이 엮이고 만다는 생각이 나를 사로잡았다.

'더군다나 이걸로 끝이 아니겠지.'

나는 미소 띤 얼굴로 말을 이었다.

"하지만 한편으로, 이건 인연이라고 볼 수도 있지 않겠어요?"

"흠, 인연이라."

조세광이 턱을 긁적였다.

"하긴, 그렇겠지. 미리 알았다면 진영이 걔가 뭐라도 말을 해 주지 않았겠어?"

눈 가리고 아웅이긴 하나 그는 주어를 생략하는 것으로 일부러 주체를 모호하게 만들었다.

"그러게 말이에요. 그랬다면 저도 좀 더 일찍 형을 만날 수 있었겠죠?"

내 말에 조세광이 픽 웃었다.

"뭐, 그때 만났더라면 골프는 치지 않았겠지. 한편으론 그 덕분에 이성진 사장님이랑 사업을 하게 됐고."

그땐 골프가 아닌, 다른 사업 아이템을 카드로 꺼내 들어야 했을까.

어쨌건 분위기가 이렇게 표면상으로나마 화기애애하긴 힘들었을 것이다.

"생각해 보면 그 인연 덕에 친구가 될 수 있었으니 이래저래 좋은 일만 가득한걸?"

"그럼요."

나로선 그가 이번 일로 우리가 조광을 공격하려는 의사는 없었다는 걸 알아주었으면 했다.

그 역시도, 이미 내가 조광을 공격할 명분이며 실리가 없다는 결론에 도달했을 것이다.

하지만 그렇다고 해서 벌어진 일을 없던 일로 치부해 버릴 수는 없으니, 합의에 이를 명분이 필요했다.

조세광은 그와 관련해 생각해 둔 바가 있다는 양, 손가락을 딱, 하고 튀겼다.

"그렇지. 성진이 너만 괜찮다면 한 가지, 생각이 있는데. 들어 볼래?"

상호 합의에 이르는 과정상의 일. 마다할 까닭이 없다.

"네, 말씀해 보세요."

조세광이 내 말을 받았다.

"내가 이래저래 알아보니 정화물산은 우리 구봉팔 상무님께서 이사장으로 취임하기 전부터 좋은 일을 해 왔더라고."

그가 대수롭지 않은 척 뱉은 말 속엔 의미심장한 발화가 군데군데 숨어 있었다.

'그야 조세광도 자기 손 아래서 벌어진 일이니 일의 정황 정도는 꿰고 있겠지.'

조세광은 구봉팔을 물끄러미 쳐다보았다.

"하지만 그 좋은 일도 정화물산의 기업 규모로선 할 수 있는 일에 한계가 있던 모양이야."

조세광의 시선을 받은 구봉팔은 묵묵히 그 말을 들을 뿐, 그 말에 끼어들지 않았다.

조세광이 어깨를 으쓱였다.

"참 안타깝지. 이렇게 좋은 일을 하는데도 알아주는 사람이 없다는 건, 참 괴롭고 힘든 일일 거야. 암, 그렇지. 그렇고말고."

명백히, 비아냥거리는 뉘앙스였다.

"그 와중 우리 모두가 알다시피, 이번에 마침 네 덕에 그쪽으로 대량의 후원금이 들어왔지 뭐야. 그 바람에 많은 사람들이 정화물산과 새마음아동복지재단의 빛나는 선행을 알게 되었지."

조세광은 발걸음을 옮기며 말을 이었다.

"한데, 이 좋은 일이 구봉팔 상무에겐 부담이 되었나 보더라?"

여기서, 그가 상황이 여기까지 이른 대강의 표면적인 경위—정화물산과 새마음아동복지재단의 관계며 횡령 사실—를 파악하고 있다는 뉘앙스가 다분히 느껴졌다.

"뭐, 나도 이해해. 대중의 관심이 쏠리다 보면 부끄럽기도 하겠지. 암, 오른손이 하는 일을 왼손도 모르게 하던 걸, 이제 모든 국민들이 알고 말았으니까."

그는 이 모든 사실과 과정이 '우연의 일치였다'는 것을 전제로, 과정에 이르는 경위를 덮어 두자는 뉘앙스의 말을 이었다.

"때마침 말이야, 요즘 들어 생각하는 건데, 사람에겐 모름지기 분수에 맞는 일과 그걸 할 만한 능력이 타고나야 한다는 생각이 들더라고."

조세광은 은근슬쩍 구봉팔을 깎아내리며 속이 빤히 보이는 능청을 떨었다.

"그러니 이건 내 생각인데, 이렇게 좋은 일은 아예 규모를 키우고, 제대로 된 절차를 밟아 적합한 사람이 일을 도맡아서 진행하는 게 좋다고 생각한다만."

조세광이 나를 돌아보며 씩 웃었다.

"어때, 이왕 이렇게 된 거, SJ 쪽에서 새마음아동복지재단을 키워 보지 않겠어?"

즉, 여기서 조세광은 스크린 골프 사업을 받은 대가로 한발 물러선 채 입을 닫겠단 의미였다.

'그러면서 내게 새마음아동복지재단을 넘기겠다는 건, 그 배후에 조광이 있다는 것이 알려지지 않았으면 한다는 거지.'

나는 얼굴에 미소를 걸었다.

"그래도 괜찮을까요?"

"괜찮고말고."

조세광이 웃으며 내 말을 받았다.

"만일 정화물산이 아니라 SJ컴퍼니가 후원자로 나서 주기만 한다면, 말 그대로 노블리스 오블리주가 이루어지게 되는 셈이니까."

그가 킬킬 웃으며 구봉팔을 돌아보더니 비릿한 미소를 지었다.

"그러면 결국 본의 아니게 중책을 맡고 있던 구봉팔 상무도 안심하고 본업으로 돌아갈 수 있을 거야. 구봉팔 상무, 안 그런감?"

구봉팔은 움찔하는 기색도 없이 조세광의 말을 담담하게 받았다.

"예. 도련님의 말씀대로입니다."

"봐, 구봉팔 상무도 동의하잖아? 그러니 이제 적합한 사람에게 인수인계만 마친다면, 만사 오케이가 되는 거지."

조세광이 씩 웃으며 나를 보았다.

"마침 너도 이 좋은 이야기에 나 못지않은 선량함으로 흥미를 보이는 모양이니 말이야."

나는 그 말에 겉으론 미소를 지었지만.

'역시, 전후 사정을 다 알고서 지껄이는 이야기군. 어째 좋아하려야 할 수 없는 놈이야.'

본디 새마음아동복지재단은 정화물산이 예전부터 자금 세탁용으로 쓰던 장소였을 것이다.

그리고 그건 조광이 정화물산에 구봉팔을 심어 두고 경영을 좌지우지하기 전부터 굴러가던 일일 터.

여기 오기 전까진 조세광이 그 관계에 어느 정도까지 알고 있었는지, 또 어디까지 개입해 있는지는 정보 부족으로 어림짐작만 하고 있었으나.

나는 이번 대화 속에서 요한의 집 건이 조광과는 무관한 일이며, 이 횡령은 전적으로 구봉팔의 뜻이었음을 알게 되었다.

'하긴, 요한의 집 건이 조광과 무관하단 건, 이런 번잡한 방식으로 일처리를 할 필요가 없단 것에서 어느 정도 짐작은 했어.'

하지만 그렇다 해도, 이번 일은 조광 입장에서 달가운 일이 아니었다.

그런 상황이긴 하나.

정화물산의 배후에서 그들을 조세 포털로 이용해 오던 조광 입장에 요한의 집과 대규모 후원금이 얽힌 이번 사건은, 어디까지나 귀찮고 골치 아픈 해프닝에 지나지 않는다.

그 와중 조세광은 여기서 못 이기는 척, 그들로선 손해 볼 것 없는 협상 카드로 새마음아동복지재단을 내게 내밀었다.

'조세광은 내가 계기로선 우연하든 아니든 요한의 집을 돈벌이 수단으로 보고 있으리란 생각이겠지.'

사람은 자신의 관점에서 세상을 바라보기 마련이니.

동시에 '말 잘 듣는 개'로 부리던 구봉팔이 딴 주머니를 차고 있단 걸 알게 되었으니, 조세광은 여기서 이번 사태의 책임자인 구봉팔의 처분을 내 손에 맡기겠단 의미도 겸하고 있었다.

막말로, 조광은 그들만의 '물갈이'를 통해 구봉팔을 정리해 버려도 될 일이나, 키우던 개를 직접 도축하는 건 여러모로 꺼름칙한 데다, 과정상 그 화살과 명분을 내게 돌릴 수 있다면 그로서도 더할 나위 없는 결과일 테니까.

'음흉한 놈.'

나는 속으로 쓰게 웃었다.

'여기서 조세광의 제안을 받아 새마음아동복지재단의 경영을 인수하는 건 쉬워. 하지만.'

나는 힐끗 구봉팔의 면면을 살폈다.

그는 30대 중반의 사내로, 나이에 비해 세월의 풍파를 필요 이상으로 맞부딪쳐 가며 풍화된 모습이었다.

백번 양보해도 신사적이라거나 좋은 인상이다, 하는 평을 내릴 수는 없었지만, 그에겐 날것 특유의 느낌이 고스란히 서려 있었다.

다만 그 모습엔 전예은이 말한 '잔혹한 성격'이며 자기파멸에 이르는 저돌성은 찾아보기 힘들었다.

'그 속엔 정화물산을 향한 모종의 애증과 집착이 있다고도 했던가.'

누구라도 그러하듯이, 구봉팔의 지난 행적엔 서류에 나타나지 않는 개인사가 있을 것이다.

말 그대로 밑바닥에서 기어 올라와, 정화물산의 실질적 오너로 거듭나기까지의 우여곡절이란, 내가 섣불리 짐작할 수 없는 경위가 있으리라.

'아마 초인적인 인내와 그에 못지않은 치밀한 계획, 적잖은 운이 따라 주었을 거야. 그런 구봉팔에게 나란 인물은 갑작스레 그 인생 계획 속에 끼어든 변수나 마찬가지지.'

그에게는 내 존재가 변수로 작용은 했겠지만, 내가 그의 존재를 몰랐다는 건, 어떤 방식으로든 그 이름이 남지 않게 되었단 의미이기도 했다.

'내가 개입하지 않았더라도, 가만 내버려 두었다면 멋대로 파멸했겠지.'

그 위치상 모르긴 몰라도 제법 유능하긴 했을 것이고, 그럼에도 내가 아는 조광의 인물 데이터에 구봉팔은 존재하지 않았으므로.

'그리고 요한의 집도.'

나는 그가 이렇게까지 정화물산에 집착하는 까닭을 모른다.

어쩌면 유소년기에 요한의 집에서 받은 학대가 가슴속에 앙금으로 남아 있을지도 모르고, 그것이 동기가 되어 구봉팔을 여기까지 이끌었을지도 모를 일이다.

'그조차도 어디까지나 내 상상력의 한계 속에서 어림할 뿐이지만…… 이후에 있을 구봉팔의 앞날이 왠지 마음에 걸리는군.'

한편으론, 그를 두고 '무리에서 떨어져 나온 이리'라고 했던 전예은의 인물평에 대해서는 어느 정도 공감을 할 수 있을 듯했다.

왠지 모르게 그가 어디에서 객사를 했다고 들어도, 자연스레 고개를 끄덕일 만한 느낌이었다.

사정이야 어쨌건 구봉팔이 딴생각을 품고 있더란 걸 알게 된 이상, 구봉팔은 조광으로부터 신뢰를 잃었다.

아마 경영상 몇 가지 형식적인 절차를 밟은 뒤, 그는 전생의 그 존재와 마찬가지로 예정된 파멸을 겪으며 어디론가 사라지고 말 것이다.

'조광으로선 이후 아쉬울 것 없이, 그 공석에 다른 꼭두각시를 앉히겠지.'

내가 아는 조광이라면, 그러할 것이다.

'그렇다면 구봉팔은 자신이 숙청당할 거란 걸 알고 있을까?'

아마, 그도 짐작은 하고 있을 것이다.

비록 상황과 장소는 표면상 골프장에서 환담을 나누는 방식으로 이루어지고 있었지만.

나는 이 대화가 인적 없는 야산에서 구봉팔을 목 아래까지 땅속 깊이 파묻은 채 이루어지고 있다 해도 이상할 것 없다고 여기는 중이었다.

'어쨌건 꼭두각시라곤 하나 밑바닥에서 올라와 정화물산의 상무 자리에 오른 남자야. 그 과정에 적잖이 손을 더럽혀 왔겠지.'

내가 여기서 조세광의 호의를 받아들여 구봉팔을 숙청하는 일에 한 손 보태도 나쁘진 않을 것이다.

어쨌건 그 꿍꿍이를 알 수 없는 구봉팔은 내게도 위험 인자나 마찬가지였으니까.

하지만.

「서로 간에 오해가 없다면, 천천히 접근해 볼 만하다고 생각해요.」

문득, 내 가슴속에 남아 있던 전예은의 말이 의식 아래에서 슬며시 솟아났다.

'……아마 전예은의 조언이 없었다면, 나는 이 자리에서 구봉팔을 배제하고 새마음아동복지재단을 인수하는 것에 마냥 동의했을지도 몰라.'

나로서도 그 속내를 알기 힘든 구봉팔과 손을 잡는 게 마냥 내키는 일은 아니었으나.

만일 그를 끌어들일 수 있다면, 만일을 대비해 조광을 향한 와일드카드로 써먹기에 나쁘지 않을지도 모른다.

'내가 그 고삐를 쥐고 온전히 제어할 수 있는가는 차치하더라도, 어쨌건 능력은 있어 뵈는군.'

생각 후, 결단을 내렸다.

'여기서는 우선, 제3자다운 방식으로 나서 보도록 할까.'

이 상황을 모른 척 내색하지 않기란 제법 힘든 일이었지만, 나도 연기가 늘었나 보다.

"좋은 생각이에요, 형."

그래서 나는 대수롭지 않게 그 대화에 끼어들 수 있었다.

"하지만 그 과정에 구봉팔 상무님의 도움을 받을 수 있다면 저로서도 더할 나위 없을 거 같은걸요?"

"응?"

시종일관 무표정한 구봉팔의 속내는 읽기 어려웠지만, 조세광은 그렇지 않았다.

그는 자신이 내게 준 '선물'을 마다하려는 내 모습에—스치듯 지나가긴 했으나—당황한 기색을 감추지 않았다.

동시에 그는 내가 구봉팔과 구면인가 알아보는 양 나와 구봉팔을 슬쩍 번갈아 보더니, 내게 떠보듯 말을 붙였다.

"의외네."

"뭐가요?"

그는 내가 새마음아동복지재단의 경영상 허점을 꿰고 있단 걸 알고 있다는 눈치였지만, 모른 척 말을 돌렸다.

"모름지기 사공이 많으면 배가 산으로 가는 법이잖아? 내가 알기로 SJ컴퍼니의 완벽주의자 이성진 사장님께선 여간한 일은 알아서 처리하는 것으로 아는데."

나는 그에게 일부러 싱그러운 미소를 지어 보였다.

"그럴 리가요. 저는 가능하면 적임자에게 일을 믿고 맡기는 걸 경영상의 원칙으로 삼고 있는걸요?"

"흐음."

"이번에 골프 시뮬레이터 건을 형에게 소개한 것도 형이라면 사업 파트너로서 손색이 없겠단 계산이 있었던 거고요."

은근히 치켜세워 주자 조세광은 나쁘지 않다는 양—또는 이쯤 하면 됐다는 듯—어깨를 으쓱였다.

"그건 그렇지. 고기도 먹어 본 놈이 더 잘 먹는다고, 나 정도면 신규 골프 사업에 적합한 인재 아니겠어?"

"말 그대로예요."

나는 맞장구를 쳐준 뒤 말을 이었다.

"저도 요한의 집에 직접 가 보고 깨닫게 된 사실이지만, 고아원 경영은 생각 이상으로 세심하게 관심을 기울일 필요가 있는 일이더라고요."

서로가 속내를 감추고 내던진 수 싸움을 구봉팔이며 조세광이 파악하고 있는지는 모르나.

"그러니 저로선 그 과정에 전임자인 구봉팔 이사장님의 도움을 받을 수 있다면 좋을 거 같아서요."

결과적으로 나는 구봉팔에게 동아줄을 내려다 주었다.

'구봉팔이 여기서 눈물을 쏟으며 감동하는 것까진 바라지 않았지만.'

그 무표정한 얼굴이 희미하게 떨리는 건 나도 알 수 있었다.

내 말을 들으며 잠시 생각에 잠겼던 조세광은 이내 픽 하고 웃었다.

"뭐, 이후는 당사자들끼리 이야기를 나눠 보면 되겠지. 나는 모르는 이야기야."

조세광은 의외로 순순히 내 제안을 받아 주었다.

이후 필드를 돌며 이어진 이야기에서 나는 구봉팔과 함께 새마음아동복지재단을 공동으로 경영하기로 했으며, 형태상으론 SJ컴퍼니가 정식 후원을 맡아 자금을 총괄 관리하게 되었다.

'암만 스크린 골프와 기브&테이크로 주고받은 거라곤 하지만, 조세광 입장에선 구봉팔이 이대로 정화물산의 딴 주머니를 차게 하는 건 용납하기 어려운 일일 테니까.'

그 와중에도 나는 구봉팔이 무슨 생각을 하는지 알기 어려웠다.

나는 조세광에 동조해 그를 배재하는 방식 대신 사업 아이템 일부를 양보해 가며 새마음아동복지재단의 경영권을 얻어 냈다.

꿍꿍이야 어쨌건 나는 그 순간만큼은 구봉팔의 편을 들어주었고, 이로 인해 구봉팔의 명줄이 늘어난 것만큼은 사실.

그럼에도 구봉팔은 묻지 않는 한 먼저 나서서 입을 여는 경우가 없었고, 오히려 나를 경계하는 기색이 은근했다.

'뭐, 이 정도로 충성 맹세를 받을 생각은 없었어.'

오히려 이번 일을 구실 삼아 내게 꼬리를 흔들어 댔다면, 그건 그것대로 의심스럽다.

그렇게.

표면상으로는 재벌가 도련님들의 골프 사교 정도로밖에 비치지 않는 모임이 막을 내렸다.

내 생애 첫 필드 등판 성적은 형편없었다.

18홀 모두를 돈 것은 아니었음에도 불구하고, 굴곡진 지형과 바람이라는 변수는 초보자인 내가 극복하기 어려운 것이었다.

'하긴, 바이올린에 이어 골프마저 잘했다간 나도 나를 모를 지경이 되었을 거야.'

조세화의 말마따나, 제대로 붙었다면 그녀에게 완패했을지도 모르겠다.

'내기 골프를 안 해서 그나마 다행이지.'

내 감상이야 어쨌건.

"그래도 처음치곤 잘했어."

이진영은 그렇게 말하며 사우나로 달아오른 열기를 커피우유로 씻어 내렸다.

'씁, 여기서 맥주 한 잔 걸치면 딱 맞겠구만.'

나는 맥주 대신 바나나우유를 빨대로 쪽 빨아 마시며 미소를 지었다.

"그래도 이만하면 왜 다들 골프, 골프 하고 말하는지 조금 알 것도 같아요."

"뭐, 그렇지. 사업 이야기를 하기에도 더할 나위 없고."

이진영이 빙긋 웃었다.

"나로선 성진이 네가 즐겨 주었다면 그걸로 됐어."

그러는 이진영은 소위 말하는 '접대 골프'의 정석을 보여 주었는데, 그는 내가 조세광과 이야기를 나누는 흐름을 기가 막히게 파악해 내며 공의 비거리를 조절해 냈다.

만약 이진영이 각 잡고 제대로 친다면, 못해도 준프로 수준은 되지 않을까.

'엄친아는 엄친아야.'

정작 본인이 무슨 생각으로 살고 있는지는 알 수 없지만.

"휴우, 개운하다."

사우나를 마친 조세광은 수건을 어깨에 걸친 채 냉장고로 가더니, 자연스레 맥주 캔을 땄다.

치익, 하고 거품이 이는 시원한 맥주를 목젖이 울리도록 벌컥벌컥 들이켠 뒤, 조세광은 '크' 하고 입가를 훔쳤다.

"그래, 이거지, 이거."

뒤이어 조세광은 우리 손에 들린 과일맛 우유를 보며 픽 웃었다.

"에이, 시시하게. 그게 뭐냐? 니들이 애야?"

애 맞는데.

"코스 한 번 돌고 사우나를 마친 뒤 마시는 맥주, 이게 필드의 진수인 걸 모르면 골프 사업은 할 수 없지."

조세광이 캔 맥주를 흔들며 말을 이었다.

"뭐, 애들이 뭘 알겠냐마는."

대가리에 피도 안 마른 놈이.

팬티나 걸치고 말해라.

나는 바나나우유를 들어 보이며 미소를 지었다.

"그래서 저는 형이 스크린 골프 사업 파트너로 제격이란 생각이에요."

"흐흐, 짜식."

아무리 안하무인의 조세광이라 하더라도 미성년자가 백주 대낮부터 거리낌 없이 알코올을 마실 수 있는 건, 이곳이 클럽하우스 내부에 마련된 VVIP 전용 룸인 덕분이다.

그러면서도 사우나 설비까지 갖춘 전용 목욕탕에 침실, 대형 TV며 채광이 비치는 통유리창을 완비한 이곳은 나로 하여금 전생의 이성진이 부리던 사치의 편린을 느끼게 했다.

'비교적 검소한 가풍에서 자라 온 이성진이 돈 쓰는 맛을 배운 건 조세광의 영향일까.'

다만 그렇다곤 해도.

전생의 이성진과 조세광이 맺은 교우 관계는 현생의 내가 그와 맺고 있을 관계의 뉘앙스는 사뭇 달랐다.

조세광도 내색은 하지 않고 있지만, 그 속에서 나는 '벗겨 먹기 좋을 호구이자 어울리면 재밌을 동생'이란 위치는 아닐 것이고.

그 또한 언뜻언뜻 의도적으로 보여 주는 빈틈으로 나를 저울질하는 중이었다.

'인간적으로 좋아할 수는 없지만, 능력 면에선 조세광도 만만치 않지.'

아직 나이가 어려 경험이 부족하고 이따금 욱하는 모습이 있긴 하지만, 뱃속에 음흉함을 감추고 있는 모양새는 내가 아는 전생의 조세광과 크게 다르지 않아 보였다.

"스크린 골프 이야기가 나와서 말인데, 같은 건물에 사우나까지 갖춰 두면 괜찮을 거 같군."

조세광이 맥주를 홀짝이며 빨래통 속에 수건을 툭 던져 넣었다.

"필드의 대리 만족이라는 측면에서 보자면 나쁘지 않겠어. 퇴근 후 한잔하는 회식 코스에 끼워 넣기도 적당하고."

과장 없이 싱글벙글 웃는 모습으로 보아, 그는 곱씹어 볼수록 이번 아이템이 마음에 들었던 모양이었다.

"보다 구체적인 건 역시 물건이 나와 봐야 알겠지만."

"말씀만 하시면 나이스트 쪽에 일정을 잡아 드릴게요."

조세광은 옷을 걸치며 대수롭지 않은 양 내 말을 받았다.

"천천히 해. 어차피 졸라 댄다고 빨리 나올 거였으면 이미 누군가 했겠지. 뭐, 총알이 부족하다면 지원이야 해 주겠는데."

와이셔츠 단추를 잠그며 조세광이 나를 쳐다보았다.

"게다가 너, 어차피 이대로 회사 간다며. 요즘 바쁜가 봐?"

모처럼 화창한 주말이건만, 내겐 골프 이후 일정이 있었다.

"평소대로예요."

"거참, 그게 평소면 바쁠 땐 어떻단 건지."

어떻긴, 죽어 나가지.

그러잖아도 얼마 전엔 기나긴 설 명절까지 끼어 있어서, 회사가 정상적으로 돌아가지도 않았다.

월급날이 두려운 것이 고용주 마음이고, 마음 같아선 휴일에도 일을 시키고 싶은 것이 사장의 마인드라곤 하지만.

정말로 그랬다간 큰일 나겠지.

'뭐, 실제로 방준호 감독은 설 연휴에도 아슬아슬한 일정까지 편집하느라 날밤을 샜지만.'

여담이지만 설 특집으로 방영된 〈먼나라 이웃사촌〉은 호평이었다. 아니, 호평 수준을 넘어 센세이션을 불러일으켰고, 방송국은 이슈에 대응해 서둘러 다음 제작 일정을 잡아야 했다.

'장래 세계적인 감독으로 거듭날 방준호가 편집한 예능 프로그램이라.'

나는 혹시나 해서 맡긴 것이었지만, 방준호에겐 예능 방송 프로듀서로서의 재능도 있었다.

거기서 '만일 그가 제작부터 촬영까지 도맡았더라면 어땠을까' 싶긴 했으나.

'그건 좀 욕심이 과하고.'

한 사람의 천재에게 모든 것을 기대는 건 경영 전략으로 바람직하지 않다.

'이번엔 방준호 감독이 방송 가이드라인을 잡아 주었다는 정도로 만족해야지.'

또 여담이지만, 올해 설날은 개인적으로도 무척 공사다망했다.

평소에도 팔불출 기질이 다분한 이성진의 외가였지만 올해에는 그게 유독 심해서, 나는 당시 하마터면 외갓집에 감금당해 사육되는 것이 아닐까 싶을 지경에 이르러 있었다.

「우리 손주, 이 할애비가 용돈으로 백화점 지분 좀 주랴?」

서범수 회장의 외손주 사랑은 스케일이 남달랐다.

그걸 받았다간 팔자에도 없는―아니, 팔자이긴 하려나― 백화점 경영까지 하게 될 상황에서, 외삼촌인 서명훈이 만류해 준 덕에 간신히 그 굴레를 벗어날 수 있었다.

「……아버지, 성진이에겐 조금 이르지 않겠습니까.」

그럼에도 나를 향한 서범수 회장의 공세는 멈추지 않고…….

「봉효(이휘철의 호) 그 영감도 했다는데, 나라고 못 할 게 뭐 있어!」

아니, 어르신. 제발 좀.

거기서 나는 이희진과 이하진, 이유진 쌍둥이를 재물로 바쳐 간신히 탈출할 수 있었지만.

결국, 명절 끝에 돌아온 내 동생들은 포동포동 살이 쪄 있었다.

미안하다, 동생들아.

'……떠올리는 것조차 끔찍하군.'

이래저래 명절이 두렵다.

조세광이 나를 멀뚱멀뚱 쳐다보았다.

"왜, 추워? 난방 좀 세게 할까?"

"아뇨, 괜찮습니다."

그는 어깨를 으쓱이곤 맥주를 마저 마신 뒤, 빈 캔을 우그러뜨렸다.

"더군다나 개학도 했지?"

"네."

그러잖아도 어저께인 토요일, 3월 2일. 나는 개학을 했더랬다.

근미래의 학생들은 모르겠지만, 이 시기의 국민학생, 아니 초등학생들은 토요일에도 수업을 했다.

그러니 공휴일로 지정된 1996년 3월 1일 금요일은 근미래 기준, 꿀 같은 연휴로 쓰였겠지만.

'하물며 격주제로 쉬는, 소위 놀토도 없는 시대야.'

그러니 토요일에도 학교며 회사를 가야 하는 이 시대 사람들에게 금요일 공휴일이란 어색한 징검다리에 불과했다.

"학교 가랴, 일하랴, 바쁘겠구먼."

그 탓에 서둘러 일정을 조율했던 것도 없지 않았다.

'애당초 학업에 충실해야 한다는 것이 회사를 받는 조건이었으니까.'

이제 와서 이태석이 회사 경영권을 두고 왈가왈부하진 않겠지만, 굳이 명분을 던져 줄 필요는 없었다.

"바쁜 걸로 치면, 고등학생이 더 바쁘지 않아요?"

"미안하지만 나는 너나 진영이처럼 범생이가 아니어서 말이지."

조세광이 킬킬 웃었다.

"자고 싶으면 자고, 째고 싶으면 째는 게 내 학교생활이야."

그가 나를 보았다.

"그러는 너도 마음만 먹으면, 학교에서 네 맘대로 할 수 있지 않냐? 천화면 너네 재단 아래잖아."

전생의 이성진은 실제로 학교에서 왕처럼 군림했지만, 나는 그렇게 할 생각이 추호도 없었다.

'……그랬다간 정말로 회사 경영권을 이태석에게 몰수당하겠지.'

이휘철도 내 편을 들어 주지 않을 것이고.

'어쩌면 그런 망나니적 기질이 쌓이고 쌓여서, 이태석이 이성진에게 경영권을 물려주지 않은 것일지도 모르겠군.'

조광처럼 망나니 행세를 하건 말건 아랑곳하지 않는 가풍이라면 또 모를까, 그래도 삼광은 상대적으로 정도를 아는 편이었다.

그렇다곤 해도, 이성진을 반쯤 방치하며 망나니로 자라도록 내버려 둔 이태석의 미숙함을 옹호할 생각은 추호도 없지만.

나는 미소 띤 얼굴로 대답했다.

"저는 가능하면 학교와 집안, 사업 세 가지는 분리해서 생각하는 입장이거든요."

"……흠."

일부러 꺼낸 모범적인 대답에 조세광은 내가 그와 본질적으론 맞지 않는 인물이라 여겼는지 짧게 이죽거리며 고개를 획 돌렸다.

"성진이야 그렇다 치고, 너는 어때, 다음 일정 있어?"

조세광은 치다 만 골프로 아직 몸이 찌뿌둥한지 이진영에게 그런 제안을 던졌지만.

"미안. 나도 시저스로 가 봐야 되거든."

이진영은 부드러운 미소로 사양을 표했다.

"그러잖아도 요즘 식당이 바빠서. 명색이 공동 경영자이니 일손은 거들어야지."

"엥, 무슨 일 있어?"

"아까 그늘집에서 이야기했잖아. '성진이는 시저스를 홍보하기 위해 특집 프로그램까지 준비할 정도'라고."

이진영이 말을 이었다.

"설 특집 방송으로 보낸 게 홍보 역할을 톡톡히 하고 있거든. 〈먼나라 이웃사촌〉이라는 프로그램이었는데 혹시 봤니?"

조세광은 TV엔 흥미가 없는 모양인지, 장안의 화제인 〈먼나라 이웃사촌〉에 대해 금시초문이라는 듯 얼떨떨한 얼굴을 했다.

"이제 대화에 끼어들려면 TV까지 챙겨 봐야 하냐."

"잘 뽑혔어. 혹시 보고 싶으면 비디오 빌려줄까? 녹화해 뒀거든."

"됐어."

조세광이 툴툴거렸다.

"나 참, 그까짓 거 네 동업자인 뚱땡이한테 맡겨도 될 거 같은데. 누가 뭐래도 처먹는 건 잘하는 놈이잖아?"

이진영은 허상윤을 향한 험담에 끼어들고 싶지 않은지 대답 대신 미소만 지어 보였다.

'짐작은 했지만 같은 모임 소속이라 할지라도, 그들 간에

는 일종의 위계 의식이 형성되어 있는 모양이군.'

이진영은 그 모임에서 일종의 중재자 역할을 하고 있는 듯하고.

조세광은 투덜거리며 재킷을 걸쳤다.

"그럼 다들 바쁘신 몸들이니 이만 파하지. 나 원, 니들이랑 어울려 다니려면 나도 뭔가 하긴 해야겠어."

그는 자동차 키를 손가락으로 빙글빙글 돌리며 현관을 향했다.

우리는 별것 아닌 시시한 이야기를 주고받으며 주차장 어귀에 도착했고.

"그럼 오늘은 이만 해산. 나중에 연락할게."

조세광은 내게 눈을 찡긋하곤 아무런 망설임 없이 우리와 반대 방향으로 몸을 돌려 휘적휘적 걸어갔다.

"오늘 즐거웠어. 그럼 또 보자."

나는 이진영과 작별 후 강이찬이 기다리고 있는 주차장으로 발걸음을 옮겼다.

그리고 거기에서, 구봉팔이 나를 기다리고 있었다.

"……."

"……."

구봉팔은 운전기사 강이찬이 대기하고 있는 내 차량 근처에서 서로를 말없이 쳐다보고 있었다.

아니, 서로 내색은 하지 않고 있지만 노려보는 것에 가깝다고 해야 할까.

면식도 없었을 두 사람이지만 강이찬은 나름의 감이라도 있는지 구봉팔을 일방적으로 경계하는 기색이었고, 구봉팔도 그런 강이찬의 시선을 피할 생각이 없어 보였다.

'내게 속내를 드러내지 않기론 두 사람 모두 마찬가지인데 말이야.'

그러다가 내 인기척을 눈치챘는지, 구봉팔이 고개를 돌려 내게 묵례(默禮) 후 입을 뗐다.

"오셨습니까."

강이찬은 그제야 내가 구봉팔과 면식이 있다는 걸 눈치채곤 슬쩍 노골적인 경계의 낯을 풀었다.

"혹시 기다리셨어요?"

내 말에 구봉팔은 빈말로라도 부정하지 않았다.

"예."

사람의 호의를 쉽게 받아들이지 않고 의심하며 심사숙고하는 모습은 어딘지 모르게 그다웠다.

구봉팔이 말을 이었다.

"복지 재단의 인수인계를 위해 사장님과 스케줄을 잡아야 할 거라 생각했습니다."

"음."

나는 짧게 고개를 끄덕였다.

"해당 사안은 가능한 빨리 처리하는 편이 좋겠죠?"

"예, 괜찮으시다면 혹시 이번 주중에라도 가능하겠습니까."

"아, 주중엔 스케줄을 잡기 어려운데요. 내일부터 학교엘 가야 해서요."

구봉팔은 새삼스러운 사실을 인지했다는 양 무표정한 얼굴에 조금 당황한 기색을 스쳐 보냈다.

나는 그 관찰을 내색하지 않으며 말을 이었다.

"혹시 괜찮으시다면 오늘 회사에 방문해 주실 수 있겠어요?"

구봉팔은 이렇게까지 쇠뿔을 단김에 뺄 줄은 몰랐다는 기색이었음에도, 잠시 생각 끝에 고개를 끄덕였다.

"문제없습니다. 회사로 가실 예정입니까?"

"예. 주소는⋯⋯."

내게서 주소를 얻어 낸 구봉팔은 짧은 묵례 후.

"금일 내에 서류를 준비해서 찾아뵙겠습니다."

"예, 기다리고 있겠습니다."

자리를 떠났다.

나는 어조를 고쳐 강이찬에게 다가갔다.

"오래 기다리셨죠? 주말에 개인적인 용무로 움직이게 해서 죄송해요."

"아닙니다. 괜찮습니다."

"그럼, 강이찬 씨, 회사로 가 주시겠어요?"

"예."

강이찬은 뒷좌석 문을 열어 나를 태운 뒤, 운전석에 앉았다.

그는 회사를 향해 차를 몰면서, 골프장을 빠져나갈 즈음 백미러로 나를 힐끗 살피곤 입을 뗐다.

"방금 전 그분은 사업상의 관계자입니까?"

원래 그라면 먼저 관련해 입을 열지 않았겠지만 내가 전예은의 조언을 받아들여 '꾸준히 문을 두드린' 덕분인지, 그는 이따금 불쑥 무언가 말을 건네곤 했다.

"예. 요한의 집 관계자인 구봉팔 씨예요."

나도 그런 강이찬의 말을 피하지 않았다.

"요한의 집이라 하심은…… 저번에 방문한 고아원 말씀이시군요."

"예. 정확히는 새마음아동복지재단의 이사장과 정화물산의 상무직을 겸임하고 있죠."

"그렇습니까."

강이찬은 대답하며 부드럽게 핸들을 꺾었다.

그는 관련해 무언가 할 말이 있어 보였는데, 그러면서도 생각한 바를 섣불리 입 밖으로 내지 않았다.

강이찬이 다시 입을 연 건 차를 고가대로에 올렸을 즈음이었다.

"그러면 오늘 내에 Y구로 방문할 예정도 있으십니까?"

그는 내 스케줄을 묻는 척 말을 에두르고 있었지만, 핵심은 방금 만난 구봉팔과 관련한 주제임을 나도 모르지 않았다.

"글쎄요. 자세한 건 저도 그분과 이야기를 나눠 봐야 알 듯합니다."

"혹시 움직이게 된다면 저도 동행하겠습니다."

강이찬이 덧붙였다.

"사장님을 모시는 게 제 업무이니까요."

굳이 그럴 까닭이 없음에도 불구하고, 강이찬은 본능적으로 그가 위험한 인물임을 직감한 모양인지 구봉팔과 내가 단둘이 있는 상황을 예방하려는 듯했다.

"그땐 부탁드릴게요."

"예."

그도 마음 같아서는 스케줄 자체를 만류하고 싶어 하는 모습이었지만, 그에게 그럴 만한 명분이며 구실은 없었으므로.

'구봉팔과 마주하는 순간만큼은 강이찬을 내 편이라고 생각해도 되겠어.'

분당 사옥은 일단 일요일에도 열어 두곤 있지만, 역시 일요일이어서 그런지 한산했다.

'일요일의 한산함조차 내키질 않는다니, 어느새 나도 경영자가 다 된 모양이군.'

평소라면 사장실로 향하는 로비에서 윤선화며 전예은이 내게 인사를 건넸겠지만, 불과 얼마 전까지 빠듯한 스케줄을 소화한 탓에 그녀들도 오늘만큼은 휴식 중이었다.

'원래 봉효재단 업무를 병행 중인 윤선화는 차치하더라도, 전예은은 공가희를 돌보랴, 내 비서직을 수행하랴, 이래저래 바쁘게 보냈지.'

「월요일부터는 정상 출근하겠습니다.」

그렇게 말한 전예은은 모름지기 일요일에는 쉬어야 한다는 당연한 사실조차도 송구스러워했다.

공가희와 동거하게 된 이상, 집에서도 아주 마음 편히 휴식할 수는 없을 듯하지만.

한편 몇 차례 은근슬쩍 통학을 권유해 보았음에도, 전예은은 검정고시를 보겠단 생각을 꿋꿋이 고수했다.

'하긴, 내가 부모도 아니고, 강권할 입장은 아니지.'

나는 구봉팔이 올 동안의 빈 시간, 당초 예정대로 텅 빈 사장실에 앉아 서류를 검토했다.

몇 가지 최종 승인이 필요한 일이 남아 있었다.

'어디 보자, 방송 제작은 통통 프로덕션에 일임해 뒀고…….'

통통 프로덕션의 박승환 전무는 방준호 감독이 편집실을 빌려 작업에 들어갈 때만 하더라도 은근슬쩍 탐탁잖아 하는 기색이었지만, 결과물을 확인하곤 입을 꾹 다물었다.

「일종의 가이드라인이로군요. 추후 제작 방향에 참조하도록 하겠습니다.」

박승환은 그 정도의 감상만을 입에 담았다.

〈먼나라 이웃사촌〉이 호평 속에 방송이 나간 직후 KBC 측은 가능한 빠른 시일 내에 다음 회차 방송 문의를 넣어 왔지만, 방준호 감독이 해당 방송을 교묘하게 2회 분량으로 편집한 덕분에 시간상 여유는 충분했다.

'이후 안형욱을 고정 패널로 쓸 수 없다는 건 조금 아쉽지만.'

동시에 통통 프로덕션은 한·일 합작 애니메이션인 패킷 몬스터의 제작도 겸하고 있었는데, 전예은은 여기서 내게 공가희를 빌려 달란 말을 했더랬다.

전예은의 눈이 정확했던 모양인지, 아니면 공가희가 패킷 몬에 푹 빠져 있었던 덕분인지, 공가희는 그간 슬럼프였던 것이 믿기지 않을 만큼 엄청난 속도로 편곡을 마쳐 이를 통통 프로덕션에 제출했다.

일본에 있는 협력 업체 측에서도 공가희의 곡을 퍽 마음에 들어 했고, 그 성공 경험 덕인지 공가희는—전예은의 말로는 아직 완전히 슬럼프를 극복한 건 아니라고 했지만—다음 주부터 SBY의 1.5집 앨범 작업에 투입하는 것으로 이야기가 나왔다.

'그런 걸 보면, 전예은의 사람 볼 줄 안단 말이 마냥 허언은 아니란 말이야.'

전예은은 사람을 볼 줄 아는 것을 넘어 그 인재를 적재적소에 투입하는 능력까지 갖추고 있었다.

'잘만 키우면 내가 짊어지고 있는 업무 부담을 줄일 수도 있겠어.'

나는 도장을 찍은 뒤 다음 서류를 살폈다.

이번엔 삼광전자 법무팀에서 보낸 협조 요청 문서였다.

삼광전자는 어느덧 프로젝트 P, 아니 이젠 정식 상호가 붙어 SFH-01, 대중에겐 브랜드 네임 '클램(Clam)'으로 각인될 폴더폰 출시를 앞두고 있었다.

그와 동시에 이태석은 앞서 이휘철과 논의한 대로 모토로라와 소송전을 준비 중이었는데, 여기엔 디자인 특허와 관련해 책임을 지고 있는 SJ컴퍼니의 협조가 필수적이었다.

모토로라 측은 스타텍의 디자인이 삼광전자의 클램과 별개로 외화 드라마인 〈스타트랙〉에서 영감을 받아 만든 것이라 주장할 것이며, 법정에서는 삼광전자와 모토로라의 디자인적 유사성이 우연의 일치에 불과하며 상호 참조되지 않았단 판결을 내리리란 법무팀의 견해가 포함되어 있었다.

'공명정대함을 나름의 캐치프레이즈로 잡고 가는 미국이라도 결국 팔은 안으로 굽기 마련이니까.'

나는 의자에 등을 기댔다.

어차피 승소는 목적이 아니었다.

'이건 한 편의 연극에 불과하지.'

아마 어느 시점에 이르면 삼광전자나 모토로라나 서로 못 이기는 척 합의에 이르고 말 일이다.

이번 법정 공방은 우리보다 앞서 출시한 스타텍을 향한 후발 주자로서의 견제와 홍보를 겸하는 것이었으므로.

'그렇다곤 하나, 모토로라 입장에선 제법 타격이 클 거야.'

비록 출시일은 모토로라의 스타텍이 조금 앞선다고 하나, 완성도 측면에선 삼광전자의 클램이 훨씬 뛰어났다.

'생각해 보면 참 새삼스러워.'

전생엔 스타텍의 카피캣 제품만을 뽑아내던, 그 시기엔 많고 많은 국내 폴더폰 제조사 중 하나에 불과했던 삼광전자가, 이 시점엔 벌써부터 외국 공룡과 당당히 맞서는 위치에 섰다.

여기서 삼광전자의 협력 업체에 불과한 SJ컴퍼니가 얻을 기대 수익은 크지 않다.

하지만 재무제표로는 보이지 않는 무형의 자산이 곳간에 차곡차곡 쌓이는 중이었다.

'장래 삼광전자의 이득이 결국은 내 이득으로 귀결될 테니까.'

전생에는 이성진에게 허울뿐인 감투만을 씌워 주었던 이태석이지만, 지금은 그때완 달리 사정이 크게 달라졌다.

'이태석이 살아 있는 동안엔 내가 온전한 경영권을 손에 쥐기 힘들겠지만, 그 성공에 이른 지분 일부나마 쥘 수 있다면 성공이지.'

그와 동시에 나는 '이태석의 아들'이나 '삼광전자의 차기 후계자'가 아닌, 내가 온전한 소유권을 쥔 SJ컴퍼니의 대표로 자리매김할 필요가 있었다.

자조 섞인 감상이지만, (비록 혼수상태였다곤 하나)이태석의 명줄은 이성진보다 더 길었으니까.

'그러니 몇십 년 뒤 역사의 흐름대로 세계가 움직이게 된다면, 이태석이 금치산 상태가 되었을 때 내게 기회가 찾아올 거야.'

한편으론 그때 내 생명의 위기가 찾아올지도 모르지만.

나는 자료가 담긴 폴더를 긁어모아 삼광전자 법무팀에 협조 메일을 보낸 뒤, 그다음 메일을 살폈다.

'어디 보자, 게임 잡지사의 패킷몬 발매 홍보 인터뷰에 경제지 기사 인터뷰 요청인가.'

예전 같으면 이런 자잘한 일조차 내가 직접 신경 써 가며 임했겠지만, 이제 이 정도 일은 김민혁에게 맡겨도 무방했다.

'이래저래 하나둘, 내 대신 일처리를 해 줄 사람이 늘어나고 있어.'

그러잖아도 최근 내 고민은 '어떻게 하면 내 일을 줄일 수 있을까'일 정도였다.

'결국엔 나 없이도 알아서 척척 잘 굴러가는 회사를 세우는 게 목표이긴 한데.'

하지만 그건 조심스레 접근해야 할 일이었다.

역사를 돌이켜 보면 '어째서 이런 멍청한 결단을 내렸을까' 싶은 여러 일화는 그때 당시엔 그것이 최선이었기에, 그들도 나름의 심사숙고를 거친 결과물이었다.

단적인 예를 들자면 모토로라가 계획한 이리듐 프로젝트 역시도 '어디에서나 통화가 가능한 환경을 조성한다'는 거창하며 합리적인 계획하에 장밋빛 미래를 꿈꾸며 추진된 것이었지만.

역사는 '무수히 많은 수신탑을 세계 각지에 꽂아 넣는 방식'으로 흘러갔다.

마찬가지로 나폴레옹과 히틀러의 러시아 원정 역시도 그때 당시엔 합리적인 사고의 결과였고, 치밀한 계획하에 이루어진 일이었지만 그 패배의 결과는 역사가 증명하고 있지 않은가.

그러니 역사의 흐름을 꿰고 있는 내가 자칫 방심하면, 이 당시의 '합리적인 흐름'을 타고 경영을 그르치게 될 여지가 다분했다.

'생각해 보면 SBY 1집조차도 내가 생각한 합리성의 실패로군.'

나는 내심 잊을 만하면 떠오르는 씁쓸한 결과를 떠올렸다
가 고개를 저었다.

'아니, 첫술에 배부르려 한 것도 내 자만이지. 이게 위로가
될지는 모르겠지만 전예은도 그 실패가 무의미하진 않았다
고 했으니.'

이어지는 여타 이메일을 김민혁의 계정에 전송하고 나니,
맨 아래.

「G」

라고 제목이 짤막하게 적힌 메일이 보였다.

유상훈이 보낸 구봉팔의 뒷조사 결과였다.

4장

구봉팔은 태생적으로 그 행적이 모호한 인물이었다.

관련해 확인해 볼 수 있는 최초의 기록은 그가 절도 혐의
로 경찰서에 구치된 1971년 당시의 것으로, 유상훈이 덧붙인
사견에 의하면 그가 서류상으로 62년생인 것조차 확실치 않
다고 한다.

'……행정 서류가 명확하지 않던 시절이긴 하지만, 그걸
감안하지 않더라도 태생부터 순탄하진 않았군.'

당시 미성년자였던 구봉팔은 이렇다 할 처벌 없이 풀려나
면서 고아원에 들어가게 되는데, 그는 이후에도 잡다한 범죄
를 저지르고 고아원에서 쫓겨나길 반복하더니 1974년, 다시
소년원에 수감되기에 이른다.

그다음 해 구봉팔은 소년원을 출소한 뒤 ㈜요한의 집에 기거하게 되었는데.

요한의 집에선 비교적 얌전히 지내는 것처럼 보이던 그가 다시 사고를 친 것은 1978년 겨울이었다.

아니, 이번 일은 잡스러운 범행이 아니었다.

여기서부턴 소년원이 아닌 소년교도소 신세를 지게 될 만큼 중대한 죄목이었다.

죄목은 폭행 및 기물 파손, 방화 혐의.

당시 신문 기사에도 났던 일이라고 하며, 유상훈은 '이메일로는 해당 자료를 첨부할 수 없어서 그대로 옮겨 적습니다' 하고 담담한 필치로 내용을 전했다.

거기엔 피해자에 포함된 박영호가 지역에서 끗발깨나 날리던 인사였다는 사실도 한몫했으리라.

'개인적 원한인가? 그런 것치곤 지역 유지였던 피해자와 구봉팔 사이엔 별달리 접점이 보이질 않는데…… 재산을 노린 범죄? 아니면 우발적 범행?'

전치 8주 이상의 상해와 (70년대 기준)320만 원어치의 재산상 손괴를 일으킨 구봉팔.

범행 동기에 대해 구봉팔은 입을 열지 않았거나, 아니면 공식적으로 밝히기 껄끄러운 일이어서 서류에 남지 않은 듯하다.

어쨌건 그 뒤, 1978년 12월 제10대 국회의원 선거에 출마

예정이었던 피해자 박영호는 그 부상의 여파인지 출마를 포기하고 기권하게 된다.

'……그렇다고 정치 깡패로 쓰였다기엔 너무 어리지 않나. 아무튼 경쟁자에겐 호재였겠군.'

그 뒤의 행적은 구봉팔이 1986년 광화상사에 입사하기까지 모호했고, 서류상의 나머지 부분은 앞서 유상훈이 조사했던 내용과 동일했다.

광화상사.

말이 '상사'이다 뿐이지, 정상적인 회사는 아니었다.

당시 광화상사는 몇몇 관광호텔이며 나이트클럽의 공동 경영자로 등록되어 있었는데, 이들의 소유권을 파고들다 보면 그들과 조광과 희미한 연결 고리를 찾을 수 있었다.

'즉, 광화상사는 조광의 지저분한 일을 도맡아 처리하던 곳이란 거지.'

구봉팔은 '광화상사 재직' 당시 꽤 유능했던 모양인지, 조광 측 관계자와 종종 업무상의 동석을 하곤 했던 모양이었다.

'그 업무상의 동석 중에 정화물산이 포함되어 있었는지는 명확하지 않지만.'

그리고 아마 이때, 구봉팔은 세금 추적이 되지 않는 적잖은 돈을 손에 쥐었을 거라고, 유상훈은 사견을 덧붙였다.

이후 1990년, 정부에서 발표한 10.13 선언—소위 말해 '범죄와의 전쟁'—직후, 광화상사는 파산 신고를 거치며 공중분

해 되었다.

구봉팔은 그 뒤 정화물산에 경력직으로 입사하는데, 동시에 광화상사 재직 당시 커리어를 인정받아 당시 공석이던 정화물산 상무직에 임명된다.

'커리어는 무슨.'

그리고 이듬해 정화물산의 사장이었던 정기환이 음주운전으로 사망, 차남인 정이수가 사장직을 인계받는다.

이때 정화물산은 정기환이 이사장으로 있던 새마음아동복지재단을 처분하려 한 듯하나, 구봉팔은 임시 주주총회 때 과반수의 동의를 얻어 새마음아동복지재단 이사장직에 임명되었다.

'즉, 가만히 내버려 두면 없어졌을 새마음아동복지재단을 기어코 살려 냈단 의미군.'

그다음은 대성성당이었다.

내가 직접 방문해 알아본 바, 요한의 집을 실질적으로 관리하고 운영하는 건 새마음아동복지재단이 아닌 대성성당이었다.

하지만 그 운영 기금은 새마음아동복지재단을 통해 이루어졌다.

'한편으론 내가 요한의 집을 방문했을 때 원장은 내가 기부하는 품목이 새마음아동복지재단을 통하는 것이 아닌, 직접적인 방식으로 이루어지길 바랐어.'

만일 당시 내 예상대로 대성성당이 정화물산과 유착 관계에 있었다면, 그들이 새마음아동복지재단을 배제할 까닭이 없었다.

'대성성당이 딴 주머니를 챙기려 한 것이 아니라면 말이지만.'

거기서 내가 생각한 건, 어쩌면 대성성당 측은 정화물산과 새마음아동복지재단을 바람직하게 여기지 않았던 게 아닐까, 하는 추측이었다.

유상훈 역시도 대성성당과 정화물산, 요한의 집에 이르는 삼각 구도에 신경이 쓰였던 모양인지 별도의 연표를 참고자료로 첨부했다.

요한의 집이 고아원으로서 기능을 위해 건물을 지은 것은 1975년.

새마음아동복지재단이 비영리재단으로서 법인을 등록한 일자는 1984년.

그리고 실질적으로 요한의 집을 관리하는 대성성당이 완공된 일자는 1985년.

구봉팔이 광화상사라고 하는 조광의 페이퍼 컴퍼니에 들어간 건 1986년.

그 구봉팔이 광화상사를 정리하고 정화물산의 상무로 취임한 것이 1990년.

구봉팔이 전대 정화물산 사장의 사후 새마음아동복지재단

의 이사장직을 물려받은 것은 그즈음해서였다.

여기서 서류에 누락되기 마련인 시기상의 맹점이 있다고, 유상훈은 사견을 더했다.

새마음아동복지재단이 설립된 1984년과 대성성당이 완공된 1985년.

숫자상으로만 따지면 새마음아동복지재단의 설립이 대성성당의 완공에 우선한다고 볼 수 있겠지만, 주목할 것은 '완공 일자'였다.

'즉, 대성성당이 새마음아동복지재단의 법인 등록 일자에 앞서 시공이 계획되었으리란 점이지.'

이때 완공 일자라 함은 어디까지나 서류상의 기록일 뿐, 여기에 대성성당의 증축 및 확장은 포함되지 않는다.

그러니 새마음아동복지재단의 설립이 대성성당 측의 개입 이후에 진행된 것이라면, 그들 사이의 기묘한 공생 관계가 형성된 배경도 얼추 짐작이 가능했다.

'그리고 어쩌면, 그 견제에는 구봉팔이라는 인물을 의식하고 있을지도 모르고.'

근거 없는 생각이지만.

'원장 수녀는 구봉팔이 예전엔 요한의 집 출신이었단 것을 알고 있을까?'

왠지 모르게, 그 원장이라면 알고 있을지도 모르겠단 생각이 들었다.

'그렇다면 원장은 구봉팔의 편일까, 아니면 음주운전으로 사망한 정화물산의 선대 사장인 정기환의 편일까.'

여기서 열쇠라고 하면, 대성성당과 새마음아동복지재단의 건립이 1986년까지 구봉팔의 행적이 모호하던 시절에 이루어졌다는 것인데…….

거기서 유상훈은 자신만만한 필치로, 마치 '내가 아니면 찾을 수 없었을 것'이라는 양 자료를 덧붙였다.

구봉팔이 소년교도소에 수감되어 있을 당시, 현재 요한의 집 원장 수녀인 소피아가 봉사 활동의 명목하에 해당 소년교도소를 방문한 적이 있단 내용이었다.

'흐음.'

우연치곤 공교로운 유착이었다.

이어서 유상훈은 소피아의 출가 이전 자료까지 찾아내 내게 첨부했는데, 이 내용 또한 참으로 공교로웠다.

그녀의 세속명은 한영희. 1946년생.

혈혈단신인 한영희, 아니 소피아에게는 단 한 사람의 피붙이가 있었는데, 외조카인 백설희였다.

그리고 백설희는 요한의 집 출신이었다.

유상훈은 이 지점에서 일부러 그러듯 사무적인 문체로 이하의 내용을 써 내려갔다.

'백설희는 1960년생, 1962년생(추정)인 구봉팔보다 조금 더 연상으로, 구봉팔보다 앞서 요한의 집에 기거하고 있었

다⋯⋯.'

그 뒤의 기록을 읽어 내려가던 나는 피가 싸늘하게 식어 가는 기분을 느꼈다.

1978년, 여름. 산부인과 기록. 산모 백설희는 조산으로 인한 미숙아를 낳았으나, 영아는 사망.

같은 해 겨울, 백설희 사망. 사인은 실족으로 인한 두부외상.

'그랬군. 그래서였나.'

나는 78년, 구봉팔이 그해 겨울, 폭행 및 기물 파손, 방화 혐의로 소년교도소에 수감되었다는 사실을 떠올렸다.

서류에는 백설희의 사망 원인을 실족사로 분류하고 있었지만, 주먹구구식이던 그 시절의 행정 서류상으로는 관련해 자살이든 타살이든, 이를 얼마든지 무마할 수 있었다.

더군다나 '폭행 사건 당시 피해자'가 국회의원 출마를 앞두고 있던 지역 유지이며, 기댈 곳 없는 백설희가 관계자라면, 그리고 미성년자였던 백설희가 조산한 아이의 아버지가 박영호라면, 아마⋯⋯.

나는 한숨을 내쉬며 의자에 등을 기댔다.

'⋯⋯그래서 어쩌면 복수, 인가.'

서류에 명시될 수 없는 현실의 간극은 짐작하는 것조차 힘들었다.

'어쩌면 원장은 구봉팔의 방패가 되어 주는 한편, 그가 선

을 넘지 않게끔 제어하는 역할도 해 왔을지 모르겠군.'

믿음, 소망, 사랑. 그리고 용서. 크리스천이 추구하는 가치였다.

뒤이어 유상훈이 덧붙인 자료에는 당시 피해자인 박영호 국회의원 후보와 경합을 벌이던 경쟁 상대가 현직 국회의원인 최대호의 아버지, 최창희라는 사실이 기재되어 있었다.

그리고 최대호는 조광을 배후에 두고 있는 인물이다.

'구봉팔이 조광 내에서 엘리트 코스를 밟을 수 있었던 건, 그 본의는 아니었다곤 하나 조광 나름의 배려였나 보군.'

그렇다고는 하나, 78년 이후 시간이 많이 흘렀다.

이만하면 호혜성이 마모될 시간이었고, 경쟁 상대도 오월 동주하에 손을 맞잡는 것도 가능한 세월.

조광이 내려 준 '은혜'에 힘입어 여기까지 달려온 구봉팔이지만, 설령 그리고 할지라도 조광이 제시한 선을 넘는다면 언제고 숙청되는 것이 그 바닥의 비정한 생리였다.

'……아마 전생에는 구봉팔이 선을 넘기 전, 조광 측에서 손을 보았겠지.'

거기엔 구봉팔의 원수인 박영호의 아들, 박상대가 정치판을 기웃거리고 있다는 사실도 한몫하고 있을 것이다.

이번 일을 단순 횡령과 자금 세탁, 혹은 구봉팔이 요한의 집에 있던 당시 정화물산의 학대에 의한 복수 정도로만 여겼던 상황은 내가 생각하는 이상으로 음습하고 끈적끈적했다.

똑똑, 하는 노크 소리가 들린 건 내가 메일함을 닫고 생각에 잠겨 있을 무렵이었다.

"구봉팔입니다."

그 짧은 말에 나는 자리에서 일어나 목소리를 높였다.

"들어오세요."

달각, 문을 열고 사장실로 들어선 구봉팔은 혼자였다.

그는 내게 목에 건 방문자용 명패를 덜그럭거리며 무표정한 얼굴로 묵례하곤 손에 든 서류를 응접용 탁자 위에 내려놓았다.

'생각해 보면, 그가 일찍 애를 가졌다면 나만 한 자식이 있을 나이로군.'

그가 84년생인 나를 78년에 태어나 세상의 빛을 보지도 못하고 죽은 백설희의 아이를 겹쳐 보지는 않겠지만.

만일 세상사가 순리대로 흘러갔다면, 어쩌면 나만 한 나이의 아이가 있을지도 모른다.

타인의 인생사를 꿰고 있다는 건, 그 대상이 나로 하여금 완전한 타인으로 취급되지 않는단 의미이기도 하다.

'그렇다고 내가 오지랖을 부려 가며 구봉팔의 편을 들 까닭은 없지만.'

나는 방금 전 그 인생사를 표층적으로나마 알게 되었다는 걸 내색하지 않으며 미소를 지었다.

"마침 차를 한 잔 내릴까 했는데, 드시겠어요?"

구봉팔은 어지간해선 서둘러 일을 마무리 짓고 자리를 뜨고 싶어 하는 모양새였지만.

"아무래도 일요일이다 보니 비서도 출근을 하지 않았거든요. 제가 직접 내릴 생각인데, 괜찮으시죠? 커피, 녹차, 홍차가 있습니다만."

내 권유를 마다할 명분이 없단 생각에서인지 짧게 고개를 끄덕였다.

"……그러시죠. 주시는 대로 마시겠습니다."

나는 미소 띤 얼굴로 탕비실에 들어가, 안면 근육을 풀었다.

'자, 그럼 어떻게 할까.'

나는 포트에 물이 끓길 기다리며 접시에 다과를 놓은 뒤—어째, 요즘 탕비실에 양갱이 많이 보여서 녹차로 했다—물이 적당한 온도에 이르길 기다렸다.

구봉팔.

토사구팽이라 했던가, 그는 물이 삶기는 즉시 탕 속에 담길 개였다.

하지만 만일, 그를 내 비호하에 둔다면, 조광도 섣불리 구봉팔을 정리하려 들지 않을 것이다.

'그렇다고 조광을 견제하기 위해 구봉팔을 옆에 두기엔,

개인적으로 위험부담이 크단 말이지.'

비수가 소매 안에서 폭발한다면, 그건 없느니만 못한 것이니까.

사실상, 그는 언제 불붙을지 모를 화약고였다.

이미 조광에게 토사구팽을 당할 것이 명백해진 이상, 그는 마지막으로 나를 찾아와 그에겐 아픈 손가락이자 애증의 대상인 요한의 집을 떠넘기고자 나를 찾아온 것에 진배없었다.

그러니 평생을 복수라는 목적하에 달려왔고, 이를 위해 거친 삶을 살아온 구봉팔이니, 어쩌면 여기서 내게 인수인계를 마치자마자 회칼을 들고 쳐들어갈지도 모른다.

'누구에게……랄 것은 짐작하기 어렵지만.'

내가 암만 기억력이 좋다고 해도, 전생에 스치듯 지나간 뉴스 모두를 아는 것은 아니다.

모르는 것은 모른다, 이는 내 한계였다.

'아닌 말로, 나 역시 전생엔 대성성당이며 요한의 집, 정화물산이 어쨌는지는 모르니까.'

다만, 전생엔 정화물산이란 기업이 내가 성인이 되었을 당시엔 이미 없었으리란 상황을 어림만 하고 있을 뿐.

'다른 후보로는 박상대일까?'

박영호는 오래 전 심장병으로 세상을 떠났고, 지금은 그 아들인 박상대가 그 유지를 이어받았다.

'연좌제라도 적용할 생각이라면 또 모를까, 관련해서 내가

아는 바는 없고.'

구봉팔의 인생사가 기구하단 것은 알겠지만, 그렇다고 내가 리스크를 짊어져 가며 그를 챙길 의리는 없었다.

실제, 나와 구봉팔은 오늘이 초면이었고, 내 인생 계획에 구봉팔의 존재는 예정하지 않았다.

'냉정하게 말해서, 그가 이후 어디서 실종되건 간에 내 알 바는 아니야.'

이 시기엔 아마, 구봉팔의 존재는 이미 조광에게도 어느 순간 눈엣가시가 되어 있었으리라.

'그러니 조광은 이번 일을 계기로 구봉팔을 쳐내려는 생각이었겠지.'

그 생각을 떠올린 것이 조세광일지, 조설훈일지는 모르겠지만.

요한의 집을 통한 정화물산의 탈세는 선대 사장인 정기환이 이사장으로 있을 적부터 내려온 것이었다고, 유상훈은 사견을 덧붙였다.

구봉팔은 그 상황에 관성으로 새마음아동복지재단을 경영했다.

구봉팔이 암만 정화물산의 실세라곤 하나, 결국엔 그도 조광의 하수인이었다.

그러니 정화물산이 사적으로 착복하고 있는 탈세 루트에 개입하는 건 그로서도 조광이 눈감아 주고 있는 사안에 선을 넘는 행위였을 것이다.

오히려 조인영이며 전예은의 말에 의하면, 그는 '별도로' 원생들에게 후원을 이어 갔다.

'그래도 구봉팔이 나쁜 놈인 건 맞지. 그가 개인적으로 후원해 온 것도 그 대상이 어디까지나 요한의 집이어서야.'

그러던 것이 작년 연말, 대규모 후원금으로 이어지며 날벼락처럼 떨어져 내렸다.

'구봉팔로서도 이번 일이 우연한 계기로 이루어졌단 걸 알고 있을 테지.'

구봉팔의 실책이라면 상황을 관성에 맡겼다는 것에 있었고, 그만의 목적에 눈이 멀었다는 점이었다.

'어설프게 유능했다고 해야 할까. 하긴, 누군들 짐작이나 했겠냐마는.'

조광 입장에서는 정화물산이 가져다줄 이득과 조금 불편한 장기말인 구봉팔 사이에서 저울질을 해 보았을 것이고, 무게 추는 정화물산으로 기울었으리라.

'아무튼 의리 없는 건 알아줘야 해.'

만일 그가 자신을 제어할 생각이 있다면, 최소한의 비호를 해 줄 생각은 있었다.

'그렇다 해서 복수는 무의미하다거나 하는 공허하고 입바른 소릴 할 수도, 그럴 생각도 없어.'

철없는 정의감에서 비롯한 오지랖은 아니었다.

나도 그렇게까지 좋은 놈은 아니었고, 구봉팔의 인생사에 엮일 마음도 없다.

다만.

'……국회의원 박상대라. 구봉팔이 이 인간과 악연이 있을 줄은 몰랐는데.'

이제 와선 우연이라거나 필연이라는 포장으로 감쌀 수 있을 만한 맥락이 아니었다.

'빙빙 돌아서 인연……인가.'

제법 거물이 엮여 있다는 건 나로서도 곤혹스러운 일이었지만.

'안 그래도 때가 되면 죽창을 찌를 날이 올 텐데 말이야.'

물이 끓자, 나는 주전자에 온수를 따른 뒤 다기를 쟁반에 받쳐 응접 테이블로 향했다.

"죄송해요, 기다리셨죠?"

"아닙니다."

나는 일부러 느릿느릿, 정식과 약식 사이 어디쯤에 있는 다도를 따라 녹차를 우려냈다.

"첫물은 한 번 헹궈 내야 하거든요."

"……예."

이래저래 이휘철과 어울리다 보니, 어느 정도 다도를 흉내낼 수 있는 수준엔 이른 나였다.

뒤이어 수구에 따른 온수를 주전자에 옮겨 한 차례 행군 뒤, 찻잔에 녹차를 따라 냈다.

"뭐, 그러는 저도 할아버지가 하시는 걸 보고 흉내만 내는 것뿐이지만요."

"……예."

사람이 일부러 사교적으로 나와 주는데도 그는 응할 생각이 없어 보였다.

'친해지기 어려운 사람이군. 아니면 나랑 친해질 생각조차 하지 않고 있겠지.'

하긴, 구봉팔이 보기에 조세광과 친분이 있어 뵈는 나이니, 그가 이 자리를 경계하는 것도 이해는 갔다.

내가 차를 끓여 낼 동안 구봉팔은 무표정한 얼굴로 소파에 앉아 있었는데, 그는 등을 기댈 생각도 없이 딱딱한 자세를 유지한 채 가만히 허공 어귀를 쳐다보고 있을 뿐이었다.

"드세요."

내가 따뜻하게 대운 찻잔을 건넸으나, 그는 찻잔에 입을 대는 대신 서류 봉투를 열었다.

"그러면 새마음아동복지재단의 인수인계 절차를 밟고자 합니다."

조급하다기보단, 이런 자리가 어색하고 불편해 어울리고 싶어 하지 않는 뉘앙스였다.

"서류에는 작년 연말에 받은 후원 금액이 포함되어 있습니다."

그는 다기 옆 빈 공간에 서류를 내려놓았고, 나는 차를 한 모금 마신 뒤 찻잔을 내려놓았다.

고급 녹차 특유의 은은히 달짝지근한 뒷맛과 차향이 입안에 감돌았다.

"잠시 실례하겠습니다."

내가 서류를 살피는 동안에도, 구봉팔은 찻잔엔 손을 대지 않았다.

"식으면 맛이 떨어지는데요."

"……."

구봉팔은 마지못해 차를 한 모금 마셨다.

나는 이 자리에서 내가 그를 적대하지 않고 정성껏 예우해 준다는 것 정도는 알아줬으면 했다.

'뭐, 나로서도 구봉팔이 마냥 조광의 하수인이 아닌, 필요에 의한 협력 관계였단 걸 알게 되어서 준비한 것이긴 하지만.'

그가 최고급 옥로 맛을 아는지 여부는 중요하지 않았다. 그래도 얼추 입에 맞긴 한 모양인지 구봉팔은 군말 없이 찻잔을 비워 갔다.

"흐음."

나는 간략히 살핀 서류를 내려놓았다.

"골프장에서 인수인계라고 하셨을 때 듣긴 했습니다만, 이렇게까지 온전히 넘기실 줄은 몰랐는데요."

사전에 조세광의 압력이 있었던 것인지, 아니면 그 스스로 이번 일을 정리하고자 하는 마음이 있었던 것인지, 구봉팔이 준비한 서류에는 새마음아동복지재단의 전적인 인계가 기재되어 있었다.

"본의 아니게 선대 사장님의 유지를 받들어 과분한 직책을 수행 중이었습니다만."

그는 담담한 말씨로 말을 이었다.

"이후는 제가 아닌 이성진 사장님과 중견기업인 SJ컴퍼니 선에서 처리하는 것이 바람직하다고 생각했습니다."

"으음, 저는 필드에서 말씀드렸던 대로 모쪼록 구봉팔 이 사장님이 경영을 맡아 주셨으면 하는걸요."

구봉팔은 무표정한 얼굴로 내 말을 받아쳤다.

"사장님께서 알고 계실지는 모르나, 현 상황에서 고아원 경영은 정화물산에게 부담이 큰 일입니다."

나는 고개를 갸웃하며 의뭉스레 그 말을 받았다.

"그래요? 제가 알아보니 정화물산의 재무제표는 아주 안정적이었습니다만."

내가 슬쩍 흘린 말에 구봉팔의 안면 근육이 움찔했다.

나는 미소 띤 얼굴로 덧붙였다.

"뭐, 상장회사의 기업 정보는 모두에게 공개되어 있으니까요."

"……."

구봉팔도 골프장에서 주워들은 게 있으니 얼추 알고 있었겠지만, 나는 그가 나를 마냥 취미 삼아 회사를 굴리는 어린애 취급하지 않길 바랐다.

'그리고 정화물산이 사실상 조광의 일감 몰아주기용 회사에 불과하단 걸 내가 알아냈다는 것도 알아줬으면 싶군.'

나는 미소를 유지한 채 텅 비어 버린 구봉팔의 찻잔에 쪼르륵 녹차를 따랐다.

"정화물산의 매출은 연일 흑자를 기록하고 있으며, 또 예전부터 새마음아동복지재단을 안정적으로 경영하며 요한의 집을 향한 후원을 이어 가고 있었죠."

나는 그가 무어라 속에 없는 빈 말로 대꾸하기 전 말을 이어 붙였다.

"으음, 그 일을 84년부터 해 오셨다니, 마침 새마음아동복지재단의 연력이 저랑 나이가 같네요. 참 신기한걸요. 이것도 인연일까요?"

"……."

우연의 일치일 뿐, 이라는 말로 받아칠 법도 하건만 구봉팔은 내 말을 가만히 듣고만 있었다.

그 모습을 보며 나는 차를 한 모금 마셨다.

"그러니 저로서는 가능하다면 선대 사장님의 유지를 받들어, 구봉팔 이사장님이 이 좋은 일에 모쪼록 저희와 협력했으면 싶은 마음이에요."

구봉팔이 막힘없이 대답했다.

"작고하신 선대 사장님께서도 고아원이 보다 바람직한 분이 맡아 주시길 바랄 겁니다."

정화물산의 선대 사장은 백설희를 박영호에게 접대하는 것으로 이용한 장본인이다.

증오하는 대상을 존경하고 있다는 양 말하는 건, 어지간해서는 하기 힘든 일이었다.

'그것도 직전에 복수가 무산되었다면 더더욱 말이지만.'

나는 구봉팔의 말에 고개를 갸웃했다.

"그건 정이수 정화물산 사장님의 동의하에 하시는 말씀인가요?"

바지사장에 불과한 정이수가 언급되자, 구봉팔은 입가를 슬쩍, 눈치채기도 힘들 만큼 희미하게 비틀었다.

"물론입니다. 더욱이 저희 사장님께서는 모쪼록 잘 부탁드린다는 말씀을 전해 달라고 말씀하시더군요."

"그랬습니까."

나는 대화가 끊기기 전 말을 이었다.

"이사장님도 아시겠지만, 현재 저희 회사에는 요한의 집 출신 두 명이 재직 중입니다."

"……"

"특히 조인영 씨의 경우 그 재능을 살려 회사의 핵심 인재로 거듭나 계시죠. SJ컴퍼니가 조그맣던 시절부터 동고동락

해 온 분이다 보니, 개인적으로도 친분이 있어 들은 이야기입니다만."

그는 묵묵히 차를 마실 뿐이었다.

"구봉팔 이사장님께서는 개인 후원자를 구하지 못한 퇴소 인원에게 합숙소며 일자리를 알아봐 주신다고 말씀하시더군요."

구봉팔은 그 이야기에도 무표정했다.

"그러니 저는 구봉팔 이사장님께서 선대 사장님의 유지를 충실히 이어받아 경영 중이란 생각이 들더군요. 그러니 다시금 부탁드리자면, 저로서도 모쪼록 이사장님께서 도움을 주셨으면 하는 바람입니다."

정기환에 대한 의도적인 올려치기가 그를 욱하게 한 것일까.

"……혹시 아시는지 모르겠지만."

구봉팔이 먼저 입을 뗐다.

"작년 연말에 받은 후원금을 고스란히 남겨 두게 된 것은 현재 고아원의 경영 상황과 무관하지 않습니다. ……더욱이 요한의 집의 경우."

그는 이 자리에서 처음으로 '고아원'이 아닌, '요한의 집'이라는 명칭을 입에 담았다.

"그 시설과 경영상의 한계로 인해 대성성당 측의 비공식적인 지원을 받고 있는 입장입니다."

그는 구태여 정화물산과 새마음아동복지재단의 치부를 드러내며, 천천히 말을 이었다.

"그러니 만일 이성진 사장님께서 새마음아동복지재단을 맡아 주신다면, 정이수 사장님과 저는 후원금에 더해 원생들에게 자리를 마련해 주실 수 있으리란 생각입니다."

"……."

후룩.

그가 차를 마시는 것에 맞춰, 나는 차를 한 모금 마셨다.

'역시, 그렇게 나오겠단 건가.'

구봉팔은 내게 요한의 집을 양보할 생각이었다.

아니, 오히려 내가 새마음아동복지재단을 인수해 요한의 집을 경영하는 것은 그로 하여금—그에게 요한의 집을 향한 일말의 애정이라도 남아 있다면—갚기 어려운 은혜였다.

그에게도 눈과 귀가 있으니 사전에 내가 어떤 인물인지는 알아보았을 것이고, 내가 푼돈이나 벌자고 복지재단을 굴릴 인간이 아니란 것도 알고 있을 것이다.

SJ컴퍼니 측에서 새마음아동복지재단을 인수한다면 기존의 주먹구구식 운영을 벗어나 요한의 집 원생들에게 고등학교 진학까지 지원해 줄 것이고, 잘만 하면 SJ컴퍼니가 인연을 맺고 있는 봉효장학재단을 통해 추가로 장학금을 마련해 줄지도 모를 일이었다.

'안 그래도 그 정도 기대에는 응해 줄 생각이었지만, 그와

별개로.'

나는 찻잔을 내려놓았다.

"새마음아동복지재단의 경영이 어떠하다는 건 저도 이미 알고 있습니다."

"……."

구봉팔이 움찔하는 걸 보며.

"물론 아주 자세히 아는 건 아니지만……."

나는 미소를 지었다.

"……이사장님의 생각보다는 많이 알고 있을지도 모르죠."

일순, 공기가 팽팽해졌다.

"……."

구봉팔은 내 도발에 섣불리 반응하는 대신, 차를 한 모금 마시는 것으로 시간을 벌면서 내가 뱉은 말의 의중을 파악하고 있었다.

'아마도 내가 관련해서 어느 정도까지 꿰고 있을지, 또 알고 있다면 무슨 의도로 내가 그런 말을 꺼낸 것일지를 계산하고 있겠지.'

내가 구봉팔의 출신과 배경, 그 행동 동기를 어림하고 있다는 것까지는 눈치채지 못한 것 같지만.

최소한 그는 앞선 말의 뉘앙스에서 내가 그들의 주먹구구식 경영을 넘어 이미 정화물산과 새마음아동복지재단 사이의 탈세 루트를 파악하고 있다는 정도는 눈치챈 듯했다.

구봉팔은 찻잔을 내려놓으며 입을 뗐다.

"조금 단도직입적으로 여쭙겠습니다만, 사장님께서는 추후 새마음아동복지재단을 어떤 방향으로 운영하실 예정입니까?"

구봉팔은 자신의 의도를 감추며 동시에 내 행동을 파악하고자 질문을 던졌다.

거칠고 조악하긴 하나, 이 상황에선 퍽 효과적인 협상법이었다.

나는 미소 띤 얼굴로 그 말을 받았다.

"우선 요한의 집을 확장하고자 합니다."

"……확장, 말씀입니까?"

"예. 그도 그럴 것이, 이사장님도 아시다시피 현재 요한의 집은 중학교 졸업 이후 타 보호시설로 원생을 이동하고 있더군요."

그 과정의 탈세가 1차 의혹이었으나, 그 탈세라는 것도 어디까지나 명분에 불과했다.

이 상황에 구봉팔은 오히려 원생들에게 가야 할 지원을 횡령하기는커녕, 사비를 털어 가며 후원을 이어 갔고.

그건 구봉팔로 하여금 끊지 못한 미련인 한편 그 마음속에 남은 일말의 의리였다.

만일 구봉팔이 작정하고 푼돈을 가로챈 횡령 잡범에 불과하다면, 일이 이렇게까지 흘러가지도 않았을 것이다.

그는 후원금이 들어온 시점에 망설였고, 그 어설픈 뒤처리와 관성이 이번 사태의 꼬리를 드러내게 했다.

'차라리 상황을 바꿨다면 모를까.'

나는 자연스럽게 말을 이었다.

"우선은 그 불가피한 여건부터 타파하고자 합니다. 원생들이 사회에 나가기 전 그들에게 고등학교 교육을 지원해 주고, 원생들에겐 직업 교육의 기회를 제공할 생각입니다."

"……."

"그들 중에 학업에 뜻이 있다면 희망하는 원생들에 한해 대학 진학까지 알아봐 줄 수도 있겠죠. 뭐, 그것도 어디까지나 희망하는 인원에 한해 심사를 거칠 예정이긴 합니다만."

"……."

"그러려면 일단 요한의 집이 고등부 이상의 연령대를 수용할 수 있는 시설로 확장하는 것이 우선이겠죠. 다만."

나는 구봉팔의 무표정한 안색을 살폈다.

그는 여전히 나를 경계하면서 경청하는 모습을 견지하고 있었다.

나는 접시 위에 놓인 양갱을 포크로 갈랐다.

"알아보니 행정 서류상의 오류가 있더군요."

"오류, 말씀입니까."

"예. 현재 요한의 집은 그 경영상의 권한이 새마음아동복지재단에게 있으나, 한편으론 대성성당이 소유한 부동산 부지 내에 자리 잡고 있었습니다."

"……그랬……습니까."

구봉팔은 어색한 말씨로 내 말을 받았다. 거기까지 알아낸 내 수완에 놀라는 한편, 어떤 사정으로 그런 '오류'가 지금껏 이어져 왔을지는 모르리란 생각을 품고 있으리라.

구봉팔이 말을 이었다.

"저도 작고하신 선대 사장님으로부터 물려받은 터라, 경황이 없어 미처 확인해 보지 못했습니다."

과연 그럴까.

대성성당이 공지나 다름없던 ㈜요한의 집 부지 근처 부동산을 인수한 것은 1983년, 새마음아동복지재단이 설립되기 한 해 전이었다.

아마, 대성성당 자체가 정화물산을 향한 목 조이기 용도로 쓰였으리라.

정화물산 측은 부랴부랴 새마음아동복지재단을 설립해 요한의 집을 향한 방어 대책을 세운 모양이나, 어째 대성성당 측이 모른 척 묵인한 덕분에 그 꿍꿍이를 모른 채로 불편한 공생 관계를 이어 갔을 것이다.

'아마, 이즈음엔 구봉팔도 이미 조광과 접촉했겠지. 대성성당 부지는 조광의 선물 내지는 거래, 동시에 구봉팔을 향한 족쇄를 겸했을 것이고.'

그러니 조광에 비하면 철저한 을에 속한 정화물산 입장에
—더군다나 박영호라는 라인의 뒷배를 잃어버린 이상—관
련 사안은 건드리기 조심스러운 벌집이기도 했던 것.

'이때만 해도 조광의 초대회장인 조성광이 실세로 군림하
던 시기였으니, 어쩌면 구봉팔에겐 그가 직접 흥미를 보였을
지도 모르겠어.'

조광의 내부 사정까진 짐작하기 어렵지만, 왠지 모르게.

'그 안에서 구봉팔도 알지 못하는 집안싸움 라인이 섰겠지.'

조성광을 직접 만나 본 적은 없으나, 들리는 말에 의하면
제 자식에겐 무른 사내라 했다.

지금이야 장남인 조설훈 라인이 조광을 집어삼키고 있으
나, 차남인 조지훈은 아직 '살아 있'다.

'그러니 조광으로서도 이번 일은 조지훈 라인을 정리하는
과정인 것일지도 모르겠는데.'

생각을 정리한 나는 그 앞에 의뭉을 떨었다.

"그런가요?"

"필요하다면 제가 대성성당 측과 이야기를 해 보겠습니
다."

그는 여기 SJ컴퍼니 사장실에 찾아오며 각오했던 바가 있
는지, 모든 것을 훌훌 털어 내려는 듯했다.

"그래요? 그런 줄도 모르고 저는 따로 준비를 해 두고 있
었는데……."

"준비 말씀입니까?"

"예. 피치 못할 사정으로 부동산 소유권이 얽힌 상황에 딱딱한 서류를 들이밀면, 서로 불필요한 오해가 생길 수도 있잖아요?"

나는 자리에서 일어나 내 책상으로 향해 서랍에서 준비해 둔 서류를 찾았다.

"사실, 이전에 마침 T동의 요한의 집과 별개의 장소에 요한의 집 고등부 시설이 있다면 어떨까, 하는 생각에 미쳤어요."

그 뒤, 나는 구봉팔이 제시한 서류 위로 내가 준비한 서류를 겹쳐 툭 하고 위로 올려놓았다.

"제가 Y구에 준비 중인 요한의 집 고등부 시설이에요."

구봉팔은 첫 페이지에 기재된 서류의 주소며 부지 용도 항목을 물끄러미 보다가 고개를 들었다.

"이미 착공에 들어가셨습니까."

"네. 음, 이때만 하더라도 요한의 집 확장 시설을 염두에 둔 것은 아니지만요. 한번 살펴보시겠어요?"

그는 묵묵히 고개를 끄덕이곤 서류를 들어 살폈다.

구봉팔은 내가 서류에 다른 장난질을 쳐 놓지는 않았는지 살피는 기색이었으나, 그의 우려는 기우였다.

서류상으론 아무런 흠결도 찾아볼 수 없을 뿐만 아니라, 앞으로 있을 요한의 집 고등부 시설 경영과 관련해 구체적인 비전이 제시되어 있었으니까.

그 마음속에 걸리는 점이 있다면, 이것도 어디까지나 서류에 불과하단 사실.

부동산의 금언 중 하나.

제아무리 그럴듯한 서류라 하더라도 현장을 직접 살피지 않으면 종잇조각에 불과하다.

나는 의도적으로 슬쩍 손목시계를 살폈다.

"괜찮으시다면 함께 움직이시죠."

"······예?"

"이왕 이야기가 나왔으니, Y구에 직접 가셔서 땅을 확인해 보면 이사장님께도 좋을 것 같은데, 그렇지 않나요?"

"······바쁘신 분이라고 들었습니다만."

"이미 스케줄은 마쳐 두었어요."

그로서는 거절하기 힘든 제안일 것이다.

구봉팔은 잠시 망설이더니 결심을 마친 양 입을 뗐다.

"주소는 알고 있으니, 제 차로 움직이겠습니다."

그러면서도 습관적으로, 혹시 모를 상황에 대비해 따로 움직이겠다는 건 어딘지 그다웠다.

"그러시죠. 아, 저는 뒷정리 먼저 하고 갈게요. 거기서 봬요."

"······예, 먼저 실례하겠습니다."

자리에서 일어난 구봉팔은 내게 고개를 꾸벅 숙여 인사했다.

그 각도가 처음 보았을 때보다 더 기울었다는 건 착각일까, 아닐까.

구봉팔이 사장실을 나서고, 나는 다기를 정리해 탕비실에 놓았다.

그에게 시간을 벌어 주고자 한 말이긴 했지만, 이제 와서 설거지를 하려니 새삼, 이번 생 들어 처음으로 하는 설거지란 생각이 들었다.

'어쨌건, 그에겐 거절할 수 없는 제안을 던져야겠지.'

나는 강이찬을 대동하고 Y구, 요한의 집 신축 예정 부지로 향했다.

길목에는 구봉팔의 검정 세단이 주차되어 있었고, 그는 차를 산 어귀에 댄 뒤 도보로 정상을 향한 모양이었다.

강이찬은 차를 몰아 구봉팔의 세단을 지나며 힐끗, 백미러로 이를 살폈다.

세단은 후면 주차를 마쳐 둔 상태였는데, 여차하면 달려와 도주할 수 있게끔, 다른 차가 끼어들어도 무방하도록 샛길까지 확보해 둔 상황이었다.

'그것도 작정하면 막을 수 있겠지만, 거기까지 이르면 이미 끝장난 것이나 진배없고.'

강남 부동산 투기의 여파가 미치다 만 이곳 Y구는 이 시점엔 아직 변두리에 불과했으나, 그렇다고 해서 고아원 부지로 알아본 땅이 아주 외딴 곳이었단 의미는 아니었다.

그래도 인적이 드문 곳이라는 건 주지의 사실이다.

구봉팔은 어디 한번 나를 믿어 보자는 마음가짐의 한편엔 들짐승 특유의 경계를 거두지 않고 있었다.

강이찬은 이 여전한 경계의 낌새에 언짢은 감정을 언뜻 내비쳤다가 이를 갈무리하는 모습이 역력했다.

"제가 알기로는 위쪽에 주차 공간을 확보해 둔 것으로 압니다만."

강이찬 역시도 그가 만일을 대비해 '도주로'를 확보했다는 것에서 아직 진행이 여의치 않다는 걸 눈치챘으나, 이를 에둘러 표현했다.

"그분은 아직 잘 모르는 모양이군요."

"주소만 알려 드렸을 뿐, 청사진을 보여 드린 적이 없어서요. 산책 겸 적당한 곳에 차를 대고 걸어 올라가신 모양이죠. 날씨도 좋으니 말이에요."

내가 강이찬의 염려를 흘려 넘기는 사이, 차가 덜컹거리며 콘크리트 도로를 올랐다.

조인영을 데리고 왔을 때만 하더라도 잡목이 우거진 폐허였으나, 이미 평탄화 작업이며 시공에 들어선 부지 근처에는 잡목림이라곤 흔적도 찾아보기 힘들었으며, 대신 그 자리에는 철근이며 시멘트 포대, 비닐 천막 등이 즐비했다.

구봉팔은 건물 부지 인근에 서서 우리가 탄 차량이 올라오는 양을 물끄러미 쳐다보고 있었다.

그는 땅을 확인하고서, 또 내가 강이찬 외에 대동하는 인원 없이 홀로 온 것에서, 그제야 내게 다른 속셈이 없다는 걸 알아주었다.

그러면서도 그는 이렇게까지 나오는 내 꿍꿍이를 몰라 생각에 잠겨 있었던 모양이었다.

"도착했습니다."

"예."

강이찬은 나를 따라 차에서 내렸고, 나는 따라오려는 강이찬을 향해 손을 가볍게 들었다.

"잠시 이야기 좀 나누고 올게요."

"……예."

나는 강이찬에게 차에서 대기하도록 한 뒤, 시공 중인 건물 근처에 서 있던 구봉팔을 향해 발걸음을 옮겼다.

"일찍 오셨네요. 헤매진 않으셨어요?"

구봉팔은 팔짱을 풀며 대답했다.

"생각보다 시내와 가까워서요."

"등하교도 겸해야 하니까요. 인근 고등학교 위치며 여러 가지 요소를 고려했습니다."

나는 구봉팔 곁에 서서 말을 이었다.

"다소 오르막이 있긴 합니다만, 경사도 완만한 편이고…… 자전거를 이용한다면 괜찮을 거 같아요. 다소 덜컹거리긴 했는데, 필요하다면 콘크리트 도로를 걷어 내고 아스팔트를 놓아도 되겠죠?"

나는 미소 띤 얼굴로 구봉팔을 올려다보았다.

"혹시 아는 시공업체가 있다면 부탁드리겠습니다."

구봉팔은 내 말에 마지못해 대답하면서 시선을 피했다.

"……예."

"앞서 말씀드렸지만."

나는 건물을 둘러보며 말을 이었다.

"저는 요한의 집을 초중등부와 고등부, 두 시설로 나눠 운영했으면 합니다."

"……."

"T동의 기존 요한의 집에서는 평소처럼 운영을 이어 가고, 고등부에 이르면 이곳 Y에서 관리하게끔 하는 거죠. 기존 건물을 수리해서 증축하는 것에 불과하니, 넉넉잡아도 내년에는 정상 운영이 가능하리라고 봅니다."

나는 미소 띤 얼굴로 구봉팔을 보았다.

"그러니 이사장님만 괜찮으시다면, 기존 요한의 집 경영상의 부족한 부분을 제가 메꿔 드리는 방향으로 공동 진행했으면 합니다만. 어떻게 생각하세요?"

구봉팔은 내 말에 곧장 대답하는 대신, 저 멀리 강이찬과 자신의 거리를 가늠하면서 발걸음을 옮겼다.

"여쭤볼 것이 있습니다."

"뭔가요?"

"굳이 먼 길을 돌아 가며 일을 처리하시는 까닭이 뭡니까?"

"······."

"개인적으론 사장님께서 굳이 이번 일에 저를 끌어들이실 까닭이 없다고 생각합니다만."

구봉팔이 발걸음을 멈추곤 어조를 바꿔 말을 이었다.

"······어디까지 알고 계신 겁니까?"

구봉팔의 목소리엔 경계의 기색과 동시에 은근한 위협이 담겼다.

말이 좋아 위협이지, 내가 평범한 초등학생이었다면 그 표정에 오줌을 지렸을지도 모르겠다.

한편으론 그는 당장 내 목을 꺾거나 조를 수 있는 위치였지만, 나를 상대로 그런 리스크를 감수할 까닭은 없었다.

그러니 나는 그 허세를 흘려 넘겼다.

동시에 저 멀리, 그래도 전력으로 달려온다면 3~4초 이내에 올 수 있는 강이찬과의 거리를 보란 듯 재며 빙긋 웃었다.

"생각보다 다이렉트하시군요."

그리고 이쯤에서 나는 어조를 바꿔 딱딱한 말씨를 꺼냈다.

"저도 여기 듣는 귀가 없으니 드리는 말씀입니다. 뭐, 그 정도는 당신도 이미 확인해 보셨으니, 잘 아시겠죠?"

구봉팔이 움찔했다.

"어쨌건, 여쭤보셨으니 대답해 드리자면……."

나는 표정이 딱딱하게 굳은 구봉팔을 가만히 쳐다보았다.

"현재 구봉팔 이사장님이 조광 측과 관계가 원만하지 않다는 정도는 알고 있습니다. 또, 지금 앉아 계신 이사장직을 놓치면 입장이 퍽 곤란하실 거라는 것도요."

나는 무표정한 구봉팔을 보며 어깨를 으쓱였다.

이 자리에서 그의 개인적인 복수에 관해 언급하는 건, 불에 기름을 붓는 격이다.

"단도직입적으로 말씀드리죠. 제 밑으로 오세요."

"……."

그러면서, 덧붙였다.

"조설훈이나 조세광보다는 잘해 드리겠습니다."

지금은 공공의 적을 사이에 둔 동맹, 혹은 이중 스파이 정도의 위치로 충분했다.

그에게 이는 거절할 수 없는 제안이었다.

구봉팔은 눈앞의 소년에게서 시선을 뗄 수가 없었다.

'이건 도대체 뭐 하는 놈이지?'

고작해야 국민학생—아니, 올해부터는 초등학생이라고

한댔나—에 불과한 꼬맹이는 자신을 보며, 무척이나 당돌하게 '내 밑으로 들어오라'는 제안을 던져 왔다.

생각해 보면, 처음부터 마음에 들지 않는 녀석이었다.

겉보기엔 구김살 없이 자라 온, 예의 바르고 영리하며 귀여운 소년의 모습을 하고 있었으나.

애당초 그는 애들이 싫었다.

애들이란 영악하고, 짐승에 가장 가까운 존재였다. 경험이 얕기에 뒤를 생각하지 않았고, 그렇기에 뒤따르는 결과를 감당할 수도 없으면서 일을 추진한다.

단편적인 사고와 상황에 과몰입하는, 무지에 기반을 둔 열정.

구봉팔은 어른이 된다는 건. 할 수 없는 일과 할 수도 있는 일을 구분할 줄 안다는 것이라고 생각했다.

경험이 쌓이면 쌓일수록 할 수 없는 일이 무엇인지 자각하는 케이스가 늘어 가며, 인생의 선택지가 좁아진다.

그러니 구봉팔의 생각에 이성진이라고 하는 소년은 부족함 없이 자라 그 앞에 모든 가능성이 열린 존재이면서, 구봉팔이 느끼기로 스스로 그렇게 사고하는 존재를 향한 특유의 냉소가 배이기 마련이었다.

아니다. 그게 아니다.

구봉팔의 육감이 전해 오는 감각은 보다 본능적인 저항감과 불쾌감을 수반하는 것이었다.

구봉팔이 이성진을 보면서 느꼈던 불쾌감이란, 상황과 장소에 맞지 않는 옷차림을 한 상대로부터 전해지는 위화감의 기미가 섞여 있었고, 나이에 걸맞지 않은 성인의 정신과 사고를 가진 되바라진 소년이라는 점'도' 있었다.

이성진에게는 어딘지 모르게 세상을 한발 물러서서 관조하는 인상이 있었고, 그는 당장의 감정 해소보단 뒤따를 더 큰 이익을 위해 자신을 굽힐 줄 알았다.

아니, 이런 꼬맹이를 상대로 감정의 호오를 논한다는 것 자체가 그 스스로 생각하기에 어처구니없는 감정의 발로였으나, 구봉팔에겐 그가 지금 느끼고 있는 심리적 저항감의 원류를 되짚을 여유가 없었다.

이는 눈앞의 이성진이 자신과는 상극인, 부족함 없이 자라온 재벌 3세 도련님이라는 사실―일종의 자조 섞인 질투와 열등감―에서 비롯한 것이 아닌가 하는 생각이 언뜻 스쳤으나, 달리 생각해 보면.

그건 지금 그가 느끼는 불쾌감과는 어딘지 다른 감각이었다.

조숙한 어린애를 대하며 느낄 수 있는 것과는 다르다.

'여유.'

그랬다.

이성진으로부터 느껴지는 건, 여유였다.

그러나 한편, 이성진으로부터 느껴지는 여유란, 살아오면서 실패라고는 느껴 본 적 없을, 제 잘난 맛에 살며 스스로를 세상의 주인공이라 여기는 도련님의 그것과는 어딘지 모르게, 근본적으로 달랐다.

이성진은 누군가 앞에서 잘난 척을 한 적도 없고, 심지어 상황에 자신을 맞추는 처세를 수반할 줄도 알았다.

행동거지는 완전히 어른의 그것이다. 하지만.

만일, 여기서 어린아이라고 하는 이성진의 처지와 입장을 걷어 낸다면…….

그때, 찌르르, 척수를 타고 흐르는 감각에 구봉팔은 전율했다.

'……망할.'

구봉팔의 직감이 그 사고를 깨우며, 그제야 비로소, 구봉팔은 이성진으로부터 느낀 위화감과 불쾌감의 근본적인 정체를 깨달았다.

소년교도소며 밑바닥 인생의 막장까지 경험해 본 구봉팔은 이 느낌의 정체를 알았다.

이건 약육강식의 세계에서 살아온 인간만이 맡을 수 있는 비릿한 피 냄새에 가까웠다.

그것도, 밑바닥 인생 중 극소수의 인간만이 느껴 본 적 있을 것을.

올해 들어 13살에 불과한 소년이.

그걸 깨닫자마자, 구봉팔은 저도 모르게 식은땀이 주르륵,

등줄기를 타고 흐르는 걸 느꼈다.

그랬다.

문명화된 인간이라면 결코 하지 않을 선택지.

이성진은 자신과 동류의 인간, 밑바닥 인생이 가지고 있는 '또 다른 선택지'를 서슴없이 수행할 수 있는 인물이었다.

'이 녀석은 설마, 사람을 죽여 본 적 있는 건가?'

고의든 아니든, 사람을 죽여 본 적 있는 인간은 그 인생관이며 사고방식이, '그렇지 않은' 인간과 360도 달랐다.

180도가 아니라, 360도.

반 바퀴 돌아 반대편을 향하는 것이 아닌, 한 바퀴를 빙 돌아 세상의 이면을 엿본 뒤, 다시금 앞을 보며 평범하게 살아갈 수 있는 존재.

다들 쉬이 입 밖에 충동적으로 '죽인다'는 말을 담거나 필요에 따라선 '죽여 버린다'고 협박하곤 하나, 경험자와 미경험자의 사이엔 넘을 수 없는 선이 있기 마련이다.

그리고 360도 돌아 이면을 보고 돌아온 자들은 그 선을 넘나드는 것에 '거리낌이 없'었다.

360도 돌아온 인간이란 입으로만 담고 말, 상상 속으로나 그치고 말 '죽인다'는 선택을 충동적으로 뱉지 않는다.

그러면서 그들의 인생에는 타인을 향한 극단적인 배제 방식이 언제고 그 사고 이면에 자리 잡고 있었다.

손아래 단풍 화투 패 한 장을 더 쥐는 셈이다.

남들에게 없는 그 손 패에서 오는 여유가, 이성진에게는 있었다.

그러면서, 한편으론.

그 선택을 수행함에 일말의 주저도 없을 인물이 바로 눈앞의 도련님이었다.

구봉팔은 그럴 리 없다고 생각하면서도, 동시에 이성진의 목을 꺾어 버리고픈 충동에 맞서야만 했다.

그 방어기제에서 비롯한 충동에 맞설 수 있었던 건, 아이러니하게도 구봉팔이 닳고 닳은 어른이면서, 살인을 해 본 적 없는 인물이어서였다.

만일 여기서 이성진을 살해한다고 한들, 구봉팔은 일시적인 불안감을 해소할 수는 있을지언정, 결과적으론 그에게 아무런 이득도 되지 않는다.

아니, 그럴 뿐만 아니라, 불과 몇십 미터 바깥에서 이쪽을 주시하고 있는 저 젊고 건장한 운전기사가 보복을 감행할 것에 다름 아니며—어쩌면 저 운전기사도 360도를 돌아 온 놈일지 모른다—운 좋게 이 자리를 벗어난다고 하더라도, 자신에게 편안한 안식이 찾아올 리는 만무했다.

시멘트 통에 담겨 인천 앞바다 아래 가라앉는 건 차라리 다행이라 여길 정도로.

'목숨이 아까운 건 아니야.'

그저 목적을 이루지 못하고 스러지는 것이 싫을 뿐이다.

그리고 구봉팔은 그 스스로가 잃을 것이 없다며 자부하곤 있으나.

'……대성성당.'

어쩌면, 이성진은 그와 대성성당과의 관계를 꿰고 있을지도 모른다.

'나에 대해서, 대체 어디까지 알고 있는 거지?'

관련해 이성진은 답을 내놓긴 했다.

「물론 아주 자세히 아는 건 아니지만…… 이사장님의 생각보다는 많이 알고 있을지도 모르죠.」

생각해 보면 그때, 이성진이 뱉은 말은 허언이 아니었던 듯하다.

이성진은 구봉팔의 생각 이상으로 그를 잘 알고 있었으며, 구봉팔 역시 이를 알아챘다.

'……최소한 내가 조광에게 버림패 취급받고 있다는 것 정도는 알고 있는 듯하군.'

다행인 건.

'현재로서는' 이성진이 구봉팔을 살해한다는 선택지를 고려하지 않고 있다는 것뿐만 아니라.

'나를 끌어들이려 하고 있어.'

무엇 때문인지는 모르나.

이성진은 지금 진퇴양난의 자신에게 그 아래로 들어올 것을 권하고 있었다.

'조광을 향한 비수로 쓸 생각일까.'

깨닫고 보면, 이성진은 처음부터 조광과 원만히 지내 볼 생각은 필요도, 추호도 없었던 것이다.

이성진으로서는 조광이 어떻게 움직이건 아쉬울 것이 하등 없었으므로.

'그러면서 조광은 딱히 가까이하고 싶진 않은, 그런 곳이지.'

필요상 만나는 주었으나, 호락호락 웃는 낯으로 진심을 다하진 않겠다는 것일까.

'꿍꿍이를 모르겠어. 어쨌건 조세광 그놈이랑 마냥 친구 먹을 생각은 없다는 것 정도만 확신할 뿐.'

한편 여기서 이성진이 내민 손을 잡는다는 건, 조광에게 받은 은혜를 저버린다는 의미였다.

'……은혜라니, 그것도 얄궂지만.'

구봉팔이 1978년, 박영호를 습격한 일은 결과적으로는 이해관계가 맞아떨어졌던 일이었다.

조광의 초대 회장이던 조성광은 그 일에 퍽 흡족해하며, 무슨 변덕인지 소년교도소에 수감 중이던 구봉팔에 접촉해 왔고, 그 일에 관한 '대가'를 지불했다.

아니, 변덕까진 아니다.

매사에 냉정하고 철두철미한 조성광은 그 나름대로 조직을 관리하기 위한 신상필벌의 본보기로 구봉팔을 이용했을 뿐이었다.

조성광의 은근한 비호하에, 그러면서도 떳떳하다고 할 수 없는 일 곳곳에 구봉팔은 중히 쓰였다.

당시, 구봉팔은 필사적이었다.

그렇게 몇 가지, 기회를 엿보며 시키는 일을 해 왔을 뿐인데.

구봉팔이 정신을 차리고 보니, 그는 자신도 모르는 사이 조광 내에서 한자리를 차지하고 있었다.

특히 조성광의 차남인 조지훈은 이 '근본 없는 장기말'을 퍽 마음에 들어 했다.

그러나 '범죄와의 전쟁'에 발맞춰 조광은 몇 가지 사업을 정리했고, 암묵적인 후계자 다툼 속에서 조지훈은 형인 조설훈에게 패배하며 실각하고 말았다.

그러니 조지훈의 라인, 그 파벌에 속했던 구봉팔에게 조설훈의 시선이 곱지 않았던 것은 당연했다.

혹자는 이번 일을 두고 구봉팔이 조광의 의리며 신의를 저버린 것이라 비난할지도 모른다.

하지만 애당초 의리랄 것도 없는 바닥이었다.

원래 세상이란 신의 없는 놈들이 신의를 외치고, 의리 없는 놈들이 의리를 외쳐 대기 마련이지 않은가.

어느 집단이 가장 강력하게 숭앙하는 가치관이란, 결국 그 결핍에 대한 두려움 때문이니.

더욱이 먼저 구봉팔의 뒤통수를 친 건, 다름 아닌 조광이었다.

아닌 게 아니라, 한창 조광의 행동대장으로 움직이던 시절의 '아우'며 '동기'들은 지금 어디에도 없다.

구봉팔이 몸담았던 조지훈의 파벌이 몰락한 뒤, 조설훈은 조지훈의 흔적을 없애는 데 힘썼다.

그나마 구봉팔이 감투로나마 한자리 차지하고 있는 것도, 조설훈이 부하들의 시선을 의식한 인사 조치였다.

하지만 그것도 어디까지나 표면적인 일.

구봉팔의 정화물산을 향한 집착을 알고 있는 조설훈은 얄 궂게도, 그를 정화물산의 상무직에 앉혀 목줄을 틀어쥐었다.

구봉팔 역시도 조광에게 바칠 만한 의리는 없었고, 처음부터 피차가 서로를 이용할 뿐인 그런 관계였다.

조광은 쓸 만한 장기말로서 구봉팔을, 구봉팔은 가림막으로서 조광을.

'⋯⋯돌이켜 보면 이래저래 이용만 당해 온 인생이군.'

만일 여기서 이성진의 제안을 거절한다고 해도, 이성진은 상관하지 않을 것이다.

물론 이성진에게는 나름의 '선택지'가 있겠지만, 사실 누군가를 살해한다는 건, 심리적인 저항감 이전에 리스크가 큰 일이다.

시체는 쉬이 썩지 않으며, 완전히 태워 없애는 것에도 몇 천 도 이상의 화력을 필요로 했다.

무게추를 달아 바다에 던져도 부력으로 떠오른단 리스크 가 있고, 토막 친 사체가 물길을 따라 어디론가 흘러갈지도 모른다.

아니, 애당초 견실한 기업가인 이성진은 '굳이' 이런 식으 로 일을 처리할 필요조차 없으리라.

하지만 그럼에도 불구하고.

사회적 매장에 더해 조광으로 하여금 차도살인을 맡기는 정도야 가능한 일.

이번, 이성진이 내려다 준 동아줄을 끊고 조광으로 달려가 이성진의 수작을 일러바친다 한들, 조광에서 구봉팔 자신의 입장이 바뀌는 것은 아니다.

'곤궁한 처지가 조금 나아지긴 하겠지만, 그것도 일시적이 지.'

조광이 SJ컴퍼니를 경계하기는 하겠으나, 그뿐이다.

조광은 SJ컴퍼니의 배후에 있는 삼광 그룹을 넘어서지 못 한다.

'어제의 적이 오늘의 동지가 되고, 내일은 다시금 목덜미 에 칼을 들이밀지도 모르는 바닥이니.'

조성광의 대에선 정치적 경쟁 상대였던 박영호와 최창희

의 관계도, 그다음 세대인 박상대와 최대호에 이르러선 손을 맞잡은 형국이다.

'이 바닥은 영원한 원수도, 영원한 동지도 없지.'

그러니 조광도 이번 일에 불만을 표할지언정, 결국엔 SJ컴퍼니와 못 이기는 척 다시 손을 잡게 될 것이다.

이런 상황에서 이성진의 제안은 노골적이리만치 직접적이었으나, 그랬기에 효과적이었다.

'……혹시, 나중에 기회를 봐서 조광을 삼키려는 것은 아닐까.'

지금으로선 확신할 수 없지만. 어쩌면.

'역시, 마음에 안 드는 꼬맹이야.'

구봉팔은 결심을 마쳤다.

"제가 어떻게 하면 되겠습니까?"

빙긋.

이성진이 미소를 지으며 손을 내밀었다.

"우선, 식구가 된 것을 환영해요."

구봉팔은 묵묵히 그 손을 맞잡았다.

구봉팔은 이성진의 조그맣고 따뜻한 손을 잡으며, 왠지 모르게 늪에서 빠져나온 다른 한 발이 다시금, 또 다른 늪 속에 빠지는 기분을 느꼈다.

나는 구봉팔과 악수한 손을 놓으며 발걸음을 뗐다.

"생각할 수 있는 가짓수는 세 가지."

구봉팔이 발걸음을 따라오는 사이, 나는 말을 이었다.

"하나는 앞서 필드에서 조세광이 제게 권했던 대로 새마음 아동복지재단이 그 경영상의 권한을 자사 측으로 양도하는 것입니다만. 사실 썩 바람직하지는 않죠."

구봉팔은 내 말에 묵묵히 고개를 끄덕였다.

그렇게 된다면 구봉팔은 조광 내에서 입지와 명분을 잃을 뿐만 아니라 숙청될지 모른다.

비록 허울뿐이라고는 하나, 새마음아동복지재단은 방송에도 이름이 나간 바, 그 이름을 팔아 막대한 후원금을 챙겼다.

그러니 슬슬 후원금 이용 내역을 공개해야 하는 상황에 이사장을 교체하는 건, 정화물산이나 조광 측으로서도 리스크를 짊어져야 할 일.

만일 그 과정에 실수가 있어서 세무 조사에 들어가 새마음아동복지재단이 정화물산의 조세 포털로 쓰이고 있었다는 정황이 드러난다면, 서로에게 달갑지 않은 이야기가 될 터.

동시에 새마음아동복지재단을 인수한 SJ컴퍼니에게도 적잖은 비난의 화살이 날아오리라.

애당초 오늘 있었던 '모임'은 SJ컴퍼니가 '의도하지는 않았으나' 조광과 인연이 닿아 있는 새마음아동복지재단 사업에 개입한 것으로 생긴 불미스러운 일을 '책임지고자 한' 거래의 일환이었다.

만일 SJ컴퍼니가 새마음아동복지재단을 인수해 준다면 조광으로서는 손 안 대고 코 풀기일 것이고, 겸사겸사 눈엣가시이던 구봉팔을 정리할 명분을 만드는 셈.

그렇다고 해서 조광이 아무런 대가 없이 새마음아동복지재단을 SJ컴퍼니에 덥석 넘겨준다면, 그건 그것대로 속내가 빤히 보이는 일이었다.

그러니 조광 입장에서는 '명분'이 필요했다.

그 명분은 내가 몇천만 원짜리 골프 회원권을 사들이는 것으로 쌤쌤이가 될 뻔했지만, 나는 조세광에게 스크린 골프 공동 사업으로 더 큰 선물을 안기며 이를 무마해 냈다.

그러면서 협상의 주도권과 저울추는 내게로 기울었고, 조세광도 '그렇다면야' 하며 못 이기는 척 구봉팔과 새마음아동복지재단의 자율적 재량을 남겨 두었다.

'조세광은 이 모든 일이 자신의 손바닥 위에 놓인 일이라 여기고 있었던 모양이지만.'

아직 어려서 그런 것일까, 조세광은 그 조율이 내 신중한 성격에서 비롯한 일말의 유예 정도로 여겼다.

"두 번째는 새마음아동복지재단과 SJ컴퍼니가 공동 명의를 통해 협력하는 체계를 보이는 것입니다. 필드에서 이 두 번째 방안을 어필한 바 있으니, 조세광은 일이 이렇게 흘러갈 것이라 예상하고 있을 거예요. 저 역시도 표층적으로는 이 두 번째 방안이 무탈하니 말이죠."

그래서 나온 것이 조세광도 암묵적으로 승인한 바 있는

'공동 협력' 방안이었다.

하지만 그 과정상의 일 역시도 구봉팔의 숙청을 전제로 한 이야기였다.

어쨌건 형태상 SJ컴퍼니와 '공동 사업' 중인 일이니 구봉팔은 새마음아동복지재단 이사장 직함을 유지하게 되겠지만, 조광으로서는 구봉팔에게 '과도한 업무 부담'이나 '사업상 개편' 등 어떻게든 트집을 잡아 그를 정화물산 상무직에서 물러나도록 할 것이다.

갓끈이 떨어진 이사장 직함이란 바람만 불면 날아갈 요소였고, 구봉팔은 결국 허수아비로 전락해 이도저도 아닌 자리에서 덩그러니 남게 되리라.

만일 구봉팔이 내가 내민 손을 잡지 않았다면, 그리고 유상훈이 보낸 그의 뒷조사 결과를 내가 확인하지 않았더라면, 이 모든 일에 앞서 전예은의 조언이 없었더라면, 나는 이 두 번째 방안을 중점으로 일을 추진했을 것이다.

구봉팔이 입을 뗐다.

"……세 번째는 무엇입니까?"

퍽 단도직입적이다.

나는 그런 구봉팔을 힐끗 살피곤 말을 이었다.

"현 상태를 유지하는 겁니다."

"……."

구봉팔을 내 아래 두고 써먹을 만하다 여긴 내가 생각한 방법.

나는 발걸음을 멈추곤 공사 예정인 언덕 위 부지를 둘러보았다.

"더 정확히 말하자면, 현 상태에서 더더욱, 차라리 물이 가득 흘러넘치도록 만드는 것이죠. SJ컴퍼니는 구봉팔 씨가 이사장으로 있는 새마음아동복지재단에 막대한 후원을 쏟아부어서, 그 덩치를 키우게 될 겁니다."

"……."

나는 고개를 돌려 Y구가 내려다보이는 언덕 끝에 서서 그 아래를 내려다보았다.

"제 생각인데, 요한의 집 고등부 시설이 들어설 이곳 Y구는 추후 대규모 재개발이 이루어질 것 같군요."

비록 개인적인 의견에 불과하단 식으로 운을 떼었으나, 구봉팔은 그것을 마냥 근거 없는 억측으로 여기지 않는 눈치였다.

애당초 이곳 Y구는 강남 재개발 열풍이 불어닥칠 당시, 정부에서 개입해 투자 과열을 막아선 장소였다.

그 바람에 비록 잠시 주춤하긴 하였으나 여기가 언제고 봇물이 터질 예정지임은 부동산에 조금만 주의를 기울여 본 사람이라면 누구나 예의 주시하기 마련.

나는 이 개발제한구역에 공공사업을 목적으로 하는 건물을 올리려 하고 있었고, 구봉팔은 내가 이 금싸라기 땅에 '알

'박기'를 할 예정임을 어렵지 않게 눈치챈 듯했다.

"여기서 저는 Y구 곳곳에 새마음아동복지재단의 이름을 내건 건물 몇 채를 올려 볼 생각이고요."

생각에 잠겼던 구봉팔이 신중하게 입을 뗐다.

"그러면 혹시 사장님께서는 방금 말씀하신 세 번째 방안을 염두에 두고 계신 겁니까?"

나는 고개를 끄덕였다.

"그렇습니다. 여기서 저는 이 사업에 업체를 선정하고 관리하는 권한을 구봉팔 씨에게 맡겨 볼 생각입니다."

"……."

이 바닥에서 권력이란, 손에 쥔 돈에 비례해 증가하기 마련이다.

구봉팔이 정화물산, 아니 조광 내에서 막대한 자금 유통을 좌지우지할 수 있게 된다면, 그 자체로 힘이 실린다.

"만일 우리가 첫 번째나 두 번째 방법을 택한다면, 구봉팔 씨가 정화물산 상무직에 계속 몸담고 계시긴 어려울 거예요. 조세광은 아마 구봉팔 씨를 어떻게든 정화물산과 떼어 놓으려 하겠죠."

"……."

"하지만 구봉팔 씨에게 직함을 유지해야 할 만한 명분이 있다면, 조광으로서도 마땅한 사유 없이 구봉팔 씨를 내칠 수 없을 겁니다."

나는 천천히 말을 이었다.

"우리가 단순 공동 사업으로 묶인 협력 관계에 불과하다면 조광 측에서 조치를 취하겠지만, 표면상 서로 이득이 되는 이야기라면 조광 측도 어느 정도 유예기간을 줄 테죠."

뒤이어, 나는 구봉팔을 향해 빙긋 미소를 지었다.

"그러니 구봉팔 씨는 당분간 새마음아동복지재단의 단독 이사장직을 역임해 주셔야겠습니다."

"……"

구봉팔은 '예상은 했으나 정말로 입에 담을 줄은 몰랐다'는 양 얼떨떨한 표정이었다.

'하긴, 이건 어지간한 신뢰가 없고선 하기 힘든 일이지.'

하물며 실질적으론 오늘이 초면인 관계인 상황에야 오죽할까.

막말로 만일 구봉팔이 그저 그런 건달 양아치에 불과하다면, 여기에 모인 막대한 자금을 이사장 권한으로 처분해 한적한 외국 어딘가로 몸을 숨길지도 모를 일이나.

내가 파악한 구봉팔은 개인 영달이며 부귀영화를 목적으로 움직이는 인물이 아니었다.

'뭐, 혹시라도 딴마음을 품게 된다면 그땐 나름의 조치를 취해 볼 생각이고.'

현재로서는 그런 기미가 보이질 않지만.

구봉팔은 여전히 얼떨떨한 기색이 남은 얼굴로 내 말을 신중하게 받았다.

"하나, 그렇게 된다면 저는 여전히 조광과 정화물산에 소속해 있을 겁니다. 그러니 업체 선정에 아주 자유로울 수는 없겠고……. 결과적으론 조광에게만 이득이 돌아갈 겁니다만, 괜찮겠습니까?"

"바라는 바예요. 구봉팔 씨는 새마음아동복지재단을 경영하는 입장에서 조광과 연결 고리를 유지해 주셨으면 합니다."

나는 구봉팔에게 미소를 지어 보였다.

"생각해 보니 조광 그룹 내에 건설사도 있었죠? 흐음, 이래저래 큰돈이 오가겠는걸요."

"……."

구봉팔은 저 아래 펼쳐진 Y구를 내려다보며 입을 뗐다.

"만일, 세 번째 방안대로 일이 추진된다고 하면…… 앞으로 일이 어떻게 흘러갈 것이라 예상하십니까?"

내 속내를 떠보려는 다소 노골적인 의도가 포함되어 있었으나, 나는 외려 담담히 그 말을 받았다.

"조광이 쪼개지겠죠."

직설적인 대답에 구봉팔이 움찔했다.

조광의 분열.

그 여지는 충분했다.

조광이란, 애당초 언제고 분열의 조짐이 보이는 회사였다.

초대 회장인 조성광의 카리스마에 의존해 경영하던 이 가족 기업은 그 덩치에 맞지 않는 옷을 걸치고 있었다.

만사를 힘으로 찍어 누르던 조폭과 깡패의 전성기 시절은 지나가고, 익숙지 않은 '합법적인 경영'을 해 나가야 하는 상황.

삼광이 이휘철이란 걸물에 이어 이태석이란 호랑이 새끼가 2대를 물려받은 것과 달리, 조설훈의 역량은 조성광에 미치지 못했다.

더욱이 이 중요한 시점에 초대 회장인 조성광은 정신이 오락가락하는 늙은이가 되어 있었고, 심지어 조성광의 차남 조지훈도 이 시점엔 아직 살아 있었다.

'결국 원래 역사의 흐름에서는 시의적절한 조성광 사후, 장남인 조설훈이 조광을 고스란히 삼키지. 뭐, 그 이후에 또 다른 후계 다툼이 벌어지긴 하지만.'

그건 차치하고.

만일 이 상황에 외부의 변수가 개입된다면?

'여기서 버림 패 취급받던 구봉팔은 섣불리 건들기 힘든 위치에 올라 파벌 다툼의 변수로 작용하게 되겠지.'

더군다나 개인적으로는.

줄곧 조세광이 이성진의 죽음에 개입되어 있을지 모른다는 생각을 하고 있었고.

또, 설령 그들이 이성진의 죽음에 개입해 있지 않다 하더라도.

이번 일로 인해 조광이 쪼개진다면, 그건 내게도 만족스러운 일이었다.

'추후 있을 경쟁 상대를 배제하는 것뿐만 아니라…… 만일 조광이 깔아 둔 유통망을 삼킬 수 있다면, 그건 그것대로 괜찮은 일이니까.'

이는 두 마리 토끼를 잡는 일일 뿐만 아니라, 구봉팔과 나, 그리고 그 파벌 다툼에 개입할 서로 간에 이해관계가 맞아떨어진 이야기였다.

구봉팔은 다시 한번 묵묵히 고개를 끄덕였다.

"……생각 이상으로 큰 사업이 되겠군요."

나는 구봉팔의 맞장구가 제법 흡족했다.

"그러게 말이에요."

구봉팔은 그런 나를 조금 어처구니없다는 듯 보더니 떨떠름한 얼굴로 턱을 긁적였다.

"사장님의 의도대로 일이 흘러가게 된다면, 저도 누군가의 편에 서야 할 날이 올지 모르겠습니다."

찰떡같이 알아듣는 걸 보니, 구봉팔이 바닥에서 구른 짬밥도 어디 가는 건 아니었다.

그러면서 그도 현 상황에 이른 지난 실패에서 깨달은 바가 있는지, 앞으로 있을 파벌 다툼에 엮일 자신을 고려하고 있었다.

전예은의 말에 의하면 '무리에서 떨어져 나온 이리'였던 구봉팔이지만, 그가 섣불리 손대기 힘든 존재로 거듭나면 어느 무리건 구봉팔을 끌어들이고 싶어 똥줄이 탈 테니까.

나는 허리에 손을 얹으며 씩 웃었다.

"개중 약한 세력에 힘을 실어 주면 될 거 같은데요."

"……조지훈 말씀입니까?"

나는 고개를 저었다.

뭐, 관련 사업을 거의 잃고 만 조지훈이라면 어느 정도 조광 내에서 '약소 세력'이라 불리기 적합했으나.

조성광의 차남이란 자리가 어디 가진 않는다. 계기만 마련되면 조광 내에서 언제고 우뚝 설 유력한 후보였다.

'게다가 조지훈 그놈은 멧돼지 같은 놈이니, 힘이 생기면 제어하기 힘들어.'

합리성이 통하지 않는 변수로 가득한 존재는 멀찍이 물러서서 바라보는 것이 제격이다.

그러니 이 상황에서는, 가진 바 그 힘이 약하되 이해관계가 맞아떨어지는 상황에서는 상호 협력이 가능한, 그런 대상이 적합했다.

나는 미소 띤 얼굴로 입을 뗐다.

"조세화는 어때요?"

"예?"

구봉팔이 당황했다.

조세화는 훗날, 그녀의 오빠인 조세광과 조광의 3대 후계자 자리를 두고 경쟁하는 관계로 거듭난다.

'그때 이성진은 친분이 있던 조세광의 편을 들어 주었지.'

구봉팔은 혹시나 잘못 들은 게 아닌가 싶은 얼굴로 나를 보았다.

"조세화라고 하면, 조세광의 동생인⋯⋯."

"네. 잠시뿐이긴 하지만 오늘 전용 홀에서 골프도 함께 쳤죠. 그늘집에서 담소도 나눴고요."

"⋯⋯하지만 아직 꼬맹이에 불과한데⋯⋯."

거기까지 말한 구봉팔은 새삼 조세화보다 어린 내 나이를 자각하곤 인상을 구겼다.

"⋯⋯죄송합니다."

"아닙니다. 아직 애인 건 맞죠. 맞긴 하지만⋯⋯."

나는 관대하게 말을 이었다.

"제 눈에 조세화는 만만치 않은 욕심쟁이처럼 보였거든요."

"⋯⋯."

게다가, 머리 회전도 제법 빠릿하니.

꼭두각시로 제격이었다.

5장

"그러고 보니까, 우리 3학년 연속 같은 반이네?"

나는 한성진의 말을 들으며 책상 옆 가방걸이에 책가방을 걸었다.

"그러게 말이야."

"이게 네가 말한 인연이라는 건가?"

아니, 네 경우는 아마 사모의 입김이 있었을 걸.

그런 한성진의 말을 내 뒷자리의 김민정이 뚱한 얼굴로 받았다.

"남자애들끼리 징그럽게, 아침부터 뭔 소릴 하는 거야?"

내 옆자리에 앉은 정서연이 어색하게 웃으며 끼어들었다.

"혹시 새 학기부터 싸워?"

그 말에 김민정이 입을 삐죽였다.

"아니. 한군이 인연 어쩌고 하니까, 엮이기 싫어서 그래. 왜, 있잖아. 그렇게 따지면 우리도 3년 내내 같은 반인데?"

김민정의 말마따나, 천화초등학교의 올해 6학년 1반 학급에는 내가 이성진의 몸에 들어와 엮였던 4학년 1반 출신이 더러 보였다.

그러고 보면 한성진은 차치하더라도, 김민정이며 정서연까지 3년 내내 같은 반이라는 사실은 퍽 공교로운 일이긴 했다.

이번 생의 4학년 시절을 떠올렸더니, 거기에 빗대어 새삼 아이들이 부쩍 잘도 자라 주었단 생각이 들었다.

정서연이 미소 띤 얼굴로 김민정의 말을 받았다.

"나는 좋은데……."

정서연은 그렇게 말했다가, 허둥지둥하더니 괜히 내 눈치를 살피며 덧붙였다.

"어, 음, 그러니까 내 말은, 이왕이면 아는 얼굴이 많은 편이 좋다는 의미……야."

"그건 그렇지."

내 말에 정서연이 웃었다.

김민정은 정서연과 나를 번갈아 가며 물끄러미 보더니 어깨를 으쓱였다.

"뭐, 하긴. 성진이 쟤는 우리 아니면 친구도 없잖아? 그러

니까 너는 그나마 우리가 이렇게라도 놀아 주는 걸 감사히
여겨."

"······아, 예. 그렇습니까."

사실, 내 경우 이번 생 들어서 교우 관계가 썩 원만하다고
는 할 수 없었는데.

이는 나 스스로 의도적으로 거리를 두었다고 말하기보단
다른 학우들이 어딘지 모르게 나를 일방적으로 어려워했던
것에 가까웠다.

'꼬맹이들한텐 나름 어른의 자상함으로 친절하게 대하는
데 말이야.'

그나마 이 그룹 아닌 그룹에 정서연이 끼어들게 된 것은
조인영과 엮였던 정진건 형사의 조립식 컴퓨터 건이 여태껏
이어져 내려온 것이고.

그게 아니면, 이렇게 사적으로 대화를 주고받는 사이는 내
게 사사건건 시비를 걸어오는 김민정이나 한 지붕 아래 살고
있는 한성진 정도가 고작이다.

뭐, 딱히 인기인이 되고자 의식한 적은 없었고, 사회에선
초등학교 동창이라는 연결 고리가 얼마나 느슨한 것인지도
알았기에 내가 신경 쓸 바는 아니었다.

오히려 나는 묘하게 겉도는 이 포지션이 마음에 들었다.

전생의 이성진은 이즈음 자신의 패거리를 조성했고, 학급
을 넘어 학교의 중심이자 구심점으로 작용하고 있었던 반면.

이번 생의 나는 내가 가진 배경과 (교장조차 쩔쩔매는)권력을 활용한 적이 없다 보니 더더욱 그랬던 모양이다.

가장 큰 변화는 한성진이었다.

내 분신의 또 다른 가능성을 엿보는 일은 기묘한 감각을 수반하는 일이었다.

전생의 내가 이 시기, 이성진에게 밀려 과묵하게 지냈던 것과 달리 한성진은 두루두루 인기를 누리는 학급 구심점 역할을 톡톡히 해냈다.

그도 그럴 것이 한성진은 학업 성적이 우수했을 뿐만 아니라—김민정과 전교 2등을 놓고 다투는 사이니—스포츠에도 일가견이 있었고, 명랑한 성격과 묘하게 오지랖 넓은 일면은 평판이 높았다.

또, 내 입으로 말하긴 뭣하지만 한성진은 인물도 제법 받쳐 주는 편이었고.

'그야말로 자라나는 인싸의 새싹이군.'

그러다 보니 어떻게 알고 왔는지 다른 학년 꼬맹이들은 팬레터 비슷한, 예쁘게 꾸민 공책 따윌 슬며시 한성진에게 건네주고 꺄꺄거리며 도망간다거나, 심지어는 '형, 형' 거리며 따라다니는 후배들도 제법 있었다.

이러다 보니 나 스스로도 여기 있는 한성진이 전생의 내가 맞는지 의아할 지경이다.

'어쨌든 나로서는 걱정거리가 줄었을 뿐만 아니라 대견한

일이지.'

김민정은 어째 나를 뚱한 얼굴로 쳐다보더니 주위를 힐끗 살피곤 가방에서 무언가 조그만 물건 세 개를 꺼냈다.

"자, 선물. 토요일엔 깜빡하고 안 챙겨 왔던 거야."

우리는 각자 색지로 포장한 '선물'을 챙겼다.

"어, 땡큐. 고맙긴 한데……. 웬 선물?"

한성진의 말에 김민정은 공연한 쑥스러움을 감추듯 새침하게 말을 받았다.

"정확히는 기념품."

정서연이 물었다.

"방학 중에 외국에 다녀왔니?"

김민정은 고개를 저었다.

"아니. 나 말고. 얼마 전에 오빠가 일본에 다녀왔거든."

"아, 민혁이 형이?"

한성진의 말에.

"응, 얼마 전에 출장 건으로 며칠 정도 다녀왔는데……."

김민정은 대답을 이어 가려다 되물었다.

"설마, 못 들었니?"

"응. 못 들었는데."

"……니들 친구 맞아?"

한성진이 어깨를 으쓱였다.

"성진이는 우리한테 사업 이야기는 잘 안 하거든."

잠시 동안 대화를 따라가지 못하던 정서연이 아, 하고 고개를 끄덕였다.

"아, 민정이네 오빠는 성진이랑 같이 일한댔지."

"응. 정확히 말하면 오빠가 이성진 부하지만."

"정말? 한국대학생이라고 들었는데?"

"휴학 중이야."

정서연의 물음은 'SJ컴퍼니에 한국대학생이란 커리어의 인재도 있느냐'는 것이었으나, 김민정은 이를 '오빠가 대학생으로 알고 있는데 회사를 다니느냐'로 받아들여 답한 모양으로,

대화의 핀트가 묘하게 어긋나 있다는 걸 느낀 나였지만, 나는 끼어들지 않았다.

'저 둘은 어째, 어울려 다니는 빈도에 비하면 그다지 친한 것 같진 않단 말이지.'

생각해 보면 정서연은 우리와 어울리는 것 외에 달리 교우 관계가 있는 것처럼 보이지는 않았다.

소심한 성격이어서 비교적 낯을 가리는 편이기도 했고, 그녀 스스로도 우리 외에 딱히 교우 관계를 넓혀야 한단 필요성을 느끼지 않는 모양이었다.

'……지금은 괜찮을지 몰라도, 중학교에 오르고 나서부턴 좋지 않을 텐데.'

한성진이 입을 뗐다.

"뜯어 봐도 돼?"

"집에 가서 열어 봐……라고 말하고 싶지만, 상관없어. 알아서들 해."

우리는 각자 포장지를 뜯었다.

"어머, 귀엽다."

"열쇠고리네?"

정서연과 한성진의 감상에 김민정이 우쭐댔다.

"그거, 시중엔 안 파는 물건이래."

그렇겠지.

김민정이 가져온 건 패킷몬 캐릭터 상품으로 기획 중인, 아직 출시 전의 샘플이었다.

그녀는 게임 크리크 측의 파트너인 김민혁이 얻어다 준 것을 되레 선물이랍시고 우리에게 나눠 준 모양인데.

'제법 잘 뽑혔어. 이거, 잘만 갖고 있으면 먼 훗날 프리미엄이 붙을지도 모르겠군.'

내게는 푼돈이지만, 그 왜, 내 방에 액자로 걸려 있는 빌 게이츠의 사인처럼 나름대로 상징성이 있지 않은가.

그러더니 김민정이 나를 힐끗 돌아보았다.

"게다가 어차피 이성진 너, 어울리지도 않는 이상한 열쇠고리 쓰고 있잖아?"

당사자가 재작년에 선물이랍시고 줘 놓곤, 뭔 소리래. 설마 기억을 못 하나?

거기서 정서연이 나를 보았다.

"어떤 건데?"

"아, 그거……."

김민정이 내 말을 가로챘다.

"양 모양 인형이야. 조그만 거."

"와, 귀엽겠다. 성진아. 나도 봐도 돼?"

"뭘 굳이……."

그때 한성진은 나, 정서연, 김민정 사이에서 눈알을 굴리더니, 왠지 모르게 과장된 어조로 끼어들었다.

"앗, 이거, 나 알아. 패킷몬이지?"

정서연이 고개를 갸웃했다.

"패킷몬?"

"응. 성진이네 회사가 일본이랑 함께 개발한 게임인데."

한성진이 가방을 뒤적이더니, 씩 웃으며 게임보이를 꺼냈다.

"의외로, 이거 되게 재밌어."

"학교에 그런 걸 들고 오면 어떡해."

김민정의 핀잔에 한성진이 눈을 껌뻑였다.

"안 되나?"

"안 되지. 압수하기 전에 도로 집어넣어."

"헹, 뭐래. 반장도 아니면서."

그 말을 김민정도 코웃음으로 맞받아쳤다.

"아직은 그렇지."

아직은.

김민정은 이번에도 반장 선거에 출마할 생각일까. 거, 귀찮기만 하고 별 권한도 없는 쓸데없는 감투를.

"그건 그렇고."

김민정이 나를 보았다.

"이성진 너, 올해에는 어떻게 할 거야?"

"사업 계획? 그걸 여기서 발설할 수는 없지. 듣고 싶으면 주식을 사. 구할 수 있다면 말이지만."

"……."

김민정은 내가 '농담이었다'고 덧붙이기 전 먼저 입을 뗐다.

"……누가 그런 걸 묻는대? 내 말은, 반장 선거 말이야."

그럴 거라면 주어를 생략하지 마라.

"후보 견제냐? 아니면 단일화라도 추진하게?"

"뭔 소리야."

김민정이 미간을 찌푸렸다.

"나, 올해 전교회장 선거에 나가 보려고."

"오."

"아무튼, 그렇게 됐으니까 학급 반장은 니들이 알아서 하란 의미야. 관심 없어?"

"사업 굴리기도 벅차."

학업에 충실해야 한다는 이태석의 암묵적 조건만 아니었던들, 출석 일수만 채우고 등교를 거부하고 싶을 지경이었다.

"너답지 않네."

김민정은 그렇게 중얼거리곤 어조를 바꿔 물었다.

"그래서 나 전교회장 되는 거, 어떨 거 같아?"

"글쎄다. 너 하기 나름이지."

나는 가방에 선물 포장지를 집어넣으며 챙겨 온 서류를 가방에서 꺼냈다.

"고작 그 정도 감상뿐?"

김민정의 말을 나는 대수롭지 않게 받았다.

"왜, 나한테 선거 전략 자문이라도 구하게?"

"나한테 선물도 받았는데, 도움은 줘야지."

"그 선물을 구해 온 민혁이 형한테 월급을 주는 건 다름 아닌 나다만."

"……그러지 말고. 너도 포스터 정도는 만들어 줄 수 있잖아?"

매사 철두철미한 성격인 김민정은 내신에 퍽 신경 쓰는 모양이었다.

'뭐 고작해야 초등학교 회장……이라고는 하지만 그 자체로 은근한 자랑거리이기도 하지.'

한성진이 나섰다.

"나도 좀 도와줄까?"

"응?"

"센스는 별개지만 지시만 내려 주면 컴퓨터로 옮겨 그릴 수 있어. 그 정도는 나도 할 줄 아니까."

귀찮은 일에 끼어들어 준 한성진의 서포트가 적절했다.

한성진은 뒤이어 정서연을 보았다.

"서연이 너도 컴퓨터 좀 다루지?"

"응, 그렇긴 한데……."

정서연은 조금 망설이는가 싶더니 김민정을 보았다.

"나도 도와줘도 돼?"

김민정은 미소 띤 얼굴로 고개를 끄덕였다.

"응, 큰 도움이 될 거야. 고마워. 다음에 내가 한턱 쏠게."

"아니야. 나도 민정이 네가 전교회장이 되면 좋겠단 생각이고. 친구니까 그 정도 도움은 줄 수 있지."

거 훈훈하구만.

나는 재잘재잘 떠드는 애들을 뒤로하고 서류를 살폈다.

하굣길, 한성진은 김민정이며 정서연과 갈래길에서 헤어지자마자 들으라는 듯 큰 한숨을 내쉬었다.

"에휴, 진짜 살벌하구먼."

"벌써부터 학업 스트레스냐?"

내 말에 한성진이 픽 웃었다.

"그런 게 아니라, 여자애들 신경전."

"응? 신경전이라니."

"아, 너는 말해도 모르겠네. 됐어. 못 들은 걸로 치자."

"내가 뭘."

한성진은 나를 물끄러미 쳐다보더니 어깨를 으쓱였다.

"그야, 성진이 너는 안 그런 척하지만 하는 거 보면 은근 애 같거든."

정신연령이 40대에 이른 내가 초등학생에게 이런 평가를 듣게 될 줄은 상상도 못했다.

"뭐, 정확히는 관심도 흥미도 없으니 신경도 쓰지 않는다는 느낌이긴 한데……."

제법 어른스러운 말을 뱉으며, 한성진은 턱을 긁적였다.

"그래도 옆에서 보고 있으면 꽤나 위태롭단 말이야. 이런 목석이 왜 그렇게 인기가 많은지 모르겠다니까."

"인기인은 너 아니야?"

내가 농담조로 던진 말에 한성진은 쓴웃음을 지었다.

"그런 건 뭐…… 내 입으로 말하긴 뭣하지만, 그냥 일종의 동경이지. 내가 말하는 거랑은 조금 달라."

한편, 그런 말을 내뱉은 한성진은 내가 기억하는 것보다 웃자란 느낌이 물씬해서, 왠지 모르게 낯설었다.

일부러 어른스러운 말을 쓴다는 느낌은 있지만, 그 자체가 이미 둥지를 떠나려는 준비를 한단 방증이고.

애들이란 1년이 다르게 쑥쑥 자란다더니, 새삼스러운 사실을 인식하자마자 그새 퍽 어른스러워진 한성진의 모습은 나로 하여금 이번 생의 지난 시간을 회고하게 만들었다.

한성진이 나를 보며 픽 웃었다.

"근데, 너. 스스로 인기 있다는 자각은 하고 있네. 이게 소위 말하는 나쁜 남자인 건가?"

"나를 짝사랑하는 여자애들이 없다면 그건 그것대로 이상하지 않냐?"

나름 객관적인 자평이었음에도.

"……우와, 재수 없어. 아름 누나랑 내 의견이 일치할 줄은 몰랐는데."

한성진은 넌더리가 난다는 양 고개를 저었다.

"뭐어, 농담은 이쯤 하고……."

뒤이어 한성진은 무어라 말을 하려는 듯, 아닌 듯 망설이더니.

고개를 돌려 나를 제법 진지한 얼굴로 쳐다보았다.

"이걸 말할까 말까 고민 좀 했는데. 이건 말을 해 둬야겠다."

"뭔데."

"음, 이것도 어디까지나 너니까 하는 말이야. 아마, 너라면 이런 이야기를 들어도 내색 않고 변함없이 잘해 주겠지."

무슨 소릴 하려는 거냐고 묻기 전, 한성진이 말을 이었다.

"김민정 걔 말이야."

김민정이 왜?

"너 좋아하는 모양이다."

"……."

……전생엔 원수 아니었나?

「혹시 한성진?」

그때 나를 먼저 알아보고 말을 건넨 건 김민정이었다.

전생에 김민정과 재회했을 당시, 나는 이성진의 명령을 수행하느라 호텔 로비를 서성이고 있었다.

금일 그룹의 차녀였던 김민정은 무탈하게 의무교육 과정을 마친 뒤 '자연스럽게' 유학길을 올랐고, 20대 중반쯤엔 어느 전도유망한 젊은 기업가와 정략결혼을 했다는 걸, 나는 어렵지 않게 떠올렸다.

「역시! 나야, 김민정. 천화초등학교 4학년 1반! 기억해?」

기억하다마다.

하지만 나는 오랜만에 만난 동창이자 금일 그룹 관계자인 그녀와의 재회가 당혹스러웠다.

우리는 이미 서른을 넘겼고.

더욱이 내가 호텔 로비를 서성이고 있던 때는 여느 때처럼 이성진의 지저분한 심부름을 수행하기 위해서였다.

그런 상황에서 마주했던 우연한 재회는 나로선 당혹감 외에 다른 생각을 떠올리지 못하게 했다.

「물론 기억하지. 오랜만이네.」

나는 일부러 무난한 대응을 보였고, 김민정은 웃었다.

「기억하는구나. 그건 그렇고 오랜만이다, 애.」

그녀는 마치 그 시절로 돌아간 것처럼 나를 대했고, 나는 그것이 부쩍 어색했다.

동창 모임 중에서도 가장 껄끄럽고 어색한 것이 초등학교 시절이리라.

이렇다 할 자아 확립이 수립되지 않은, 아무것도 모를 시절의 꼬마일 때 맺은 대외적 관계란 일부러 떠올리려고 애쓰지 않아도 양자 모두에게 무의미한 것이 되기 일쑤였다.

공유할 만한 추억이랄 것도 고작해야 두 번 다시는 하지 않을 실수담이거나 허술한 영웅심에 경도된 우발적인 것에 불과한 것이니.

내가 김민정과 재회한 당시는 그때만도 무려 거의 20년 만이었다.

「어떻게 지내?」

「그냥저냥.」

바빴던 나는 이 재회가 반갑지 않다는 의사를 은근하게 표했으나, 김민정은 알고서도 그러는지 아닌지, 내 태도를 아 랑곳하지 않았다.

「너는 어떻게 된 애가 동창회를 열어도 연락이 없니. 그렇 지, 모처럼 인연인데, 커피라도 마실래?」

「······미안하지만 바빠서.」

「흠. 내가 바쁜 사람을 붙잡은 모양이네. 그럼 전화번호 좀 찍어 줘.」

말하면서, 김민정은 내게 자연스럽게 핸드폰을 내밀었다.

「얼른.」

김민정의 스스럼없는 태도에, 나는 무언가에 홀린 사람처 럼 마지못해 전화번호를 주었다.

김민정은 자기 폰에 찍힌 내 전화번호를 보더니, 곧장 통 화 버튼을 눌렀다.

그러곤 내 주머니에서 울리는 벨소리를 듣고, 폴더를 닫으 며 만족스러운 미소를 지었다.

「내 번호야. 저장해 둬. 나중에 연락할게.」

이후로 나는 김민정과 몇 차례인가 만났고, 나중엔 대가를 받고 몇 가지 은밀한 일처리도 해 주었다.

그중엔 김민정의 남편이 저지른 외도를 추적하는 일부터 그녀 가문의 이런저런 일도 포함되어 있었다.

뒤늦은 관계 속에서 어릴 적의 순수함은 오간 데 없고, 어 중간하게 늙어 버린 남녀만이 있었다.

보고를 들은 이성진은 김민정과 내 재회를 퍽 흥미로워했다.

「약점이 생겼군.」

그리고 내가 쥔 '김민정의 약점'은 이성진의 의도대로 쓰였고.

「……결국은 이성진의 개로 남았네.」

김민정은 내 배신을 그 정도로 평했다.

그럼에도 나는 내 목줄을 쥔 것이 이성진이거나 김민정이거나 별반 다르지 않다고 보았다.

이후로 나는 김민정과 만난 적이 없었고, 삼광 그룹의 금일 그룹 인수 합병 이후 그녀와 연락은 끊겼다.

하지만 돌이켜 보면.

나는 어째서 그 우연한 재회 때, 그녀에게 내 전화번호를 주고 만 것이었을까.

"그렇게 놀랄 줄은 몰랐는데."

설마 표정에 드러난 건가.

한성진의 말에 나는 괜히 손바닥으로 얼굴을 쓸었다.

"아니, 전혀 생각도 못 해 본 일이어서."

그렇게 말을 뱉긴 했지만, 입에서 나오는 건 상황에 맞지 않는 항변뿐이었다.

한성진은 그런 나를 물끄러미 보더니 어깨를 으쓱였다.

"뭐, 한편으론 듣고도 그 정도 반응뿐이란 거지."

"……당황하긴 했어."

"그 외에 다른 생각은 안 들고?"

"……."

굳이 꼽자면 '어째서?' 정도일 것인데.

아니.

그게 아니었다.

머릿속으로 그런 가능성을 떠올리자마자, 입안 가득 씁쓰
레한 맛이 가득 번졌다.

'김민정에 관해선 이제야 새삼 자각한 것이긴 하지만은.'

나는 떨떠름한 기색을 감추려 노력하면서 한성진의 말에
미소를 지었다.

"뭐, 그런 셈이지."

한성진이 내 가랑이 사이를 힐끗 쳐다보았다.

"너, 털은 났냐?"

"이 상황에 갑자기 무슨 소리야?"

"보아하니 안 났네."

어떻게 알았지?

……음, 생각해 보면 원래 나는 이맘때쯤 털이 난 것 같기
도 하고.

"2차성징의 유무가 애 어른을 구분 짓는 기준점은 아니지."

내 말에 한성진이 씩 웃었다.

"맞아. 하지만 생각해 보면 너는 스스로를 애 같다고 자칭하는 것부터가 이미 객관화가 이루어지고 있단 의미잖아? 당장 성아만 봐도 어른 티를 못 내서 안달인데."

제법 그럴듯하군.

"그 자체로 이미 너는 입으로 말하는 것과 달리 스스로를 애라고 생각하지 않는단 방증이지. 어때? 내 말이 틀려?"

"만점짜리 대답은 아니야."

"그래도 80점은 되지 않아?"

한성진은 턱을 긁적이더니 나를 물끄러미 바라보았다.

"성진이 너는 가만 보면 똑똑하고 눈치도 있는데, 이따금 정작 너 스스로가 주변에 어떻게 보이고 있는지는 생각하지 않는 거 같단 말이야."

"……."

"어차피 네가 또래 애들을 애 취급하고 있다는 건 다들 알고 있거든. 나도 포함해서. 하지만 우리는 네가 생각하는 것만큼 마냥 어린애는 아니란 말씀이지."

한성진은 잰 체하며 그럴 듯한 말을 내뱉었다.

그건 확실히, 내 뒤통수를 얼얼하게 만드는 이야기였다.

'애들도 마냥 어린애는 아니었구나.'

한성진의 말마따나 나는 내 또래의 아이들을 애 취급하고 있었다.

　하지만 당사자가 그런 내 태도를 자각하고 있었다는 걸 깨닫는 건 조금 다른 이야기였다.

　해서 대답처럼 물었다.

　"뭐래, 애 맞잖아?"

　"맞아. 우리는 애 맞지. 물론 너도 마찬가지고."

　"……."

　이 상황에 역공을 가해 올 줄이야.

　"뭐, 좋아."

　나는 두 손을 들었다.

　"인정하지. 저는 또래보다 조숙하단 걸 자각하고 있습니다. 너무 똑똑해도 탈이군."

　내가 일부러 농담조로 받아 줬음에도 한성진은 쓴웃음만 지을 뿐이었다.

　"그러고도 애 취급이네."

　"법적으로도 애 맞잖아? 네 말마따나, 너나 나나, 우리는 애 맞으니까."

　"흠."

　한성진은 마지못해 고개를 끄덕였다.

　"그래, 뭐, 네 입에서 시인하는 말을 들은 것도 나한테는 큰 성과지."

"그래서 애냐 어른이냐 하는 건 차치하고."

나는 한성진을 보았다.

"너는 그런 걸 어떻게 아는데?"

"어떻게 알긴……. 너 빼곤 다 알 거다, 아마."

나는 일부러 미간을 찡그렸다.

"하지만 그렇다고 해서 네 입을 빌려 김민정의 감정을 알게 된 것도, 입장상 어떨까, 싶은데."

한성진이 쓴웃음을 지었다.

"그 부분은 미안해. 하지만, 정말로 모르고 눈치 없는 행동을 하는 것보단, 알고서 모르는 척해 주는 게 낫다고 봐. 때때로 제3자 입장에선 그게 어쩔 땐 조마조마하거든."

"……."

내 침묵을 의문으로 받아들였는지, 한성진은 과장된 느낌으로 한숨을 푹 내쉬었다.

"예를 들어, 학교에서 열쇠고리 이야기 나올 땐 나도 조마조마했다, 진짜. 만일 거기서 네가 김민정이 선물한 열쇠고리를 바꿔 꼈다면 모르긴 몰라도 꽤나 난리가 났을걸."

"……네 말대로 김민정이 내게 연심을 품고 있다면 그렇겠지만."

쥐어짜 낸 대답이 나 스스로 궁색했다는 걸 자각했다.

한성진도 이를 알았는지, 웃음기를 거두고 나를 물끄러미 쳐다보았다.

"왜 그래? 이쯤하면 너도 모르지 않을 텐데. 너, 머리 좋잖아."

"……"

물론이다.

나도 연애를 못 해 본 것은 아니니, 그 정도는 안다.

한성진의 말마따나, 돌이켜 자각해 보면 그럴 만한 정황이 여럿 있었다.

한성진이 예시로 들었던 열쇠고리의 경우.

김민정이 그녀가 내게 선물한 열쇠고리를 의도적으로 폄훼한 것도, 사춘기 여자애가 갖는 복잡한 심리가 작용해 있었을 것이다.

또, 거기서 만일 그때 정서연의 요청에 응해 김민정이 '남들 모르게 선물한' 열쇠고리를 그녀에게 보여 주었다고 하면, 김민정은 마음에 상처를 입었을 것이다.

논리적이지는 않지만, 감정이란 게 그런 것 아니겠는가.

그런 의미에서 한성진이 나서서 상황을 막아선 건 나름의 의의가 있던 행동이었다.

하지만 그렇다고 하나.

그건 우정 운운하기에 앞서, '다른 의도'를 내포한 행동이었다.

그래서 나는 떠보듯 한성진에게 물었다.

"그러면 내가 달리 뭔가 반응을 해 줘야 하나?"

내 말에 한성진은 잠시 생각하다가 답을 내놓았다.

"친구로서 대답하자면, 이런 상황엔 대답하지 않는 것도 한 가지 대답이 되겠지."

"······우유부단한걸. 그럴 거라면 왜 이런 이야기를 꺼낸 건데?"

한성진은 그런 나를 보면서 쓴웃음을 지었다.

"그래서야."

"뭐가?"

한성진은 그런 나를 꿰뚫어 본 것처럼 말을 이었다.

"너라면 김민정이 너를 짝사랑하고 있다는 걸 알아도 아무 내색 않겠지. 분명 내일 등교하면 넌 평소처럼 김민정의 인사도 받아 줄 거고, 또 평소처럼 티격태격하기도 할 거야."

나를 멋대로 재단하는 그의 태도가 조금 마음에 걸렸다.

보통 이런 경우 기분이 불쾌해야 마땅했다.

아니, 한편으론 한성진이 내 앞에서 이렇게 직설적으로 말을 뱉을 수 있었던 건, 그가 나를 친구로 여기고 있기 때문일 것이다.

'그래도 역시 아직 애는 애구나. 어설프게 성장한 과도기적 상태로군.'

웃는 얼굴로 말하는 한성진을 보면서, 나는 김민정이 어떻다는 것보다도 이 녀석이 벌써 이렇게 컸는가, 감회가 먼저 새삼스럽고 남다른 기분이었다.

그리고 동시에, 한성진이 마냥 애가 아니라는 자각 뒤 찾아온 생각.

또, 그런 자신이 조금 안타깝고, 애달팠다.

'그런 거였어. 이 시기의 나는.'

어쩌면.

「혹시라도 걔가 괴롭히면 나한테 말해.」

그 말을 들었을 때부터.

나는 이 새삼스러운 자각과 각성에 입안이 씁쓸했지만.

나는 이 상황의 언짢음보단 청소년에 접어드는 한성진을 향한 다소간 기꺼운 기분을 감추며 그 말을 받았다.

"그럴지도 모르지."

물론 실제로 한성진의 예상은 그 짐작과 크게 다르지 않을 것이다.

그건 그가 본질적으론 나와 닮은 분신이어서 그런 것일까.

"그러면 내가 관련해서 김민정에게 나름의 대답을 한다면 어떨 거 같아?"

한성진은 딱딱한 얼굴로 대답했다.

"그렇다면 내가 너를 잘못 본 거겠지."

"……."

"김민정 걔도 어차피 네가 그애한테 별다른 감정이 없다는 것 정도는 스스로도 알아."

한성진이 표정 없는 얼굴로 말을 이었다.

"만약 흑백 이분법 논리로 감정을 드러내서, 네 나름의 좋다거나 싫다는 대답을 했다고 치자. 그러면 김민정 걔는 어떨 거 같아? 그 이후 너는 평소처럼 행동할 수 있겠지만, 김민정은 다를 거야."

직후, 한성진은 스스로 자신의 표정이 어떻단 걸 자각한 듯이 안면 근육을 의도적으로 풀었다.

"그렇다고 네가 마음에도 없는 예스를 한다고 한들, 기뻐할 사람은 아무도 없어. 그것도 네가 지적한 우유부단한 태도의 일종이지 않아?"

"궤변이군."

"맞아, 궤변이지."

한성진은 시원시원하게 인정하며 어깨를 으쓱였다.

"그러니 나도 말을 꺼낸 거지만. 나나 김민정이나 네가 또래 여자애들한테 별다른 감정이 없다는 정도는 알고 있는 데다가……."

말을 이어 가려던 한성진은 잠시 생각하더니 정정했다.

"아니, 사실 또래뿐만은 아니지. 오히려 뭐라고 할까, 아예 인생에 연애 감정이란 게 배제되어 있는 느낌이긴 해."

"……."

그건 조금 선을 넘는 이야기로군.

"거시기에 털이 나고 나면 모르겠지만, 일단은 그렇단 이야기지."

한성진은 일부러 그렇게 말하며, 그게 스스로 시시한 농담임을 알고 있다는 듯 웃었다.

"그러니까 김민정도 너에게 아직 그런 생각조차 없다는 걸 알고 적절한 때를 기다리는 거겠지. 그러니까 지금은 모른 척해 줘. 너도 김민정 걔 싫어하는 건 아니잖아?"

"……."

"당장은 아니지만, 나중에라도 생각해 보란 의미에서 했던 말이야. 차든가 승낙하든가, 좀 더 진심을 담아서. 대신 일단은 김민정 걔 비위나 좀 맞춰 주면 좋겠어."

"……."

나는 그런 한성진을 보며, 담담하게 입을 뗐다.

"지적해도 될까?"

"뭔데?"

"냉정하게 이야기해 줄게. 친구로서."

또는 내 분신을 향한 충고이자 조언으로.

"솔직히, 실망이야."

내 말에 한성진이 미간을 찡그렸다.

"……너, 김민정을 싫어하는 거냐? 설마 그 정도였어?"

"그게 아니야."

나는 한숨을 내쉬었다.

"김민정이랑 원수를 진 것도 아닌데, 그럴 까닭이야 없지. 오히려 좋다, 싫다로 따지면 좋단 쪽이야."

"그러면……."

"끊지 말고 들어. 물론 나는 네가 생각하는 것처럼 김민정에게 이성적인 감정은 없어. 또, 네 짐작대로 그런 감정이 있다는 걸 알고서도 모른 척하며 어울려 주는 것도 가능하고."

나는 숨을 깊게 들이쉬었다가, 내뱉었다.

"하지만 이 모든 이야기는, 어디까지나 내 감정상의 배려와 양보를 전제로 한 이야기라는 거지."

"……."

"게다가 너는 너대로, 지금 이 관계가 깨지지 않길 바라고 있을 뿐이잖아?"

한성진이 움찔했다. 그러면서 무어라 반박하려는 양 입을 옴짝거렸지만, 내가 '끊지 말고 들으라'고 한 말을 떠올렸는지, 입을 떼진 않았다.

나는 그런 한성진을 물끄러미 바라보았다.

"내가 실망했다는 건 그거야. 네 비겁함이지."

한성진을 정면으로 마주 보면서, 나는 지금은 가뭇없어지고 만 그 시절의 내 감정과 똑바로 마주했다.

"너야말로 김민정을 좋아하고 있잖아?"

한성진은 내 말에 웃음을 터뜨렸다.

"하하하, 대체 무슨 소리야? 내가 걔를 왜?"

"……."

"너도 알다시피 나는 좀 더 어른스럽고 성숙한 누나가 좋은데?"

내 분신답게, 아닌 척 잡아떼며 연기하는 품은 나이에 비해 제법이었으나.

아직 어려서 그런 것일까, 한성진은 그 눈동자가 당혹감에 물들어 이리저리 흔들리는 것까진 제어하지 못했다.

나는 그런 한성진을 보며 입을 뗐다.

"……그런 걸로 괜찮겠어?"

"내가 뭘."

"뭐, 네 말마따나 김민정이 나를 좋아한다고 치자."

나는 어깨를 으쓱였다.

"그렇다고 해서 내가 당사자의 제멋대로인 감정이 어떻다는 것에 응해 줄 이유나 의무는 없어."

"……."

"오히려 나로선, 네가 김민정에게 이성적인 호감이 있단 전제하에 내 행동을 어떻게 조종해 보겠단 게 마뜩잖을 뿐이야."

한성진은 무표정한 얼굴로 내 말을 받았다.

"이상한걸."

"뭐가?"

"성진이 너, 내가 재작년에 전학 왔을 때만 하더라도 김민정이랑 화해하려고 이런저런 시도를 해 왔잖아?"

"그랬지."

"그때 넌, 아무런 감정도 없었던 거냐?"

"······."

보신을 목적으로 한 타산적인 계산은 있었다.

또 어쩌면 전생의 내가 그녀에게 연심을 품고 있었다는 것을 의식해서, 나답지 않게 그녀와의 거리를 좁혀 보려 시도한 것일지도 모른다.

하지만 새삼 당시 내가 어땠더라는 걸 자각한 순간에조차, 나는 나 스스로도 놀라우리만치 냉정했다.

그 냉정함이란 내가 이태석이며 이휘철, 여타 걸물들을 마주하며 사고하던 것과 유사했다.

그건 이번 생에 들어 갖게 된, 아니 잃고 만 감정적 요소의 영향일까.

이번 생의 나는 한성진도, 그렇다 해서 이성진인 것도 아니었다.

그렇기에 나는 여간한 일에 한발 물러서서 관조하는, 이 모든 일이 한 편의 연극인 양 바라보는 관객의 시점으로 세계를 마주하고 있었다.

아니.

비유를 좀 더 정확히 정정하자면, 나는 이 세계가 내가 바라는 형태의 무대가 되게끔 조율하는 연출자에 가까웠다.

동시에 나는 나 스스로, 내가 그토록 혐오하던 대상인 이성진의 몸에 들어온 것을 희생이며 양보라는 미명하에 회피해 오고 있었다.

그러나 나는 이성진도 한성진도 아닌 존재였고, 내 행복이라는 건 오롯이 내 것이 아니었다.

한편, 나는 한성진이 내게 동경과 감사, 또 거기서 말미암은 희미한 열등감이 있다는 걸 깨달았다.

내가 나 자신의 자아를 도구처럼 대해 오고 있었던 것과 달리, 한성진은 나를, 이성진이란 껍데기를 뒤집어쓰고 있는 40살 넘은 아저씨를 진심으로 대하며 그 스스로 나와 자신의 거리를 재고 있었던 것이다.

'나란 놈의 본질은 결국 환경이 어떻건 간에 변하지 않는군.'

희생과 양보라고 하는 싸구려 연민에 스스로의 비겁함을 포장하는 것.

전생의 나는 그런 식으로 이성진의 학대를 견뎠고, 나보다 가족의 행복을 우선했다.

그리고 나 자신은 그 행복의 우선순위에서 한참 멀어져 있었다.

그리고 그건, 지금 내 눈앞의 한성진 또한 마찬가지였다.

'마음에 들지 않아.'

나는 한성진의 시선에 정면으로 맞섰다.

"응, 아무렇지도 않은데?"

"……."

내 말에 한성진이 인상을 구겼다.

"진심이냐?"

"진심이야. 나는 아무렇지 않다고 했잖아? 아니, 조금 불쾌하긴 해."

"……."

나는 어깨를 으쓱였다.

"생각해 보면 정작 김민정이라는 당사자는 이 자리에 없는데, 우리끼리 이런 이야기를 왈가왈부한다는 거 자체가 우습지도 않은 이야기지."

"……."

"오히려 너는 지금 김민정의 감정이 어떻단 전제하에 내게 멋대로 그녀를 '양보'하려 하고 있다만, 그건 그것대로 비겁하지 않냐?"

나는 한성진을 보며 입매를 비틀었다.

"설마 어딘가의 싸구려 노랫말처럼 내가 김민정의 마음에 응한다면 너 스스로는 그걸로 족하단 생각인 건가? 너야말로 그런 식으로 방관자인 양 행동하면, 신파극의 주인공이 된 것처럼 달콤한 자기 연민에 빠질 수 있을 것 같았어?"

일부러 거칠게 정곡을 찌른 내 말을 들은 한성진이 얼굴의

웃음기를 거뒀다.

"……아무나 괜찮을 리가 없잖아. 너라면 괜찮다고 생각했어."

한성진은 스스로의 감정을 에둘러 시인했지만 나는 그 말에 냉소로 반박했다.

"나는 네가 생각하는 만큼 좋은 놈이 아니야."

"무슨 소리야, 너는 내가 지금껏 봐 온 그 누구보다도……."

나는 한성진의 말을 끊었다.

"내가 김민정과 화해하려고 했던 건 어디까지나 김민정의 배경이며 미래의 가능성을 생각했던 것뿐이야."

"……."

"어쨌건 친해져 두면 나쁠 것 없단 생각이었거든. 실제로 그 덕에 김민혁과 한컴이라는 쓸 만한 장기말도 내 손아귀에 들어왔지."

"……."

"게다가 어쨌건 김민정이랑은 화해도 마쳤고, 이 이상 질척거리는 관계로 발전한다고 해도 내겐 하등 도움도 되지 않아."

한성진은 주먹을 꾹 쥐었다.

한 대 칠 생각일까.

'그래, 그거면 돼.'

한성진이 나를 경멸하더라도, 그건 그것대로 상관없단 생각에서 뱉은 말이었으나.

"거짓말하지 마."

한성진의 입에서 나온 건 다소 예상외였다.

"너는 지금 어쭙잖은 위악으로 너를 포장하고 있지만, 이성진 네가 나랑 성아에게 그 누구보다도 진심으로 잘 대해 주었단 건, 다들 잘 알고 있어."

"……."

나는 지금 이 순간에도 한성진을 마냥 어린애처럼 취급해 온 걸까.

한성진은 그런 내 생각의 정곡을 찔렀다.

"그래, 네 말을 비틀자면, 너야말로 나랑 친해져서 무슨 이득이 있어서 그랬단 건데?"

"그건……."

"왜, 뭐가? 이번엔 뭔데?"

한성진은 다소 격양된 어조로 말을 이으려다가 숨을 골랐다.

"……그래, 네 말대로 나는 김민정 걔를 좋아하지만, 그만큼…… 너도 친구로서 좋아하고 있어. 존경도 해."

"……."

"하지만 나보단 네가 김민정이랑 더 잘 어울리고, 김민정은 너를 좋아하고 있는 데다가. 말하는 거랑 달리 너도 김민정이 싫지 않잖아."

논리적이지도 않고, 순전히 어린애 투정에 불과한 감정적 대응에 불과한 이야기였다.

아마, 실제로도 한성진은 그 스스로를 연민의 늪에 빠트리면서 김민정을 향한 마음을 접으며 스스로의 행동을 정당화하려는 것일 게다.

그 방어기제는 조악하고 비겁하며 구차하고 치사했다.

하지만 한편으론, 그렇기 때문에.

내게는 그 모습이 거울을 보는 듯 선연했다.

'어쩌면, 제 좋을 대로 살아오던 이성진은 내 이런 모습이 끔찍이 싫었던 모양이군.'

한성진은 주먹에 쥔 힘을 스르르 풀었다.

"내가 이 이야기를 꺼낸 건…… 맞아. 네 말 그대로야. 비겁하지. 그치만 둘이 잘되길 바랐던 건 진심이야. 나는 할 수 없는 일이니까."

한성진은 공연히 코를 훌쩍이곤 내게서 고개를 돌렸다.

"……미안. 처음부터 괜한 이야기였네. 없던 이야기…… 로 할 순 없겠지만, 이제 그만하자."

"……그래."

그렇게 어딘지 모를 서먹한 분위기 속에서 우리는 하교를 마쳤다.

"새마음아동복지재단의 후원 준비는 차질 없이 진행 중입니다. 그리고……."

"……."

"사장님?"

고개를 드니 전예은이 나를 걱정스레 쳐다보고 있었다.

"괜찮으세요?"

"……예?"

"혹시 피곤하시면 나중에 보고드릴까요?"

티가 났나?

육체적 피로보단 정신적인 요소가 적잖았다.

나는 관자놀이를 주무르면서 의자에 등을 기댔다.

"아닙니다. 계속해 주시죠. 새마음아동복지재단 건은 넘기고, 그다음은요?"

전예은은 나를 가만히 쳐다보다가 들고 있던 서류를 내려놓았다.

"아니에요. 역시 조금 쉬었다가 하는 게 좋을 거 같아요."

직원이 사장 앞에서 멋대로 휴식을 선언하는 회사라니, 노조 없이도 잘 굴러가겠군.

전예은이 살포시 웃으며 나를 보았다.

"어제도 못 쉬셨죠? 골프도 치신 데다가 또, 그 직후 회사에 들어오셔서 서류도 검토하셨고 별도로 미팅도 하신 것 같은데요."

"……어떻게 알았습니까?"

"양갱이 줄어들어 있었거든요."

재고 관리를 하고 있는 건가?

"게다가 설거지까지 다 끝내셨던 걸요."

"그 정도야 당연한 일 아닙니까."

"이 정도 일은 부하에게 맡겨 주세요. 설거지 정도는 굳이 사장님이 하지 않아도 제가 할 수 있는 일이잖아요."

전예은이 쓴웃음을 지었다.

"학교 가랴, 사업하랴, 아마, 이렇게 바쁜 초등학생은 사장님 말곤 세상에 없을 거예요."

"뭐…… 그럴지도 모르죠."

"게다가 이젠 김민혁 이사님도 복귀하셨으니까, 몇 가지 일은 그분께 맡겨도 좋다고 생각합니다."

전예은의 김민혁을 향한 평가는 긍정적이었다.

어쨌건 저래 보여도 스펙상으론 국내 최고의 대학이라는 한국대 학생이기도 했고, 학벌이 전부는 아니라지만 능력이며 의지 면에서도 김민혁은 키워 볼 맛이 나는 인재였다.

'김민혁이 내 자리를 완전히 대신할 수는 없겠지만, 어느 정도 얼굴마담 노릇은 가능하지.'

그렇게 생각하면서도, 나는 일부러 퉁명스레 그 말을 받았다.

"김민혁 이사가 할 수 있는 일엔 한계가 있지 않겠습니까."

"사장님 혼자서 할 수 있는 일에도 한계가 있기 마련이죠. 게다가 중요 사항은 어제 출근하셔서 검토하셨고 말이에요."

어째, 오늘따라 지려고 하질 않는군.

나는 두 손을 들었다.

"알겠습니다. 잠시 쉬도록 하죠."

전예은은 싱글싱글 웃으며 자리를 떴고, 내가 전예은이 내려놓은 서류를 집어 들려는 찰나.

저 멀리 탕비실에서 전예은의 목소리가 들렸다.

"방금 쉬기로 하셨잖아요?"

어떻게 알았지. 이젠 천리안이 발동하기라도 하나?

"……쳇."

나는 하는 수 없이, 집어 든 서류를 책상 어귀로 툭 던졌다.

'뭐, 말 그대로 어제 서류 정리를 해 둔 덕에 크게 할 일이 없긴 하지.'

세부 사항까지 파고들면 일이 산더미처럼 쌓여 있었으나, 그런 자잘한 일은 톱니바퀴가 구르듯 하위 부서에서 막힘없이 진행되고 있었다.

전예은의 말마따나 몇 가지는 김민혁에게 맡겨 두어도 족

했고, 한창 일에 재미를 붙인 김민혁도 그걸 바랄 것이다.

'……이건 어쩌면 나 스스로 느끼고 있는 문제점을 업무로 도피하려는 걸지도 모르겠군.'

더욱이 사장이 부지런한 것만큼 곤란한 상황도 없다고 했겠다, 나는 하는 수 없이 약간의 게으름을 피우기로 했다.

'내가 할 일이라곤 몇 가지 역사가 증명하고 있는 최선의 방향으로 조타해 주기만 하면 될 일이긴 한데.'

그 조차도 지금으로서 시간이 해결해 줄 일들이다.

마침 전예은이 콧노래를 흥얼거리며 다기를 들고 와서, 나는 응접용 테이블로 자리를 옮겼다.

"드세요."

"기분 좋은 일이라도 있습니까?"

"저는 사장님이나 가희 언니와 달리 학교를 안 가도 되잖아요."

전예은의 농담조에 나는 픽 웃었다.

"예은 씨도 검정고시 정도는 준비하시죠."

"생각은 해 볼게요. 아, 그리고 사장님께서 안배를 해 주신 덕에 T동 쪽에도 방과 후 교실이 성공적으로 설립되었다나 봐요."

그녀는 자연스럽게 요한의 집의 근황을 보고했다.

나는 그런 전예은을 보며 빙긋 웃었다.

"윤선화 실장님이 신경을 써 주신 모양이군요. 그건 그렇고, 방금 이야긴 업무 이야기가 아닙니까?"

"사장님의 승인이 필요한 이야기가 아니니 업무 이야기가 아니라고 생각해요."

"……귀에 걸면 귀걸이로군요."

"그보단."

전예은은 내 앞에 조각 케이크 접시를 내려놓았다.

"회사 근처에 빵집이 생겼는데, 케이크가 맛있어 보여서 사 왔어요. 드셔 보세요."

그새 회사 근처는 이곳 SJ컴퍼니 사옥을 중심으로 한 오피스 타운이 우후죽순 들어서는 중이었고, 그에 따른 낙수효과로 각종 식당 역시 늘어 가는 추세였다.

'디저트류는 별 흥미가 없지만.'

나는 별생각 없이 홍차와 곁들여 케이크를 한 입 먹었다가, 멈칫했다.

"맛있죠?"

전예은이 싱긋 웃으며 말을 이었다.

"사실, 저 케이크는 별로 좋아하지 않았는데 이 집 케이크는 맛있더라고요. 뭐랄까, 좀 더 가볍고 산뜻하다고 해야 할까요. 과일도 잔뜩 올라갔고 말이에요."

나는 그 말을 들으며 픽 웃고 말았다.

'그야 그렇겠지.'

그간 유통 구조의 한계 탓에, 대한민국은 맛이 진하고 느끼한 버터케이크가 주류였다.

하지만 전예은이 회사 근처에서 사 왔다고 하는 건 다름 아닌.

'……이건 생크림 케이크로군.'

이거 참, 쉬려야 쉴 수가 없네.

'이래저래 사업 아이템이 무궁무진하잖아.'

국내 제빵 시장이 동네 빵집 위주의 경쟁 시장에서 프랜차이즈 경쟁 시장으로 돌입한 것도 이 시기였다.

이건 다소 얄궂은 이야기인데.

원래 역사에서는 제니퍼가 식당 사업을 말아먹고 해림식품으로 돌아가 설립한 '파리 파네'가 국내 제빵 시장의 일인자로 우뚝 서게 되지만.

이번 생의 제니퍼는 시저스의 성공 덕분인지 그럴 생각이 전혀 없어 보였다.

'시저스에 디저트 메뉴를 늘려 볼 생각은 하고 있는 모양이지만…… 스케일이 다르지.'

이 시대에도 이미 '왕관 베이커리'라고 하는 프랜차이즈형 빵집이 업계를 선도 중이긴 했으나.

전생에는 '왕관 베이커리'가 경영 전략 미스와 IMF 여파로 인해 휘청거리는 사이, 해림식품의 자본력을 쏟아부은 '파리 파네'의 마케팅이며 물량 공세로 인해, 국내 제빵 업계 1인자는 '파리 파네' 쪽으로 기울며 후발 주자인 신화식품의 '에브리 데이'와 양강 구도를 이루게 된다.

'공교로운 일이지만, 이번 생엔 '파리 파네'와 '에브리 데이' 두 회사의 모체가 모두 나랑 파트너십을 맺고 있단 말이야.'

이 시기, 나는 신화식품과 해림식품의 합자회사인 S&S의 이사를 겸하고 있었다.

S&S는 시저스 경영의 모체로서 작동하고 있을 뿐만 아니라, 신화식품으로부터 인수한 햅반이라고 하는 히트 상품을 통해 그 규모를 키워 가는 중이었다.

'여기에 아직 런칭 대기 중이긴 하지만, 사모가 추진 중인 반찬 가게도 있고.'

마침 장차 일종의 사회현상을 불러일으킬 패킷몬 빵과 관련한 상품도 준비할 때였다.

'조만간 해림식품의 정대성이며 신화식품 쪽의 이미라를 만나 봐야겠어.'

그리고 가능하다면 제니퍼도.

'시저스가 나쁜 건 아니지만, 거기에만 얽매여 있기에는 제니퍼가 가진 가능성이 아깝지.'

슬슬 S&S의 경영을 제니퍼에게 맡겨 볼 때였다.

또, 거기엔 벌써부터 싹수가 보이는 허상윤도 있고.

"무슨 생각 중이세요?"

나는 전예은의 말에 한 모금 마셨던 홍차를 내려놓았다.

"음, 언젠가 빵집을 하나 차려 볼까 해서요."

내 말에 전예은이 빙긋 미소를 지었다.

"소박하고 좋은 꿈이네요."

소박?

"저도 언젠가는 제주도 같은 곳에 조그만 찻집을 하나 차려서 느긋하게 살고 싶어요."

벌써부터 제주도를 주목하고 있다니, 선견지명이 있군.

아니, 그게 아니라. 벌써부터 은퇴를 고려하고 있으면 안 되지.

게다가 나는 소박한 꿈 이야기를 하려는 것도 아니었다.

"아뇨, 개인 사업이 아니라, 프랜차이즈형 빵집을 고려하고 있습니다. 여기에 자사가 경영상 권리를 행사 중인 S&S를 이용한다면 좀 더 수월하겠죠. 해림식품과 신화식품의 냉장 유통 노하우를 이용한다면……."

"……또."

전예은이 내 말을 끊으며 입을 샐룩였다.

"또 업무 이야기네요."

나는 전예은이 했던 말을 비틀어 받아쳤다.

"아직 서류화하지 않은 일인 데다, 관계자의 승인이 떨어지기도 전의 안건이니, 사업 이야기는 아닌 걸로 칩시다."

"……흐음."

전예은은 나를 물끄러미 바라보더니 고개를 저었다.

"좀 더 초등학생다운, 밝고 건전한 이야기는 없나요?"

"빵집 이야기면 충분히 밝고 건전하지 않습니까? 꿈과 희망, 거기에 달콤함까지 있군요."

"제 말은 그게 아니라……."

그녀는 다소 곤혹스럽단 듯 내 말을 받았다가 때마침 괜찮은 생각이 떠올랐다는 양 미소를 지었다.

"아, 학교는 어때요? 즐거운가요?"

그조차도 끈적끈적한 삼각관계에 연루된 바람에 그렇지만도 않다만…….

아니지.

어쩌면 고아원 시절부터 애들 다루는 일에 정통했던 전예은이라면 이 상황에 나름의 해답을 줄지도 모르겠다.

"음, 즐거운 이야기는 아닌데. 아, 제 친구와 친구의 친구 이야기입니다만."

나는 그렇게 운을 뗐고, 전예은은 경청하듯 부드럽게 고개를 끄덕였다.

나는 익명의 존재 A(나), B(김민정), C(한성진)의 삼각관계를 풀어서 전달했고, 전예은은 맞장구를 쳐 가며 내 이야기를 끝까지 들었다.

"……해서, A의 입장이 조금 난처하게 되었습니다."

전예은이 미소를 지었다.

"다들 사춘기네요. 귀여워라."

말은 연애의 고수인 양 내뱉고 있는데, 정작 본인은 어떤 는지.

전예은은 그녀답지 않은 얼굴로 히죽 웃더니 왠지 모르게 떠보듯 말을 이었다.

"그러면 A라는 친구는 어릴 때부터 친구였던 B에게 아무런 이성적 감정도 없는 건가요?"

"예. 아마도요."

전예은이 미소를 유지한 채 눈을 가늘게 떴다.

"아마도, 라는 말씀은 그런 감정이 조금은 있을지도 모른 단 의미일까요?"

"저는 해당 일의 당사자가 아니니 알 수 없단 의미입니다."

전예은은 잠시 생각하더니 미소 띤 얼굴로 차를 한 모금 마셨다가 내려놓았다.

"그런가요? 그러면 그런 걸로 칠게요. 어쩌면 A라는 친구는 C의 말마따나 여자애를 의식하기엔 너무 어린 걸지도 모르니까요."

"……."

"보통 남자애들이 여자를 의식하기 시작하는 건 개인차가 있거든요. A의 경우도 그런 거겠죠?"

묘하게 긁네.

나는 떨떠름한 기분을 내색하지 않으며 A를 변호해 주었다.

"그런 것보단 초등학생이 아닌, 성숙한 여성이 취향이어서 그런 걸지도 모르지 않겠습니까."

전예은이 눈웃음을 지으며 나를 보았다.

"음, A는 연상의 누나가 좋은 어린이였군요. 그렇다면 A는 고등학생 정도 나이면 괜찮다고 느낄까요?"

"⋯⋯."

⋯⋯아니. 이 정도면 확신범이다.

그냥 처음부터 익명의 A, B, C가 아닌 본명을 댈 걸 그랬다고 조금 후회하면서 나는 전예은의 말을 받았다.

"A의 취향이야 어쨌건, 논지의 핵심 사안은 아니니 넘어갑시다."

"아쉽네요."

뭐가.

나는 입을 삐죽였다.

"게다가 당사자에겐 꽤나 곤란한 문제일지도 모르니, 가능하면 맞장구식 감상이 아닌 해답을 제시해 주셨으면 합니다만."

내 딴죽에 전예은이 빙긋 웃었다.

"해답 말씀인가요?"

"예."

전예은이 웃음기를 거두고 차분한 어조로 말을 이었다.

"이런 문제에 참고서 같은 해답이 있을까요?"

그 목소리에는 은근하던 장난기가 어느새 사라져 있었고, 전예은 특유의 나이를 예측하기 어려운 어조가 자리를 잡았다.

"사실, 전 인간관계에 명확히 선을 그을 수 있는 해답은 없다고 생각해요. 저는 인간관계란 어디까지나 그 상황에서 최선의 수를 고려하고 행동할 뿐이라고 보거든요."

"……"

"다만 몇 가지는 우리 모두가 다 알고 있는 방법을 택하는 것이 최선일 수 있죠."

그렇다곤 하나, 결국엔 뻔한 이야긴가.

나는 툭, 입을 열었다.

"그러면 이번 문제는 '시간이 해결해 줄 테니 덮어 두고 넘어가라'는 의미입니까?"

전예은은 의외로, 고개를 저어 부정했다.

"아뇨. 몇몇 문제에 관해선 시간이 해결해 주는 것도 있지만, 개인적으로…… 이번 일에는 그게 최선이 아닐 거라고 생각해요."

"……무슨 의미입니까?"

"가슴 속에 남은 오해는 앙금으로 남아 종유석처럼 자라나기도 하거든요."

"……"

왠지 모르게, 그 말은 내가 살아온 경험과 섞여 가슴 깊이 와닿았다.

단적인 예로, 전생엔 김민정과 이성진의 사이가 그러했으 니까.

전예은은 그런 나를 보면서, 희미한 미소를 지은 채 말을 이었다.

"제 생각에 왠지, A와 C가 가진 사고의 근간은 별반 다르 지 않다고 보여요."

속이 뜨끔했다.

"무슨 이야깁니까?"

"A와 C, 둘 다 이 관계를 깨트리고 싶지 않다는 바람은 일 치하고 있다는 게 제 생각이에요."

"……."

"누군가는 아마 우유부단하다고 생각할지 모르지만…… 그런 사실을 고백한 C도 나름대론 적잖은 용기를 낸 것이고, 그런 C의 의중을 읽고서 그를 힐난한 A도 실은 C를 아끼기 에 그런 거겠죠."

전예은이 말을 이었다.

"앞서 말씀드렸다시피 저는 인간관계에 명확히 선을 긋는 해답이란 건 있을 수 없다고 봐요. 제가 아는 감정이란, 흑백 논리가 아닌 회색지대에 가까운 것이에요."

전예은이 나를 가만히 쳐다보았다.

"우리는 그 속에서 최선의 수를 찾아 그 방향으로 노력할 뿐이죠. 그리고 제 생각에 이 상황에서 최선의 수는 A와 C가 서로에게 오해가 없도록, 솔직한 마음으로 화해하는 거예요."

"……."

"제가 보기엔 A와 C 둘 다 서로를 무척 생각해 주고 있는 것 같거든요. 또 서로가 그걸 인식하고 있기도 하죠. 하지만, 그렇다고 해서 서로가 말하지 않아도 알 거란 생각을 해선 안 돼요."

전예은은 내 침묵에 어색한 미소를 지었다.

"이 상황에서 제가 드릴 수 있는 '해답'은 솔직한 화해입니다. 뻔한 이야기라서 실망했나요?"

"……아뇨."

아마, 그녀의 말이 아니었더라면 나는 이번 일을 대수롭지 않게 여기며 시간이 해결해 주도록 덮어 두었을 것이다.

"큰 도움이 됐습니다."

내 솔직한 말에 전예은은 곤혹스러운 얼굴을 하더니 손을 저었다.

"아, 저, 그게, 가희 언니가 빌려준 〈홍차왕자님과 다즐링〉에서도 그랬거든요."

"……."

역시 책으로 연애를 배운 타입인가.

아니, 그녀 나름대로 쑥스러움을 무마하고자 한 말이겠지만.

"⋯⋯."

아마, 그녀는 처음부터 내 정신적 피로를 눈치채곤 내가 이번 일을 업무로 도피하기 전에 해소해 주고자 했던 것이리라.

속내를 읽힌 것 같아 썩 내키지는 않았지만, 전예은 나름의 배려는 제법 고마웠다.

"A에겐 예은 씨의 말을 그대로 전달해 주도록 하죠."

"네. 제 말이 모쪼록 A에게 도움이 되었다니 다행이에요."

"⋯⋯."

뭔가, 상황을 깨닫고 보니 괜히 어색해져서, 나는 찻잔을 마저 비우곤 자리에서 일어섰다.

"차 잘 마셨습니다."

"아, 네!"

나는 달그락, 다기를 정리하는 전예은에게 사무적으로 말을 이었다.

"그럼 예은 씨, 근 시일 내에 S&S 관계자를 포함한 미팅 일정을 잡아 주세요. 그리고 거기에⋯⋯ 시저스의 제니퍼 사장님도 동석해 주셨으면 좋겠군요."

"네, 알겠습니다. 일정이 잡히는 대로 공유해 드릴게요."

"예, 부탁드리겠습니다."

그리고 우리는 마치 아무런 일도 없었다는 양 짧은 휴식을 종료했다.

전예은은 나름대로 일상의 선을 눈치껏 지킬 줄 알았다.

'그러면서도 기회만 되면 시커먼 본성을 귀엽게 드러내지만.'

A가 뭐 어쩌고 저째?

나는 책상에 앉아 픽 웃으며 서류를 살폈다.

서류에는 전예은이 보고를 하다가 만 새마음아동복지재단 건이 기록되어 있었다.

'크게 눈여겨 볼 건 없군.'

SJ컴퍼니는 정화물산과 함께 새마음아동복지재단의 공식적인 공동 후원자로 이름을 올릴 예정이었으며, 그 중심에는 구봉팔 이사장의 이름이 등재되어 있었다.

'여기서 만일 구봉팔이 정화물산을 삼킬 수 있게끔 하면 가장 그럴듯한 그림이 나오겠는데.'

뭐, 이번 일에 조광이 어떻게 움직일지는 앞으로 예의주시하며 두고 봐야 하겠지만.

이후는 새마음아동복지재단의 운영상 개편에 따른 절차와 양도 과정이 포함된 사무적인 기록물이었다.

'정말로 연말 후원금이 적잖이 모였군. 이러니 처치 곤란이었던 것도 이해는 가.'

대수롭지 않게 서류를 넘기려던 나는 어느 항목에 눈길이 닿자마자 멈칫했다.

'……응?'

의식하지 않았다면, 만일 전예은의 보고를 관성으로 넘기고 말았다면 눈치채지 못할 사소한 변화였다.

'하마터면 이 호기를 그냥 놓치고 말 뻔했어.'

새마음아동복지재단은 정화물산의 자금 세탁용 회사가 아니었다.

아니, 그것도 포함하고 있지만 좀 더 정확히는…….

'정치 비자금.'

나는 만년필로 서류 한 점에 동그라미를 쳤다.

6장

자금 세탁이 필요한 까닭은 무엇인가.

하나. 만일 어떤 방식으로로든, 비합법적인 방법으로 적잖은 돈을 모았다고 치자.

그 금액이 천만 단위의 사소한 단위라면, 모조리 현찰화해서 어떻게든 써먹으면 그만이다.

하지만 현찰 박치기로 할 수 있는 일에는 한계가 있기 마련인데.

하다못해 주택 융자를 갚거나, 병원비를 내는 것조차 이 '추적되면 곤란한 자금'이 사용되었다는 것이 들통난다면, 결국 그 돈을 모은 경위가 드러나기 마련이다.

괜찮은 차를 한 대 뽑으려고 해도 세무조사의 위험은 피할 수 없다.

내가 몇 다리 건너 아는 어느 동생에게 들은 바, 자신이 알고 있는 미국의 한 마약 딜러는 스포츠카를 한 대 뽑았다가 세무조사가 들어오는 바람에 감방 신세를 졌다고 했다.

해서, 그 바닥에서 머리 좀 굴릴 줄 아는 녀석이라면 일부러라도 경차를 굴리거나 허름한 아파트에서 거주하곤 했다.

'그것도 어디까지나 이류 선에서나 통용될 이야기지. 게다가 자금 세탁은 그 과정에 적잖은 유실이 일어나는 것이 당연하고.'

자신이 감당할 수 있는 이상의 돈을 '정당하게 취득'하려면 적잖은 수고로움이 필요했다.

더욱이 거기서 동그라미가 하나씩 추가될 때마다, 그리고 거기에 연루된 사람이 늘어날 때마다 앞선 현찰 박치기로 할 수 있는 일에는 한계가 생기기 마련이다.

그 수고로움의 기회비용보다 자금 세탁으로 얻을 기대 수익이 높아질 때, 자금 세탁은 한 번쯤 고려해 봄 직한 이야기가 된다.

둘째로는 탈세를 목적으로 하는 케이스였다.

경영자에게 세금이란 애증의 대상이다.

회사가 벌어들이는 수익금이 어느 규모를 넘어서게 되면, 정부에서 가하는 세금은 지수함수 그래프를 그리며 치솟아 오르게 된다.

해서, 중소기업이 중견기업, 중견기업이 대기업으로 나아갈 때, 경영자에겐 적잖은 각오가 필요했다.

'일부러 대기업이 되지 않으려 버티는 중견기업도 있을 정도니까.'

그러니 대단한 애국자이거나 모범납세자상을 목적으로 하지 않는 이상, 경영자는 어떤 방식으로든 세금을 줄여 보려 안달이기 마련.

그러니 경영자가 '정당한 방식으로 자금을 취득'하더라도, 기업 규모를 낮추고 납부할 세금을 아끼다가 정부에서 그어 놓은 어느 선을 넘어가게 되면 '탈세' 혐의를 적용받게 되는 것이다.

사실 이 탈세 혐의 적용은 귀에 걸면 귀걸이, 코에 걸면 코걸이인 느낌이어서, 기준도 휙휙 바뀌기 일쑤고 여차하면 소급 적용을 때려 대기도 했다.

그래서 이전 정권의 비호를 받던 기업이 '이번엔 못하겠다, 배 째라'며 호기롭게 맞섰다가 먼지가 나오지 않을 리 없게끔 탈탈 털리곤 탈세 혐의를 적용해 감방에 들어간 케이스도 있으니, 기업 총수들로선 광해군 저리 가라 할 정도의 줄타기가 요구되었다.

그러니 정권이 바뀔 때면 여러 대기업 총수들이 공직자에게 굽실거리는 촌극이 펼쳐지는 것이고.

'……설령 혐의가 적용되지 않는다 하더라도, 그 조사 과

정은 퍽 귀찮고 기업 입장에서도 곤혹스러운 일이니까.'

해서, 여러 대기업 총수는 차라리 정부의 초청과 '공식적인 삥 뜯기'에 울며 겨자 먹기로 협력해 적잖은 돈을 시장에 풀어놓는다.

'뭐, 정부에 밉보여 좋을 건 없고, 꼬리만 잘 흔들어 대면 정부가 주도하는 일감 몰아주기의 혜택도 누릴 수 있으니 그 자체론 나쁠 것도 없지만……'

이렇게만 놓고 보면 정부가 일방적인 갑의 위치로 보이겠으나, 정부와 기업의 관계란 서로가 서로의 눈치를 보는 사이였다.

정권 유지에는 돈이 필요하고, 공약을 이행하는 데도 돈이 필요하다. 하물며 선거운동은 오죽할까.

정권이 바뀌는 건, 기업 입장에서도 호재일 수 있었다.

더욱이 대한민국은 여차하면 여당과 야당의 자리가 바뀌곤 하는 민주주의 국가였다.

만일 어느 한쪽 편만 들기 곤란한 상황이라면 '아이고 정부 형님, 올해엔 저희 사정도 여의치 않습니다요' 하며 증거를 제출해야 하는데.

그 과정에 분식 회계며 탈세가 이루어지고, 기업 입장에서도 탈세란 적잖은 수고로움을 감수해야 할 일이고, 성공한 탈세 자금은 눈먼 돈이 되기 일쑤였다.

그리고 이 눈먼 돈에 단짝친구처럼 따라붙는 녀석이 자금 세탁이고 비자금이었다.

막대한 세금을 뜯기느니, 차라리 떡값 몇 푼 쥐여 주고 뒤를 봐달라는 개인적인 청탁이 기회비용상의 이득이라면, 그럴 만한 유혹이 따른다.

'뭐, 이것도 어디까지나 정부와 오월동주해야 하는 대기업 기준이고, 그게 아니더라도 탈세로 얻을 가치는 상당하지.'

사업자란 으레 법인을 개인으로 착각하기 일쑤고, 눈 뜨고 코 베이는 세금이란 마취 없이 생니를 뽑히는 것만큼이나 아픈 이야기니까.

구멍가게를 경영하더라도 세금을 줄일 수 있다면, 결국 깎아 낸 세금만큼 내 돈이 되는 법이다.

그리고 조광의 경우는 '비합법적으로 모은 돈'과 '탈세 목적' 두 가지 케이스가 모두 적용되고 있었다.

'정확히는 비합법적으로 모은 돈을 정당하게 세탁하는 과정에서 드러난 꼬리지만.'

결국 본질은 어느 눈먼 돈을 합법적으로 취득했다는 명분과 근거, 과정이다.

그렇다면 회계 조작과 자금 세탁은 어떻게 이루어지는가.

한 가지는 카지노였다.

매수한 딜러와 편을 먹고, 승부 조작을 거쳐 이 돈 놓고 돈 먹는 놀음을 반복해 세탁하는 것으로.

비교적 쉽고 간편한 데다 누수의 부담도 적지만, 도박이 불법인 국내에선 쉽지 않다.

'게다가 연루될 뒷세계 놈들도 많지. 또, 해외파는 엮이면 좀 껄끄럽거든.'

어쩌면 조광도 이미 하고 있을지 모를 일이지만, 그 실체는 추적하기도 쉽지 않고 어차피 개인 비자금으로 착복 중일 것이다.

몇몇 부자나 연예인이 해외 원정 도박을 다니다가 구설수에 오르곤 하던 건 그런 까닭이다.

'개중엔 진짜 도박 중독자도 있지만.'

여담인데, 각종 잡범들이 사취한 돈을 '유흥비로 탕진했다'고 말하는 건 대개 이런 식이었다.

'유흥비로 탕진한 돈'은 누군가가 쥐고 있기 마련이고, 몇 해가량 학교에서 수업을 마치고 나오면, 잠시 맡겨 두었던 그 돈은 내 것이 된다.

'이후 신의를 바탕으로 한 죄수의 딜레마 속에서 칼부림이 일어나는 건 그들 사정이지만.'

다른 한 가지는 페이퍼 컴퍼니.

실체가 없는 유령회사의 사주(事主)가 되어 해당 유령 회사에 존재할 리 없는 실적을 만들어 내는 일이다.

전생의 이성진은 이 페이퍼 컴퍼니를 통한 자금 세탁이 가히 예술적이었다.

그는 세계 각지 조세 피난처에 세운 해외 법인에 점조직으로 이루어진 바지사주를 세워 주식 가치를 높인 뒤 이를 매수해 불린 돈을 또 다른 점조직과 연계해 바통을 획획 넘겨 댔다.

'한편으론 그 방식이 너무 비대해진 바람에 융통성을 잃고 이성진 스스로의 목을 죄지 않았을까, 하는 생각이지만.'

이성진이 행한 규모는 아니지만, 다소 뻔하고 조악한 방법도 있다.

전생의 내가 아는 모 기업가의 경우, 그는 자신의 명의로 된 페이퍼 컴퍼니를 세운 뒤, '본사에 자문료를 받아 챙기는' 방식으로 수백억을 벌어들인 바 있었다.

경영고문이 행하는 조언이 경영에 큰 도움이 되어서 그만한 대가를 지불했다는데, 뭐 어쩌랴 싶은 배째기였는데.

'뭐, 이미 이휘철만 하더라도 그 비슷한 상황에서 SJ컴퍼니에 속해 있으니 남 말할 처지는 아닌가.'

여담이지만 그 '모 기업가'는 다른 일로 탈세 혐의를 적용받아 감방에 들어갔다.

조광은 어떨까.

조광의 탈세와 부당 이익 취득은 불법과 합법의 선을 넘나드는데.

여기서 정화물산이 등장한다.

정화물산은 그 실체가 없는 유령 회사는 아니지만 사실상 조광의 하부 조직이나 다름없는 꼭두각시로 움직이는 곳이었다.

정화물산의 경우 일감 몰아주기로 실적을 올려 '정당한 수익금'을 배분받는 방식을 취하고 있다.

이 일감 몰아주기에는 몇 가지 방법이 있으나, 정화물산의 경우는 실적 부풀리기가 주로 쓰였다.

앞서 유상훈 변호사와 내가 정화물산을 조사했던 당시, 우리는 정화물산이 기업 규모에 비해 그 덩치를 지탱할 만한 내실이 없다는 것에 주목했다.

서류에 기재된 물류 운송량과 그 실적과 달리, 정화물산에는 그 물류를 운송할 만한 장비를 갖추지 않고 있었으므로.

즉, 정화물산의 일감 몰아주기는 서류상으로만 존재하는 물류와 그 출하 과정에서 수익금을 확보했단 것에 있다.

이는 착복 가능한 금액도 크지 않은 데다, 조악한 방법이긴 하나 문어발을 무수히 펼친 조광의 입장과 시대를 감안하면 나쁘지 않은 전략이었다.

정화물산은 조광의 무수한 자금 세탁 루트 중 한 가지일뿐더러, 점조직 형태로 운영되고 있었기에 얼마든지 꼬리를 잘라 낼 수 있었다.

만일 우리가 구봉팔과 그 출신에 주목하지 않았더라면, 정화물산과 조광의 관계를 눈치채지 못했을 테고.

제2, 제3의 정화물산을 가지고 있을 것이 분명한 조광 입장에선 정화물산이라는 점조직 중 하나를 끊어 내도 큰 타격은 없었을 테니까.

또 다른 방법으로는 재단을 통한 횡령이다.

여기에도 몇 가지 방법이 있고, 재단의 형태도 각양각색이지만, 개중 가장 쉽고 간단한 것을 예로 들자면 장학재단을 통한 착복이다.

장학 재단이 장학금을 부여하는 대상의 선정 기준은 순전히 해당 재단의 재량이며, 무수한 장학생 틈바구니에 '특별히 지목한 대상'이 포함되지 않을 까닭은 없다.

'그 대상 중엔 우연히 공직자의 자녀가 포함되어 있을 수도 있지. 어디까지나 우연이지만.'

그뿐만 아니라 지자체가 연말이면 애꿎은 보도블록을 갈아엎듯, 후원하는 학교의 정비 사업에도 재단의 돈이 쓰인다.

'또한 해당 사업에 업체를 선정하는 것은 재단의 재량이니, 여기서 일감 몰아주기를 이용한 자금 세탁까지 가능하고.'

쪼잔하긴 하지만, 티끌모아 태산인 법.

방금은 장학재단을 예로 들었지만, 이는 '비영리적인 목적의 단체'라면 얼마든지 적용 가능한 케이스였다.

'아닌 말로, 내가 마음만 먹으면 삼광문화재단을 통해 영화 제작비를 뻥튀기시켜 날름 착복하는 것도 가능했지.'

굳이 리스크를 감수해 가며 비자금을 모을 까닭이 없어서 실천에 옮기진 않았지만.

'나도 되도록 그럴 일이 없었으면 좋겠고.'

나는 내가 동그라미를 쳐 둔 서류를 살폈다.

서류에는 비영리재단인 새마음아동복지재단의 지금껏 모아 온 후원금 목록과 내역이 기재되어 있었다.

작년 연말, 방송 출연 이후 부쩍 늘어난 후원금 아래 정화물산 측의 꾸준한 기부 내역이 정기적으로 기재되어 있었다.

정화물산의 기부는 새마음아동복지재단을 통하고, 새마음아동복지재단의 자금은 요한의 집을 거쳐 고아원 운영 기금으로 유용된다.

요한의 집을 방문하기 전, 나는 이 돈이 요한의 집을 거쳐 정화물산 상무로 등재되어 있는 구봉팔을 통해 다시금 정화물산으로 흘러들어 가는 것이라 생각했다.

정석적이라면 정석적인 자금 세탁이었고, 언뜻 보기엔 사회에 이바지하는 인상마저 느낄 수 있을 지경이었으나.

그다음, 조광의 낙하산을 타고 내려앉은 구봉팔의 존재를 알고 나서부턴 그 돈이 고스란히 구봉팔의 주머니로 향하리라 생각했다.

하지만 구봉팔의 뒷조사를 마치고 그와 직접 대면하고 난 뒤, 이는 '조광과 무관한' 일임을 알았다.

아니 최소한 '현재의 조광은 모른다'는 입장이라고 해야 할까.

새마음아동복지재단은 구봉팔이 정화물산에 입사하기 전부터 존재해 왔고, 당시만 하더라도 조광이 정화물산의 경영에 개입한 증거는 없었다.

그렇다면, 여기서 그 수혜자란 누구인가.

물론, 꼭두각시에 불과한 정이수 사장일 리는 없었다.

'그리고 그 흔적.'

나는 서류를 세절기에 집어넣은 뒤, 핸드폰을 꺼냈다.

몇 차례 신호음이 가고.

—여보세요.

상대가 전화를 받았다.

"예. SJ컴퍼니 이성진 사장입니다. 그간 별고 없으셨죠?"

어쩌면 생각보다 일찍 죽창을 찔러 넣을 수 있을지도 모르
겠다.

내 신분을 밝히자 수화기 너머로 잠이 덜 깬 목소리가 흘
러나왔다.

—누군가 했더니, 성진이 너였구나.

"네, 아저씨. 따님이 아니라서 실망하셨나요?"

—……혹시 알까 모르겠는데, 워싱턴은 지금 새벽이야.

"그래요? 선아 누나 말로는 이 시간이면 일어나 계실 거라
던데요. 혹시 제가 깨웠나요?"

채한열 부장(그는 미국으로 부임하며 직급이 한 단계 올랐다)은 혀를
쯧, 하고 차더니 말을 이었다.

—아니. 마침 일어날 시간이긴 했어. 뭐, 나야 한국 방송 시간에 맞춰
야 하니까.

치익, 하고 담뱃불 붙이는 소리가 났다.

―선아랑 연락은 계속 주고받는 모양이구나.

"네."

―그래. 국민학교 졸업은 했고?

"아직 6학년이에요. 그리고 한국은 올해부터 국민학교 대신 초등학교라는 명칭을 사용합니다."

―아, 그랬지.

후우, 담배 연기를 뿜는 듯한 소리 이후, 수화기 너머 채한열이 말을 이었다.

―설마하니 안부나 묻자고 비싼 국제전화를 걸었을 리는 없고, 이번엔 무슨 일이냐?

"아, 네. 혹시 정치부 기자 중에 아는 분이 있으면 소개를 부탁드리려고요."

―정치부?

잠시 뜸을 들인 뒤.

―혹시 국민, 아니 초등학교 반장 선거에 써먹으려는 건 아니지?

초등학생을 상대로 시시한 농담을 던지는 걸로 보아, 마음에 여유가 생겼거나, 이도저도 아니면 굵직한 스캔들의 뉘앙스를 읽고 마음을 다잡는 모양이었다.

이어서.

―그러잖아도 마침 한국은 올해 4월 11일이 15대 국회의원 선거일이었지.

"예."

─설마, 이번에 작정하고 누군가를 밀어 볼 생각이냐?

나는 수화기 너머로도 채한열의 스산한 기색을 읽을 수 있었다.

"그럴 리가요. 대한민국 국민의 한 사람으로서 자격이 있는 후보가 출마했으면 하는 바람만 있을 뿐이에요."

─…….

잠시 침묵 뒤.

─하하하, 나 원 참, 아직 투표가 가능한 나이도 아니면서?

"이래 봬도 세금은 꼬박꼬박 납부하고 있는데요."

─그래, 애국자네. 애국자야. 대한민국의 미래가 밝기도 하지.

채한열은 킬킬 웃었다가 차분한 어조로 말을 이었다.

─그래서, 누구냐?

나는 잠시 숨을 골랐다가, 입을 뗐다.

"여당의 D구 국회의원 후보인 박상대입니다."

─박상대? 흐음, 박상대라, 잠깐. 어디 보자…… 설마하니 박영호 의원의 아들인 박상대?

방송국 짬밥이 어디 가지는 않는 모양인지, 채한열은 즉각 박상대의 신원을 떠올렸다.

"예, 맞아요. 잘 아시네요."

─어쩌다 보니 알고 있었을 뿐이야. 그도 그럴 게 그 박영호의 아들이니.

박상대의 아버지인 박영호는 1978년의 피습 이후 부상을 이유로 10대 국회의원 선거에서 자진 사퇴하였으나, 그다음 선거에서 재기에 성공, 3선직을 수행하고 편안히 눈을 감았다.

그런 아버지의 커리어를 물려받은 박상대는 야당이 강세인 현 여론에서 여당이 젊고 유능한 인재로 밀고 있는 인재이기도 했다.

'박영호를 원수로 여기는 구봉팔로선 속이 쓰린 이야기지.'

그러잖아도 얼마 전 지방선거에서 여당은 참패를 겪기도 했고, 국민들에게 새로운 피를 수혈했단 이미지 메이킹이 필요했으니.

마침 박상대는 여당이 처한 현 상황에 딱 들어맞는 인재였다.

채한열은 담배 연기를 뿜었다가 목소리를 이었다.

ー제법 거물인걸. 박상대는 아직 정치 신인이고 젊긴 하지만, 여당에서 팍팍 밀어주고 있는 데다 뒤가 깨끗하기로 정평이 나 있어서.

그는 잠시 뜸을 들였다가 재차 말을 이었다.

ー뭐, 털어서 먼지 안 나오는 사람은 없겠지만⋯⋯. 모르긴 몰라도 지금 박상대를 건들려면 돈키호테 같은 녀석이 필요하겠는데.

"그렇죠, 아저씨만큼요."

ー녀석, 어른을 놀리긴.

채한열은 내 말을 딱히 부정하지 않았다.

그도 그럴 것이, 그는 앞서 내외의 압박을 뿌리치고 성수대교 붕괴를 취재했던 인물이니까.

ー CBS 쪽은 아니지만, 내 후배 중에 한 명 있긴 하지.

"연락처를 알려 주시겠어요?"

ー아니, 내가 그쪽에 연락을 넣어 보마. 그 녀석한테 생각이 있다면 네게 전화를 걸 거다. 아, 네 개인 연락처 알려 줘도 괜찮지?

"물론이죠."

ー그래. 그럼…….

용건이 끝나자 채한열은 다소 어정쩡한 기색으로 망설이더니, 다시 말을 이었다.

ー기브 앤 테이크……까진 아니지만 내 쪽에서도 하나 물어봐도 될까?

"어떤 건가요?"

ー삼광전자에서 이번에 핸드폰을 출시하잖아.

"네."

ー동시에 모토로라한테 디자인 소송을 걸었지?

아직은 물밑 협상 중이지만 채한열의 귀에는 벌써 관련 내용이 들어간 모양이었다.

"맞아요. 폴더형 디자인 특허와 관련한 소송이죠."

ー삼광은 이번 소송을 이길 수 있을 거라고 생각하냐?

"음, 그건 익명의 관계자를 통한 내부 자료인가요? 삼광전자의 자회사를 경영 중인 제 선에서 발설하긴 좀 그런데요."

-기사에 실을 생각은 없어. 단순 호기심.

과연 단순한 호기심일까.

"조만간 삼광전자에서 공식 발표가 있을 거예요."

-흐음.

뭐, 어차피 언론을 한번 타긴 해야 했지만 나 혼자 결정할 수 있는 사안은 아니었고…….

'겸사겸사 타진을 넣어 볼까.'

문득, 장난기가 동했다.

"아, 마침 제가 개인적으로 알고 있는 관계자가 한 분 있는데, 그분이라면 인터뷰에 응해 주실지도 모르겠는데요."

-오, 누군데?

"저도 그쪽에 연락을 넣어 볼게요. 그분께 생각이 있다면 아저씨께 전화를 거실 거예요. 아, 개인 연락처를 알려 드려도 되겠죠?"

-……그대로 받아치다니. 뭐, 좋아. 딜.

"네."

이후, 채한열은 다소 들뜬 기색으로 말했다.

-국제전화는 비싸니까, 이만 끊으마.

"네. 혹시 한국에 오실 일이 있으면 연락 주세요."

-생각은 해 볼게. 이만 끊는다.

채한열과 통화를 마치고, 나는 곧장 단축번호를 눌렀다.

신호음이 가고.

―여보시오.

나는 활짝 웃으며 말을 이었다.

"할아버지, 저예요."

기브 앤 테이크……까진 아니지만.

나도 이휘철 정도는 소개해 줘야 수지가 맞겠지.

'뭐, 이만한 관계자는 달리 없기도 하고.'

박상대.

원래 역사 속의 그는 이번 15대 국회의원 선거에서 당선
된 후, 신한당의 차세대 루키를 대표하는 인사로 거듭나게
된다.

박상대는 국회의원치곤 30대 중후반이라는 퍽 젊은 나이
였던 데다가 마스크도 멀끔해서 인기가 높았고, 신한당의 원
로들은 한때 정치 동료였던 박영호의 아들을 퍽 아꼈다.

박상대는 현 신한당 대표인 최갑철을 정치적 스승으로 섬
기며 그 아래 비서직을 수행하다가 박영호의 지역구였던 D
구의 유력 후보로 등재했다.

말 그대로 엘리트 코스.

개중엔 언젠가 신한당의 유력한 대권 주자로 나서게 될지
모를 인물로, 이 시점엔 모두가 신출내기 국회의원인 박상대

를 주목하고 있었다.

'3선 국회의원 출신의 아버지를 둔 야당의 젊은 인재. 거기에다 당대표인 최갑철의 비서 출신. 이만큼 정석적인 엘리트도 달리 없지.'

비록 군면제라는 것이 발목을 붙잡긴 하지만, 그 정도는 여야 할 것 없이 마찬가지여서 관련 사안으로 태클을 걸 인물은 없었다.

'쉬운 상대는 아니야.'

그런 박상대를 상대하는 일은 구봉팔과의 없는 의리를 챙기고자 함이 아니었다.

그의 행적은 나와 무관하지 않았다.

조설훈은 박상대의 대표적인 스폰서 중 하나였다.

물론 조설훈의 윗대, 조성광과 박영호 세대에선 경쟁 상대였으나 국회의원에게 당파의 이동이란, 그 시대엔 철새의 이동에 비유될 만큼 비일비재하고 자연스러운 일이었다.

박영호는 재선 당시 그와 지역구를 놓고 경쟁하던 최창희의 신한당으로 자리를 옮겼고, 최창희는 주소를 이전, D구를 박영호에게 양도했다.

소속 당 세탁을 마친 박영호는 자연스럽게 조성광과 손을 맞잡았고, 박영호의 사후 그 인연은 조설훈과 박상대로 이어지며 현재에 이른다.

전생의 이성진은 조세광과 돈독한 사이였던 만큼, 그 인연은 당연하다시피 박상대와도 닿아 있었다.

하지만 시간이 흘러 여야의 관계가 뒤바뀌고, 그 기간이 길게 지속되기 시작하자 박상대도 낙선, 신한당을 등지고 구민당에 자리를 잡는다.

그 덕에 재선에도 성공했으니, 제 딴엔 성공적인 정무적 판단이라고 여겼으리라.

한편, 조세광과 이성진의 관계가 틀어지기 시작한 것도 그즈음이었다.

어차피 천박한 취미로 엮인, 젊은 시절의 얄팍한 우정이었다.

자연스럽게 조설훈의 뒤를 이은 조세광은 조광을 공격적으로 확장하기 시작했고, 무역 및 유통을 전문으로 하던 조광은 슬금슬금 삼광의 영역을 침범하기 시작했다.

거기서 조세광은 구민당에서 입지를 높일 필요가 있던 박상대와 손을 잡고 삼광을 압박해 댔다.

언젠가의 이태석이 소환된 청문회에서, 박상대는 이성진이 가지고 있던 차명 계좌와 페이퍼 컴퍼니를 들먹였다.

이태석은 모르는 일이었으므로 당황했고, '자신은 모르는 일'이라며 잡아뗐지만.

그날 저녁, 좀처럼 화를 내지 않는 이태석 회장의 불호령이 떨어진 건 당연했다.

결국엔 삼광의 법무팀까지 나서 가며 무마해 간신히 수습

했지만, 그때는 이미 삼광으로서도 적잖은 이미지 손실을 입었던 때였다.

원래부터 망나니 기질이 있긴 했지만.

아마, 이성진이 이태석의 눈 밖에 나기 시작한 건 이때가 본격적이었으리라.

물론 이성진도 가만히 당하고만 있진 않았다.

섹스 테이프.

이성진은 그 성격이 개망나니에 개차반인 개자식이었지만, 동시에 냉혹하고 철두철미한 면모도 있었다.

'원래 남을 잘 믿지 않는 성격이기도 했지만.'

박상대며 조세광과 어울리던 시절, 이성진은 미리 손을 써둔 채였다.

'어찌 보면 이성진다운 면모였지.'

이후는—이런 표현이 적합할지는 모르겠지만—탄탄대로였다.

숱한 증언에 이어, 그가 여비서에게 성적인 관계를 끈질기게 요구했다는 당사자의 증언까지 터져 나왔다.

'박상대가 바보도 아니고, 정말로 여비서를 건드렸던 건 아니지만.'

썩어도 준치라고, 박상대를 상대한 건 굴지의 대기업인 삼광의 이성진이었다.

구민당으로 자리를 옮긴 철새와 조광 따위가 작정하고 칼을 갈아 댄 이성진을 감당할 수 있을 리가 없다.

결국 터지는 봇물을 호미는커녕 가래로도 막을 수 없었던 박상대는 몰락했고, 이내 정치판은 물론이거니와 대한민국 땅에서 자취를 감췄다.

한때는 대권주자로까지 거론되던 인물의 말로치고는 어처구니가 없을 지경이었지만.

뿌린 대로 거둔다고, 결국 그 목을 옥죈 건 본인의 과실이었다.

이번 생에야 조세광과 '우정'을 쌓을 생각이 없으니 일견 무관할지 몰라도.

'그 싹을 미리 잘라 두어서 나쁠 건 없지.'

결국 조광은 미래에 내 적이 된다.

그런 조광을 쪼개기 위해선, 그 뒷배인 박상대를 초장부터 잡아 둘 필요가 있었다.

더군다나 마침, 내게는 나쁘지 않은 손패가 있었으므로.

◈

내 핸드폰에 전화가 걸려 온 건 업무를 마치고 자리를 정리할 즈음이었다.

"네, SJ컴퍼니 사장 이성진입니다."

수화기 너머, 조금 떨리는 목소리가 들렸다.

―중우일보 정치부 김기환 기자입니다. CBS 채한열 부장의 소개로 전화드렸습니다.

"아, 네. 그러셨군요."

떨리긴 하나, 젊고 활기찬 목소리였다.

'으음, 어디서 들어 본 이름과 목소리인데.'

나는 은연중 그런 생각을 떠올렸다가 고개를 저었다.

'그게 중요한 건 아니지.'

한편으로 중우일보라고 하면, 대강 2티어급. 하긴, 이런 굵직한 사안에 나설 돈키호테는 좀처럼 없을지도 모르겠다.

"괜찮으시다면 만나서 이야기하시죠."

―예!

"그럼 장소는……."

나는 김기환에게 장소를 통지한 뒤, 통화를 마쳤다.

'자, 그럼 어떻게 될까.'

다음 권으로 이어집니다

기어코 무대로

공원동 현대 판타지 장편소설

"관심을 받으면 집중이 잘돼요."
사상 최강의 관종(?) 싱어송라이터가 나타났다!

데뷔 직전 사고로 인해 모든 것을 포기한 도원경
삼 년 뒤, 그에게 기적이 일어났다?

사람들의 시선을 받으면 능력이 발현!

너튜브 영상이 대박 나고
서바이벌 오디션 출연 제의까지?

도원경 사전에 더 이상 포기는 없다!
좌절을 딛고, 『기어코 무대로』!

꿈의 도약, 로크에서 하십시오
(주)로크미디어에서 신인 작가를 모십니다

즐거운 세상, 로크미디어는 꿈을 사랑하고 도전을 두려워하지 않는 작가 분들의 참신한 작품을 기다리고 있습니다. 21세기 장르 문학계를 이끌어 갈 차세대 선두 주자 (주)로크미디어에서 여러분의 나래를 활짝 펴 보시길 바랍니다.

모집 분야 판타지와 무협을 포함한 장르 문학
모집 대상 아마추어 작가, 인터넷 작가
모집 기한 수시 모집
   작품 접수 시 유의 사항
   1. 파일명은 작가명_작품명.hwp형식을 갖춰 주십시오.
   1. 파일에 들어갈 내용은 다음과 같습니다.
      ─ 성명(필명인 경우 실명을 밝혀 주세요), 연락처, 이메일 주소
      ─ 제목, 기획 의도
      ─ A4용지 1장 분량의 등장인물 소개
      ─ A4용지 2장 분량의 전체 줄거리
      ─ 본문
   1. 작품이 인터넷에 연재되고 있다면, 게시판명과 사이트의 구체적이고 정확한 주소를 기재해 주십시오.

선택된 작품은 정식 계약 후 출판물로 간행되어 전국 서점에 유통됩니다.
작가 분은 (주)로크미디어의 전폭적인 지원하에 전속 작가로 활동하시게 됩니다.
※ 자세한 내용은 로크미디어 홈페이지(rokmedia.com)를 참조하세요.

(03920)서울시 마포구 성암로 330 DMC첨단산업센터 3층 318호
(주)로크미디어 편집부 신간 기획 담당자 앞
전화: 02) 3273-5135
www.rokmedia.com   이메일 : rokmedia@empas.com

가휼 판타지 장편소설

전능하신 영주님

암살자였던 군주

김기세 판타지 장편소설

**죽음의 신에 의해 세상이 어지러울 때
암살자가 소리 없이 다가와 구원하리라!**

가족을 잃고 왕국 변방에서 평범하게 살아가던
전설의 특급 살수 가브

동생이 생존해 있음을 알고 찾으러 떠나지만
그의 앞에 펼쳐진 것은
누구든 구울이 되어 버리는 흑마법의 세상!

세상을 집어삼키는 것이 마신의 계획임을 깨달은 가브는
대항할 힘을 갖추기 위해 나라를 세우고
군주의 길을 걷기로 결심하는데……!

군주가 된 암살자는 신도 살해한다!
마음 한편이 서늘해질 다크 판타지가 시작된다!